흥부전 · 조웅전

작자 미상 | 전규태 주해

차 례

▨ 이 책을 읽는 분에게 · 5

흥부전 · 11

조웅전 · 109

▨ 이 책을 읽는 분에게

〈흥부전〉에 대하여

　〈흥부전(興夫傳)〉은 판소리계 소설의 하나로서, 판소리 〈흥부가〉가 문자로 정착되어 이룩된 국문본으로, 고대 소설 중 〈춘향전〉과 더불어 가장 널리 읽혀진, 우의(寓意) 소설의 걸작이다.
　이 소설은 몽고의 설화인 〈박 타는 처녀〉를 근간으로 하여 전래되던 설화가 조선 시대 말엽의 판소리 대사로 정착하였다가 다시 소설화의 과정을 거쳐 작품화한 것으로 알려져 있으나, 그와는 반대로 몽고가 침입했을 때 몽고로 끌려갔던 고려 여인들을 통해 우리 설화가 몽고의 〈박 타는 처녀〉에 영향을 끼쳤다고 보는 설도 있다.
　〈흥부전〉은 〈구운몽〉이나 〈임경업전〉 등 다른 소설과는 달리 그 당시 사회상을 잘 반영하고 있을 뿐만 아니라 〈춘향전〉과 더불어 근대 의식을 고취시켰다는 점에 있어서 당시의 타소설보다 한발 앞선 작품이라 하겠다.
　작자와 창작 연대가 밝혀지지 않은 이 소설은 가난 때문에 온갖 수모를 겪으면서도 선량함과 품위를 잃지 않는 흥부와, 자기 자신의 이득을 위해서는 물불을 가리지 않는 몰염치하고도 인색한 놀부, 이렇게 매우 대조적인 두 인물을 내세워서 결국은 우리 고대 소설의 공통적인 주제라 할 수 있는 '권선징악(勸善懲惡)'적인 내용을 담고 있다.

이 작품은 여느 판소리계 소설과 마찬가지로, 소설적이기보다는 희곡적인 구성으로 되어 있다. 즉 5단계 구성으로 되어 있는데, 흥부가 놀부에게 쫓겨나 가족들과 함께 집을 나오기까지가 1단계, 흥부가 움집을 짓고 가족들과 어렵게 살아가는 부분이 2단계, 견디다 못해 흥부가 놀부의 도움을 청하러 갔다가 매만 흠씬 맞고 쫓겨 오는 이야기가 3단계, 흥부가 제비 새끼의 부러진 다리를 치료해준 다음 그 제비가 박씨를 물어다 주어 이를 심었다가 가을에 그 박을 타서 부자가 된 이야기까지가 4단계, 그리고 형 놀부가 흥부의 흉내를 내다가 패가망신하고 흥부에게 도움을 받는 끝까지를 5단계라고 나누어 볼 수 있다.

흥부와 놀부의 신분 계층을 무엇으로 보느냐 하는 것은 이 소설의 핵심을 파헤치는 데 매우 중요한 실마리가 되는데, 이에 관해서는 두 사람 모두 양반이라는 견해와, 흥부와 놀부가 형제이면서도 그 사회적인 신분은 각각 양반과 천인(賤人)으로 서로 다르다는 견해가 있다. 그러나 그보다는 둘 다 조선조 후기, 신분 계급의 동요가 있었을 무렵에 살고 있던 서민 계층의 인물들로 보는 게 좋을 듯싶다.

〈흥부전〉에서는 〈구운몽〉에서와 같이 귀족 계층의 남녀가 등장하지도, 〈임경업전〉 등의 군담 소설에서처럼 초인적인 인물이 나타나지도 않는다. 다만 그 당시 서민 계층의 인물이 주인공으로 등장하고, 그들 주변의 몇몇 부수적인 인물이 등장해 그들의 행위 자체가 사회적인 모순, 즉 빈부의 격차라는 사회상을 드러내고 있다.

그러나 그들의 행위는 슬픔, 위협, 공포 등의 감정을 불러일으키는 것이 아니라, 한껏 웃음을 자아내게 하고 동정의 눈물을 흘리게 한다. 가난을 몸으로 겪는 불운한 흥부의 모습도 당시 서민들의 웃음을 터뜨리게끔 유도하고 있고, 놀부의 황금 만능 풍조에 따른 극단적인 욕심, 불량한 심사 및 끝까지 돈만을 추구하여 박을 탄 후 패가망신하는 행위 등에서도 우리는 분노감이나 질책보다는 웃음을 앞세우게 된다.

이렇게 볼 때 해학과 풍자를 통해서 참다운 윤리·도덕적 기풍과, 휴머니즘을 바탕으로 한 유교적인 참된 선을 펼쳐 보이려고 한 데에 이 작품의 묘미가 있다고 하겠다.

〈조웅전〉에 대하여

〈조웅전(趙雄傳)〉은 중국을 배경으로 한 영웅 소설이다. 영웅 소설은 필사본을 비롯, 목판본·활판본 등 이본(異本)이 많은데, 〈조웅전〉은 활판본만 하더라도 1914년에 발행된 덕흥서림판(德興書林版)을 비롯하여 6종이나 되는 것으로 보아 영웅 소설 중에서 가장 많이 그리고 오래도록 읽혀진 작품이 아닌가 한다.

또 영웅 소설로서는 비교적 분량이 많고 소설적인 흥미도 대단하다. 작품의 전반부는 남녀 주인공들의 결연담(結緣談)이고, 후반부는 영웅담(英雄談)으로 되어 있다.

그런데 여기서는 남녀의 맺어짐이, 흔히 옛 사회가 그렇듯이 부모들에 의하거나 중매에 의한 것이 아니라 남녀, 주인공 자신들의 감정과 의지에 따라 이루어진다는 점이 특이하다. 즉 당사자들의 연애에 의한 결연을 양가의 어른들이 인정해 준다는 식이다. 그러므로 이 작품은 영웅의 연애 이야기를 가장 전형적으로 결구(結構)해 놓았다고 하겠다.

한편 제왕 자리를 빼앗아 오랫동안 황제 노릇을 하던 이두병을 타도하여, 한때 끊어졌던 송실(宋室)을 회복한다는 이야기, 자신이 출전해 있는 동안 강호자사(江湖刺史)가 후실(後室)을 구하던 중 장소저를 강제로 취하고자 했다는 소식을 듣고 위왕(魏王)의 태자를 구출하러 남해 고도로 가던 조웅이 일부러 도중에 강호자사를 처단하는 등 장소저에 대한 극진한 사랑을 보여주는 이야기 등이 얽혀 내용을 더욱 풍부하게 해 주고 있다.

〈조웅전〉이 여느 영웅 소설과 다른 점은, 특히 간신(奸臣)이 천자를 축출하여 제위에 올라 장기간 집권하고 있었는데, 조웅이 성장한 다음 왕권을 회복한다는 그 구성에 있다. 이러한 구성을 통해 주인공의 영웅적인 행위를 돋보이게 하고 국가에 대한 충성심을 더욱 선명히 부각시키고 있다.

그러나 이 작품에도 다른 영웅 소설처럼 주인공의 행위가 도술적으로 묘사되어 있으며, 전근대적인 일부이처제를 긍정하고 있다. 이는 옛 동양 남성들이 이상적(理想的)이라고 여겼던 사랑의 모습을 표현하려고 한 데 연유한 것이지만, 현대적 시각으로 볼 때는 조금 납득하기 어려운 점도 있다.

하지만 새로운 이야기와 사건이 전개될 때마다 독자로 하여금 가슴을 죄게 하고 흥분하게 하는 기발한 구성으로 소설의 기교를 십분 발휘해 놓은 작품이라는 데서 이 소설의 가치를 찾을 수 있겠다.

　　　　　전 규 태(전주대 교수·국문학)

흥부전(興夫傳)

충청, 전라, 경상도 어름에 사는 연 생원(燕生員)이라는 사람이 아들 형제를 두었는데 형은 놀부요, 아우는 흥부라. 한 어미 소생으로 현우(賢愚)가 판이하여, 흥부는 마음이 착하여 효행이 지극하고 동기간에 우애 독실하되 놀부는 오장(五臟)이 달라 부모께 불효, 동기간에 우애 없이 마음 쓰는 것이 괴상하였다. 이놈의 심술을 볼진대 다른 사람은 오장육부로되 놀부는 오장칠부였다. 어찌하여 그런고 하니 심술부 하나가 더하여 견간 옆에 붙어서 심술부가 한 번만 뒤집히면 심사를 피우는데 썩 야단스럽게 피웠다. 술 잘 먹고 욕 잘하고 나타(懶惰)하고 싸움 잘하고 초상난 데 춤추기, 불붙는 데 부채질하기, 해산한 데 개 잡기, 장에 가면 억매(抑賣) 흥정[1], 우는 아이 똥 먹이기, 무죄한 놈 뺨치기와 빚값에 계집 빼앗기, 늙은 영감 덜미 치기, 아이 밴 계집 배 차기며 우물

---

1) 부당한 값으로 억지로 매매하려는 흥정.

밑에 똥누어 놓기, 올벼 논에 물 터놓기, 잦힌 밥에 흙 퍼붓기, 패는 곡식 이삭 빼기, 논두렁에 구멍 뚫기, 애호박에 말뚝 박기, 곱사등이 엎어 놓고 밟아 주기, 똥누는 놈 주저앉히기, 앉은뱅이 턱살 치기, 옹기 장사 작대 치기, 면례하는 데 뼈 감추기, 남의 양주 잠자는 데 소리지르기, 수절 과부 겁탈하기, 통혼하는 데 간혼(間婚)[1] 놀기, 만경창파에 배 밑 뚫기, 목욕하는 데 흙 뿌리기, 담 붙은 놈 코침 주기, 눈 앓는 놈 고춧가루 넣기, 이 앓는 놈 뺨치기, 어린아이 꼬집기와 다 된 흥정 파의(罷意)하기, 중놈 보면 대테[2]메기, 남의 제사에 닭 울리기, 행길에 허공 파기, 비 오는 날 장독 열기라. 이놈의 심사 이러하여 모과나무같이 뒤틀리고 동풍 안개 속에 수숫잎같이 꼬인 놈이 무거불측(無據不測)[3]하되, 흥부는 그렇지 아니하여 충후인자(忠厚仁慈)[4]한 마음으로 그 형의 행사를 탄식하고 때로 간직(諫直)하고자 하나 말하여야 쓸데없는 고로 함구무언(緘口無言)하고 주면 먹고 시키면 일이나 공손히 하되, 무거한 놀부놈이 일부(一部) 개회(改悔)함이 없으니 어찌 아니 분통하랴. 놀부의 악한 마음, 부모의 물려 준 재산, 많은 전재(錢財)와 남전북답 노비 우마를 혼자 다 차지하고 아우 흥부를 구박하되, 흥부의 어진 마음 조금도 다름이 없더라. 이때 놀부는 세간 전답 다 차지하고 저 혼자 호의호식(好衣好食)하며 제 부모 제사를 지내도 제물은 아

---

1) 남의 혼인을 이간질함.
2) 대를 쪼개서 결어 만든 테. 나무 그릇이나 오지 그릇 따위를 메는 데 씀.
3) 언행이 보통을 넘어 몹시 흉악함.
4) 충직, 순박, 후덕하고 인자함.

니 장만하고 대전(代錢)으로 놓고 지내는데 편[1]값이면 편값이라, 과실 값이면 과실 값이라 각각 써서 벌여 놓고 제사를 철상(撤床) 후에 하는 말이, 이번 제사에도 아니 쓰노라 아니 쓰노라 하였건만 황초 값 오푼은 지징무처(指徵無處)[2]일세 하는, 천하에 몹쓸 놈이 하루는 생각하되 흥부의 가속(家屬)을 내어 쫓으면 양식도 많이 얻고 용처(用處)도 덜할지라 저의 부부 의논하고 흥부를 불러 하는 말이,

"형제라 하는 것은 어려서는 같이 살되 실가(室家)를 갖춘 후는 각기 생애[3]하여 사는 것이 떳떳한 법이니 너는 처자를 데리고 나가 살라."

흥부 깜짝 놀라 울며 가로되,

"형제는 수족 같으니 우리 단 두 형제 각산(各散)하여 살면 돈목지의(敦睦之誼) 없으리니 형장(兄丈)은 다시 생각하옵소서."

놀부 본대 집 한 칸 변통하여 주고 나가랄 것이 아니라 건으로 배송내려[4] 하다가 흥부의 착한 말을 들으니 불량한 심사 불일듯 하는지라. 눈을 부릅뜨고 팔뚝을 뽐내어 가로되,

"이놈 흥부야, 잘 살아도 네 팔자요 못 살아도 네 팔자니, 형을 어찌 허구한 날 뜯어먹고 매양 살려 하느냐. 잔말 말고 어서 나가거라."

흥부의 어진 마음 생각하니, 형의 심법이 벌써 이렇거늘

---

1) 떡을 점잖게 이르는 말.
2) 조세·사채 등에서 낼 사람이 죽거나 달아나서 받을 곳이 없음.
3) 생애(生涯). 여기서는 '생활'의 뜻.
4) '쫓아내다'의 곁말.

만일 요란히 굴어 남이 알진대 형의 흉이 더 드러날지라. 잠자코 저희 방으로 돌아와 아내와 나갈 일을 의논하니 흥부 아내 또한 현숙(賢淑)한 부인이라 장부의 뜻을 받아 한마디 원망이 없이 낙루(落淚)하며 하는 말이,

"시아주버니께서 저러하나 나갈 길 전혀 없고 나가자 하니 방 한 구석이 없으니 어린 자식들과 어데 가서 의지하리까?"

이렁저렁 밤을 새우고 동방이 밝는지라. 놀부놈이 방 앞에 이르러 호통하되,

"이놈 흥부야, 내 어제 일렀거늘 어찌하자고 아니 나가느냐? 네 이제로 아니 나가면 난장박살(亂杖撲殺)하여 내어쫓으리라."

이렇듯이 구박하니 일시를 어이 견디리요. 흥부 아무 대답 아니하고 아내와 어린것들을 데리고 지향 없이 문을 나서니 갈 바이 망연코나. 건너 산 언덕 밑에 가서 움을 파고 모여 앉아 밤을 새우고 아무리 생각하여도 갈 곳은 없고 좌지불천(坐之不遷)[1], 이곳에 수간모옥(數間茅屋)이라도 짓고 사는 수밖에 다른 변통은 없으니 집을 지으려 할새, 만첩청산 들어가서 크나큰 대부등(大不等)[2]을 와르렁 퉁탕 지끈둥 베어내어 안방, 대청, 중채, 사랑채를 네모 번듯 입 구(口)자로 짓고 선자(扇子) 추녀, 굽도리, 바리바침[3], 내외 분합(分閤), 물림[4]에 살미 살창, 가로닫이, 분벽주란(粉壁朱欄), 고대광

---

1) 어떤 자리에 붙어 앉아 옮기지 않음.
2) 큰 아름드리의 재목.
3) 대들보 중앙에 놓여 있는 고주의 한 가지.

실(高臺廣室) 짓는 것이 아니라 낫 한 가락을 들게 갈아 지게에 꽂아 지고 묵은 밭이라면 쫓아다니며 수숫대, 뺑대를 모조리 베어 짊어지고 돌아와서 집을 짓는데 비슷한 언덕에 다 집터를 괭이로 깎아 놓고 한 채를 짓는다. 안방, 대청, 행랑의 몸채를 말집[1]으로 한나절에 지어 필역(畢役)하고 돌아보니 수숫대 반짐이 그저 남았구나. 안방을 볼작시면 어찌 너르던지 누워 발을 뻗으면 발목이 벽 밖으로 나가니 차꼬 찬 놈도 같고 방에서 멋모르고 일어서면 모가지가 지붕 밖으로 나가니 휘주잡기[2]에 잡히어 칼쓴 놈도 같고, 잠결에 기지개를 켤 양이면 발은 마당 밖으로 나가고 두 주먹은 두 벽으로 나가고 엉덩이는 울타리 밖으로 나가 동리 사람들이 출입시에 거친다고 이 궁둥이 불러들이라는 소리에 깜짝 놀라 일어 앉아 대성통곡하는 말이,

"애고 답답 설움이야. 이 노릇을 어찌할꼬. 어떤 사람 팔자 좋아 대광보국 숭록대부(大匡輔國崇祿大夫) 삼공육경(三公六卿) 되어 있어 고대광실 좋은 집에 부귀공명 누리면서 금의옥식 쌓여 있고, 나 같은 팔자 어이 이리 곤궁하여 말만 한 오막살이에 일신을 난용(亂用)하니 지붕 마루에 별이 뵈고 청천한운(靑天寒雲) 세우시(細雨時)에 우대량(雨大量)이 방중(房中)이라, 문 밖에 세우 오면 방안은 굵은 비 오고 앞문은 살이 없고 뒷문은 외(猥)만 남아 동지섣달 설한풍이 살쏘듯이 들어오고 어린 자식 젖 달라고 자란 자식 밥 달라니

---

4) 퇴(退). 집채 원간의 앞뒤 · 좌우에 딸린 약 반 간(間) 폭의 간살.
1) 추녀가 사방으로 뺑 돌아가게 지은 집.
2) 옥형리(獄刑吏).

차마 설워 못 살겠다."

형세는 이렇게 가난하되 밤 농사는 잘하던지 어린 자식은 연년이 생기어 층층이 낫살 먹으니 이 녀석들을 이로 의복을 어찌하여 입히리요. 큰놈 작은놈 몸을 못 가리고 한 구석에 우물우물하니 방문을 열어 보면 마치 미역감는 냇가같이 아이 어른이 벗고 있는지라. 흥부 기가 막히어 옷 해 입힐 생각하니 백척간두(百尺竿頭)에 사흘에 한 때도 먹어 갈 수가 없거늘 의복을 어찌 생의(生意)하리요. 주야로 궁리하되 계책이 없더니, '옳다, 수가 있다' 하고 모두 다 몰아다가 한방 속에 넣고 큰 명석 한 닢 얻어다가 구멍을 자식 수대로 뚫고 내려 씌워 놓으니 대강이만 콩나물 대강이처럼 내밀어 한 녀석이 똥을 누러 갈 양이면 여러 녀석들이 후배(後陪)로 따라가고, 그 중에도 온갖 맛있는 음식은 제각기 찾는다. 한 녀석이 내달으며,

"애고 어머니, 우리 열구지탕[1]에 국수 좀 말아 먹었으면."

또 한 녀석이 나오며,

"애고, 나는 벙거짓골에 고기를 지지고 닭의 알 좀 풀어 먹었으면."

또 한 녀석이 나오며,

"애고 어머니, 나는 개장국에 흰밥 좀 말아 먹었으면."

또 한 녀석이 나오며,

"애고 어머니, 나는 무 시루떡 좀 먹었으면."

---

1) 열구자탕(悅口子湯)의 사투리. 신선로에 여러 가지 어육과 채소를 색스럽게 넣고 그 위에 각종 과실을 넣어 끓인 음식.

흥부 아내는 기가 막혀 하는 말이,

"에그 이 녀석들아, 호박죽도 못 얻어 먹으면서 왼갖 맛있는 음식은 다 먹고자 하니 어찌 하잔 말이냐."

그 중에 한 녀석이 와락 뛰어나오며,

"애고 어머니, 나는 올부터 불두덩이 간질간질 가려우니 장가 좀 들었으면"

하고 이렇듯이 여러 자식들이 보채나 무엇을 먹여 살리잔 말인고.

집안에 먹을 것이라고는 싸래기 한 줌 없어 다 깨진 개상반은 네 발을 춤추어 하늘만 축수하고 이 빠진 사발 대접들은 시렁에 사흘 나흘 굴복하고, 밥을 지어 먹자 하면 책력(冊曆) 긴 줄 보아 갑자일(甲子日)이 되어야 솥에 쌀이 들어가고 생쥐 쌀 알갱이를 얻으려고 밤낮 열사흘을 분주하다가 다리에 가래톳이 나서 파종(破腫)하고 앓는 소리 세 동리를 떠드니 어찌 아니 슬프랴.

"아가 아가, 우지 마라. 아무리 젖을 달란들 무엇 먹고 젖이 나며 밥을 아무리 달란들 어데서 쌀이 나랴."

이처럼 달랜 제 흥부 마음 인후(仁厚)하여 청산유수요 곤륜백옥(崑崙白玉)[1]이라. 성덕(聖德)을 본을 삼고 악한 일 멀리하며 물욕에 탐이 없고 주색(酒色)에 무심한지라. 마음이 이러하니 부귀를 바랄소냐. 흥부 아내 하는 말이,

"여보 아이 아버지, 내 말씀 들어 보시오. 부질없이 청렴

---

1) 곤륜산의 백옥. 곤륜산은 중국 전설 속의 산으로 아름다운 옥이 나는 산으로 알려짐. 전국 시대 말기부터 서왕모(西王母)가 살며 불사(不死)의 물이 흐르는 신선경(神仙境)으로 믿어짐.

한 체 마오. 안자(顔子)[1]의 누항단표(陋巷簞瓢) 주린 염치 삼십에 조사(早死)하고 백이숙제(伯夷叔齊)[2] 주린 염치 수양산에 아사(餓死)하니 청루 소부 울었으매 부질없는 청렴 말고 저 자식들 살려 보사이다. 저 건너 아주버님 댁에 가서 쌀이 되나 돈이 되나 양단간에 얻어 옵소."

흥부 하는 말이,

"형님 댁에 갔다가 보리나 타고 오게?"

흥부 아내 착한 마음에 보리라 하니까 먹는 보리만 알고 하는 말이,

"여보, 배부른 소리 작작 하오. 보리는 흉년 곡식이라 느루 먹기는 정말 쌀보다 낫습네다."

흥부 하는 말이,

"여보 마누라, 보리라니까 갈보리, 봄보리, 늦보리로 아나 보그려. 우리 형님이 음식 끝을 볼 양이면 사촌을 몰라 보고 가사목이나 물푸레 몽치로 함부로 치는 성품이니 그런 보리를 어떤 놈이 탄단 말인가."

흥부 아내 하는 말이,

"애고, 이 말이 웬말이오. 상담(常談)에 이르기를, '동냥은 아니 준들 쪽박까지 깨치리까' 하니 맞으나 아니 맞으나 쏘아 보다가 그만둡소."

흥부 이 말 듣고 마지못하여 형의 집으로 건너간다. 흥부 치장 차리고 가는 거동을 볼작시면, 앞살 터진 헌 망건에 물

---

1) 안연(顔淵). 공자의 수제자로, 몹시 가난하였음.
2) 중국 주나라 말기의 형제. 역성(易姓) 혁명에 반대하다 굶어 죽음.

렛줄로 당줄 달아 쓰고 모자 빠진 헌 갓을 실로 총총 얽어매어 죽령을 달아 쓰고 깃만 남은 중치막[1]에 동강동강 이은 술띠로 흉복통 눌러 매고 떨어진 고의 적삼 청올치로 다님 매고 헌 짚신 들메고 세살 부채 손에 들고 서홉들이 오망자루를 꽁무니에 비슷 차고 바람맞은 병인(病因)처럼 비슥비슥 건너가서, 놀부 집 들어가며 전후좌우 돌아보니 앞 노적 뒷 노적 멍의 노적 쌀 노적 담불담불 쌓였으니 흥부의 어진 마음 즐겁기 측량 없건만 놀부 심사 무거하여 흥부 오는 싹을 보면 구박이 태심하는지라. 흥부 그 형을 보기도 전에 이왕에 맞던 생각을 하니 겁이 절로 나서 일신을 떨며 공손히 마루 아래 서서 두 손길을 마주잡고 절하며 문안하니, 다른 사람 같으면 와락 뛰어내려 와서 잡아 올리며 형제간에 마루 아래 문안이란 말이 웬말이냐 하며 위로가 대단하련마는 놀부는 워낙 무도한 놈이라 흥부 온 일이 전곡간(錢穀間)에 구걸하러 온 줄 알고 못 본 체하다가 여러 번째야 묻는 말이,

"네가 누구인가."

흥부 기가 막히어 대답하되,

"내가 흥부올시다."

놀부 소리질러 가로되,

"흥부가 어떤 놈인가?"

흥부 울며 하는 말이,

"애고 형님, 이 말씀이 웬 말씀이오? 마오 마오, 그리를 마

---

1) 소매가 넓고 길이가 길며 앞은 두 자락. 뒤는 한 자락으로 된, 무 없이 옆이 터진 윗옷.

오. 비나이다 비나이다, 형님전에 비나이다. 세 끼를 굶어 누운 자식 살려 낼 길 전혀 없어 염치를 불고하고 형님 댁에 왔사오니 동기지정을 고념(顧念)하시와 벼가 되나 쌀이 되나 양단간에 주옵시면 품을 판들 못 갚으며 일을 한들 공(空)하리까. 아무쪼록 동기지정을 생각하여 죽는 목숨 살려 주옵소서."

이처럼 애걸하나 놀부 거동 보소. 맹호같이 날뛰며 모진 눈을 부릅뜨고 피 올려 하는 말이,

"너도 염치없는 놈이로다. 내 말을 들어 보라. 천불생 무록지인(天不生無祿之人)이요 지불생 무명지초(地不生無名之草)[1]라, 너는 어이하여 복이 없어 날만 이리 보채느냐? 잔말을 듣기 싫다."

흥부 울며 하는 말이,

"어린 자식들 데리고 굶다 못하여 형님 처분 바라자고 불고염치(不顧廉恥) 왔사오니 양식이 만일 못 되거든 돈 서 돈만 주시오면 하로라도 살겠나이다."

놀부 더욱 화를 내며 하는 말이,

"이놈아, 들어 보아라. 쌀이 많이 있다 한들 너 주자고 섬을 헐며 벼가 많이 있다 한들 너 주자고 노적 헐며 돈이 많이 있다 한들 너 주자고 쾌[2] 돈 헐며 가루되나 주자 한들 너 주자고 대독에 가득한 걸 떠내며 의복가지나 주자 한들 너 주자고 행랑것들 벗기며 찬 밥술이나 주자 한들 너 주자고 마

---

1) 어떠한 사람이든지 먹고 살 것은 타고나며 땅 위의 모든 것은 이름을 가지고 있다는 말.
2) 엽전 열 꾸러미. 곧 열 냥을 한 단위로 세는 말.

루 아래 청삽살이를 굶기며 지게미나 주자 한들 새끼 낳은 돝을 굶기며 콩섬이나 주자 한들 큰 농우(農牛)가 네 필이니 너를 주고 소 굶기랴? 염치없고 이면(裏面) 없는 놈이로다."

흥부 하는 말이,

"아무리 그러하실지라도 죽는 동생 살려 주오."

놀부 화를 버럭 내어 벽력같은 소리로 하인 마당쇠를 부르니 마당쇠가,

"예"

하고 오거늘, 놀부 분부하되,

"이놈아, 뒤 광문 열고 들어가면 저편에 보리 쌓은 담불이 있지."

이때 흥부는 그 말 듣고 내심에 옳다, 우리 형님이 보리말이나 주시려나 보다 하고 은근히 기꺼하더니, 놀부놈이 마당쇠를 시켜 보리 섬 뒤에 하여 두었던 도끼자루 묶음을 내다 놓고 손에 맞는 대로 골라잡더니 그만 달려들어 흥부 뒤꼭지를 잔뜩 홈켜쥐고 몽둥이로 함부로 치는데 마치 손 잰 승이 비질하듯, 상자[1]중이 법고(法鼓) 치듯 아주 탕탕 두드리니 흥부 울며 하는 말이,

"애고 형님, 이것이 웬일이오. 방약무인(傍若無人) 도척(盜蹠)[2]이도 이에서는 군자로다. 우리 형제 어찌하여 이렇게 하오. 아니 주면 그만이시지 때리기는 무슨 일고. 애고 어머니, 나 죽소."

---

1) 상좌(上座)의 사투리.
2) 중국 춘추 시대의 큰 도적 이름. 몹시 악한 사람을 비유하는 말.

놀부의 모진 마음 그래도 그치지 아니하고 지끈지끈 함부로 치다가 제 기운에 못 이기어 몽둥이를 내던지고 숨을 헐떡이며,
"이놈, 내 눈앞에서 뵈지 말라"
하고 사랑으로 분분히 들어가며 문을 벼락같이 닫치니, 이때 흥부는 어찌나 맞았던지 일신이 느른하여 돌아갈 마음 그지없건만 그 중에도 형수나 보고 가려고 엉금엉금 기어 부엌 근처로 가니 놀부 아내가 마침 밥을 푸는지라. 흥부가 매 맞은 것은 고사하고 여러 날 굶은 창자에 밥 냄새 맡더니 오장이 뒤집히어,
"애고 형수씨, 밥 한 술만 주오. 이 동생 좀 살려 주오"
하며 부엌으로 뛰어들어 가니 이년 또한 몹쓸 년이라. 와락 돌아서며 하는 말이,
"남녀가 유별한데 어디를 들어오노?"
하며 밥 푸는 주걱으로 흥부의 마른 뺨을 지끈 때리니 흥부는 두 눈에 불이 화끈하며 정신이 어찔하다가 얼떨결에 뺨을 슬며시 만져 보니 밥이 볼때기에 붙었는지라. 일변 입으로 훔쳐 넣으며 하는 말이,
"아주머님은 뺨을 쳐도 먹여 가며 치시니 감사한 말을 어찌 다 하오리까. 수고스럽지마는 이 뺨마저 쳐 주시오, 밥 좀 많이 붙은 주걱으로. 그 밥 갖다가 아이들 구경이나 시키겠소."
이 몹쓸 년이 밥 주걱은 놓고 부지깽이로 흥부를 흠씬 때려 놓으니 흥부 아프단 말도 못하고 하릴없이 통곡하며 돌아오니 천지가 망망하더라. 이때 흥부 아내는 우는 아이 젖 물

리고 큰아이 달래는 거동 매우 긍측(矜惻)하다. 한 손으로 물레질을 왱왱 하며,

"아가 아가, 우지 마라. 어제 저녁 김 동지[1] 집 보리 방아 찧어 주고 쌀 한 되 얻어다가 너희들만 끓여 주고 우리 양주는 이때까지 잔입[2]이라. 너희 부친 건너편 큰아버지 집에 가셨으니 돈이 되나 쌀이 되나 양단간에 얻어 오면 밥도 짓고 국을 끓여 너도 먹고 나도 먹자. 우지 마라, 우지 마라. 아가 아가, 우지 마라."

아무리 달래도 악치듯 우는 자식 무엇 먹여 그치리요. 머리 위에 손을 얹고 두 눈이 뚫어질 듯이 기다릴 제 홍부 아내 거동 보소. 깃만 남은 헌 저고리, 다 떨어진 누비 바지, 앞만 남은 몽당치마 떨쳐 입고 목만 남은 헌 버선, 뒤축 없는 짚신 끌고 문 밖에서 바장이며 어린아이 달랠 적에 홍부 오기를 칠년 대한(七年大旱)에 대우(大雨)를 기다리듯, 구년 홍수(九年洪水)에 볕발 기다리듯, 제갈공명(諸葛孔明)[3] 칠성단에 동남풍 기다리듯, 강태공(姜太公)[4] 위수(渭水)변에 주문왕 기다리듯, 남정북벌에 명장(名將) 믿듯, 어린 아들 굿에 간 어미 기다리듯, 독수공방에 유정 낭군(有情郎君) 기다리듯, 삼사 끼 굶은 자식들 홍부 오기만 기다린다.

"어젯날은 수이 가더니 오늘날은 어찌 이리 더디 가노. 무

---

1) 직함이 없는 노인의 존칭.
2) 아침에 일어나서 아무것도 먹지 못한 입.
3) 중국 삼국시대 때 사람으로, 유비를 도와 공을 세움.
4) 주(周)나라 때의 어진 신하로, 주문왕(周文王)과 무왕(武王)을 도와 공을 세움. 이름은 상(尙).

정 세월 약류파도 오늘 보니 헛말이로다."
한창 이리 기다릴 제,
흥부는 매에 취하여 비틀비틀 걸어오니 흥부 아내 마중나가며,
"아이 아버지, 다녀오시오? 동기간이 좋은 게로세. 큰댁에 가더니 술에 잔뜩 취해 오시는구려. 어서어서 들어가세. 쌀이거든 밥을 짓고 돈이거든 저 건너 김 동지 집에 가서 한 때라도 느루 먹을 것을 팔아 옵세."
흥부 듣고 기가 막히어,
"자네 말은 풍년일세."
흥부가 본대 동기간 우애가 극진한지라 차마 그 형의 행사를 바로 못 하고 우애 있는 말로 하는데,
"여보 마누라, 큰댁에를 간즉 형님과 형수씨가 나오며 손을 잡고 인제야 오느냐 하며 안으로 데리고 들어가더니 좋은 약주도 주고 더운 점심 지어 주며 많이 먹으라 하시며 형님께서는 돈 닷 냥, 쌀 서 말 주시고 형수씨는 돈 석 냥, 팥 두 말을 주시며 어서 건너가서 밥 지어 어린것들 살리라 하시고 하인 불러 지워 가라 하시기에 하인은 그만두라 하고 내가 친히 짊어지고 큰댁에서 나서서 큰 고개를 넘어오다가 도적놈을 만나 다 빼앗기고 그저 왔네"
하며 눈에서 눈물이 비 오듯 하니 흥부 아내 생각에 시형 내외 마음을 짐작할지라,
"그만두시오, 알겠소. 형님 속도 내가 알고 시아주버니 속도 내가 아오. 돈 닷 냥, 쌀 서 말이 무엇이오? 내게다 그런 말을 하시오?"

하며 자기 남편을 보니 유혈이 낭자하여 얼굴이 모두 붓고 온몸을 만져 보니 성한 곳이 바이 없으니 흥부 아내 기가 막히어 땅에 펄썩 주저앉으며,

"애고, 이것이 웬일인가. 가기 싫다 하는 가장(家長) 내 말 어려워 가시더니 저 모양이 웬말이오. 팔자 그른 이 몹쓸 년 가장 하나 못 섬기고 이런 광경 당케 하니 잠시인들 살아 무엇하리. 모질고 악한 양반, 구산(丘山)같이 쌓인 식(食) 누구 주자 아끼어서 저리 몹시 친단 말인고."

흥부의 착한 마음 형의 말은 아니하고,

"여보 마누라, 슬퍼 마소. 가난 구제는 나랏님도 못 한다 하니 형님인들 어찌하시나. 우리 양주 품이나 팔아 살아가세."

흥부 아내 응순하고 서로 나서 품을 판다. 용정(舂精)하여 방아 찧기, 술집에 가 술 거르기, 초상난 집의 제복 짓기, 대사 치르는 집 그릇 닦기, 굿하는 집 떡 만들기, 시궁 발치 오줌 치기, 해빙하면 나물 캐기, 춘모(春眸) 갈아 보리 놓기, 왼가지로 품을 팔고, 흥부는 이월 동풍 가래질하기, 삼사월에 부침질하기, 일등 전답 무논 갈기, 이집 저집 이엉 엮기, 날 궂은 날 멍석 맺기, 시장 가에 나무 베기, 무곡(貿穀) 주인·역인 서기·각읍 주인 삯길 가기, 술밥 먹고 말짐 싣기, 오 푼 받고 마철(馬鐵) 박기, 두 푼 받고 똥 재치기, 한 푼 받고 비 매기, 식전이면 마당 쓸기, 이웃집 물 긷기, 전주 감영 돈 짐 지기, 대구 감영 태전(汰錢)[1]지기, 왼가지로 다하여도

---

1) 돈을 등짐 지는 것.

굶기를 밥 먹듯 하여 살길이 없는지라. 하루는 생각다 못하여 읍내로 들어가서 환곡(還穀)이나 한 섬 얻어 먹으리라 자기 혼자 마음 먹고,

"여보 마누라, 읍내 잠깐 다녀오리이다"

하고 행장을 차리는데, 헙수룩한 봉두돌빈(蓬頭突鬢)[1]에 헌 망건을 눌러 쓰고 울근불근 살이 보이는 다 떨어진 고의 적삼에 헌 행전을 무릎 밑에 높이 치고 양(梁)[2]만 남은 헌 파립에 죽령을 달아 쓰고 노닥노닥 기운 중치막을 행세차로 떨쳐입고 뼘만한 곰방대를 손에 쥐고 어쓱비쓱 갈짓자로 걸어 읍내로 들어가 길청[3]을 찾아가니 이방이 상좌에 앉았거늘, 흥부가 마루 위에 간신히 올라서며 죽어도 반말로,

"이방, 참 내가 왔지. 이사이 청중에 일이나 없으며 성주께서도 안녕하신지. 내가 삼십 리를 왔더니 허리가 뻣뻣하여 그저 앉자"

하더니 곰방대에 담배를 담아 먹으랴 하는데 이방이 하는 말이,

"연 생원, 어찌 들어왔소?"

흥부 하는 말이,

"환곡이나 좀 얻어먹자고 왔는데 처분이 어떠할는지?"

이방이 하는 말이,

"가난한 사람이 막중국곡(莫重國穀)을 어찌하자고 달라

---

1) 쑥대강이같이 흐트러진 머리카락. 봉두난발(蓬頭亂髮).
2) 굴건이나 금양관(金梁冠) 등의, 앞 이마에서부터 우뚝 솟아 둥긋하게 마루가 져서 뒤에 닿은 부분.
3) 군아(郡衙)에서 아전이 집무하던 곳.

할까? 그러나 연 생원, 매 더러 맞아 보았소?"

흥부 이 말 듣고 겁을 내며 하는 말이,

"매 맞는 일은 왜 하오? 그런 말은 말고 환곡이나 좀 얻어 주면 어린 자식들을 살리겠구면."

이방이 하는 말이,

"환곡을 얻지 말고 매를 맞으시오. 이 고을 김 부자를 어느 놈이 영문(營門)에 무소(誣訴)를 하여 김 부자 압상관자(押上關子)[1] 왔는데, 김 부자는 마침 병이 나고 친척도 병이 있어 대신을 보내고자 하여 나를 보고 의논을 하니 연 생원이 김 부자 대신 영문에 가서 매를 맞으면 그 삯으로 돈 삼십 냥 줄 터이오. 그 삼십 냥은 예서 환(圜)을 내어 줄 터이니 영문에 가서 매를 대신 맞고 오는 것이 연 생원 마음에 어떠하시오?"

흥부 이 말이 반가워서 매 맞기 어려운 생각은 아니하고,

"매는 몇 대나 되겠소?"

"한 삼십 대 될 터이지."

흥부 하는 말이,

"매 삼십 대를 맞으면 돈 삼십 냥을 다 나를 주나?"

"아무렴. 그렇지. 매 한 대에 한 냥씩이오."

흥부 이 말 듣고,

"여보, 이런 말 내지 마오. 우리 동네 꾀쇠 아비가 알면 발등을 디뎌 먼저 갈 터이니 소문내지 마시오."

이방이 돈 닷 냥을 먼저 주고 영문에 가는 보고장을 흥부

---

1) 죄인 등을 잡아 상부로 올려 보내라는 공문서.

주며,

"어서 다녀오시오. 내 편지 한 장 갖다 영문 사령 주면 혹시 매를 쳐도 헐장(歇杖)[1]할 터이오. 또 김 부자가 뒤로 장청(將廳)에 돈 백이나 보낼 터이니 염려 말고 어서 가오."

흥부 어찌 좋은지 반말하던 사람이 별안간 존대가 한량없다.

"여보 이방님, 다녀오리다."

굽실굽실 하직한 후 위선 노자 닷 냥을 둘러차고 자기 집으로 돌아오며 노래를 부르는데 돈 타령을 한다. 멀찍이서부터 마누라를 부르며,

"여보 마누라, 돌아보아라. 옛날 이선(李仙)[2]이는 금돈 쓰고 한나라 관운장은 위나라에 가셨을 제 상마(上馬)에 천금이요 하마(下馬)에 백금을 말(斗)로 되어 드렸으되, 이러한 소장부는 읍내 한 번 꿈쩍하면 돈 삼십 냥이 우수수 쏟아진다. 마누라야, 거적문 열어라."

흥부 아내 좋아라고 내다르며,

"돈 말이 웬말이오? 일수 돈을 얻어 왔소, 월수 파수(派收) 변을 얻어 왔소, 오 푼 달변 얻어 왔소?"

흥부 하는 말이,

"아니로세, 변천 일수는 왜 얻겠나?"

"그러면 길에서 얻어 왔소?"

흥부 하는 말이,

---

1) 장형(杖刑)에서 때리는 시늉만 하는 매질.
2) 조선 시대 한글 소설《숙향전(淑香傳)》에 나오는 남자 주인공.

"이 돈은 횡재나 다름없는 돈일세."

홍부 아내 하는 말이,

"그러면 필경 길가에서 얻어 왔을 터이니 잃은 사람이 원통치 아니하겠소? 여보 아이 아버지, 돈 얻던 길가에 바삐 갖다 놓고 돈 임자가 와서 찾거든 도로 주고, 고맙다고 한 냥이나 주든지 두냥을 주든지 그는 정당한 일이니 어서 가서 찾아 주오."

홍부 하는 말이,

"마누라 말을 들으니 본받을 말이로세. 내 말을 들어 보소. 내가 길가에서 얻은 돈도 아니요, 누가 나를 그저 준 돈도 아니라. 읍내를 들어가니 이 고을 김 부자를 어떤 놈이 얽어서 영문에 정하였는데, 지금 김 부자는 앓고 누구든지 대신 가서 볼기 삼십 대만 맞고 오면 돈 삼십 냥에 닷 냥을 노자로 주니 그 아니 횡재인가. 감영에 가서 눈 끔쩍하고 볼기 삼십 대만 맞았으면 돈 삼십 냥이니 횡재가 아닌가?"

홍부 아내 이 말을 듣고 깜짝 놀라 하는 말이.

"여보시오 아이 아버지, 매품 말이오? 남의 죄를 어찌 알고 대신이라니 웬말이오. 살인죄를 범행했는지 강도죄를 범행했는지 기인취재(欺人取財)[1] 범하였는지 남의 죄를 어찌 알꼬. 만일 영문에 올라갔다 여러 날 굶은 몸에 영문 곤장 맞게 되면 몇 안 맞아 죽을 터이니 어서 가서 그 일 파의하오. 마오 마오, 가지 마오. 만일에 갈 터이거든 나를 죽여 묻고 가오. 나곧 죽어 모르면 그는 응당 가려니와 살려 두고는

---

1) 사람을 속여 재물을 빼앗는 것.

못 가리다. 가지 마오, 제발 내 말대로 가지 마오. 만일 갔다가 매 맞아 죽게 되면 뭇 초상이 날 터이니 부대 내 말 괄시 마오."

이렇듯 강권하니 흥부가 옳게 듣기는 하나 돈 삼십 냥이 눈에 어른어른하며 볼기 몇 만 맞았으면 그 돈 삼십 냥을 공돈같이 쓸 생각에 마누라를 어른다.

"여보 마누라, 볼기 내력 들어 보오. 이놈이 장원급제하여 초헌(貂軒) 위에 앉아 보며 오영문(五營門) 장신(將臣) 되어 좌마(坐馬) 위에 앉아 보며 팔도 감사 하였으니 선화당(宣化堂)[1]에 앉아 보며 각 읍 수령하여 동헌(東軒) 방에 앉아 보며 이 골 좌수 되었으니 향청 마루에 앉아 보며 이 골 이방 되었으니 길청에 앉아 보며 동리 좌상 되었으니 동리 좌상에 앉아 볼까. 쓸데없는 이 볼기짝 감영에를 올라가서 볼기 삼십 대만 맞았으면 돈 삼십 냥 생길 터이니 열 냥은 고기 사서 매맞은 소복(蘇復)하고 열 냥은 쌀을 팔아 집안 식구 포식하고 열 냥은 소를 사서 이십사삭(二十四朔) 어울이[2] 주었다가 그 소 팔아 맏아들 장가들여 그놈에게 아들 낳으면 우리에게는 손자되니 그 아니 경사인가."

흥부 아내 그 말 듣고 생각하니 사리는 그러하나 이런 길은 못 가나니 한사(限死)하고 말리거늘 흥부 역시 할 수 없어 영문에 갈 마음 속중으로만 혼자 먹고 겉으로는,

"그리하소, 아니 가리. 짚신이나 삼아 신게 저 건너 김 동

---

1) 각 도의 관찰사가 사무를 보는 정당(正堂).
2) 배내. 남의 가축을 길러 다 자라거나 새끼를 낸 뒤에 임자와 나누어 가지는 제도.

지네 가서 짚 한 단 얻어 옴세."

 이렇게 속이고 영문으로 올라갈 때 마삯이나 타고 가는 것이 아니라 돈 삼십 냥 한몫 받아 쓸 작정으로 하루 일백 칠십 리씩 걸어 며칠 만에 영문에 다다르니 흥부가 낙지(落地) 후 영문 구경은 처음인데 어디가 어디인지 알지 못하고 삼문(三門) 앞에서 어정어정 할 즈음에 마치 사령 하나이 구복색(具服色)을 하고 오락가락하거늘 흥부 바라보다가 허허 웃고 하는 말이,

 "그 사람은 털갓 뒤에다 붉은 꼭지를 달고 다니네"
하며 삼문 앞으로 들어가니 무수한 군로 사령(軍牢使令)[1]들이 여기 있고 저기 있어 방울이 떨렁하고 긴 대답 하는 소리 벽천(碧天)이 잦아졌다. 흥부 마음이 으슬으슬하여 지며 걱정을 하는 말이,

 "아마도 내가 저승에를 왔나 보다. 아무리 생각을 하여도 살아갈 수 없는데. 집에서 마누라 말이 옳은 것을 고집하고 왔더니."
하며 한참 이리 후회할 때 방울이 떨렁 긴 대답이 '예의' 하거늘 흥부 겁결에 갓 벗고 상투를 내밀며 군로 앞에 들어가서,

 "여보시오, 나 먼저 들어가게 하여 주시오."
 사령들 하는 말이,
 "웬 양반인지 미쳤소? 저리 가오."
 흥부 대답하는 말이,
 "여보시오, 사람을 놀리지 말고 어서 잡아들이시오."

---

1) 군뢰 사령. 군대에서 죄인을 다루던 사령.

사령 하는 말이,
"댁이 누구인데 어찌해서 여기 왔소?"
홍부 하는 말이,
"나는 우리 골 김 부자의 대신으로 매맞으러 온 사람이올시다."
"그러면 댁이 보덕촌 사는 연 생원이오?"
"예, 그러하오이다."
그 중에 도사령(都使令)이 아래 사령들 보고,
"여보게, 저 양반이 김 부자의 대신으로 왔으니 아랫방에 들어앉히고 만일 추열(推閱)을 하여 매를 칠지라도 아무쪼록 헐장하소. 우리 청에 편지와 돈 백 냥이 왔네."
여러 사령들이 홍부 위로할새 마침 청령(廳令) 소리 나며 무슨 행차가 삼문을 잡고 들어오더니 이윽고 영이 나리는데,
"각도 각읍 죄인 중 살인 죄인 외에는 일체 방송(放送)하옵신다"
하니 도사령이 나와서 하는 말이,
"연 생원, 일 잘 되었소."
홍부 하는 말이,
"여보, 매를 맞게 되었소?"
도사령 하는 말이,
"무슨 죄인이든지 밖으로 다 방송하라시니 어서 집으로 가시오."
홍부 낙심하여 하는 말이,
"여보시오, 나는 매만 맞아야 수가 있소. 매 하나에 한 냥씩 작정하고 왔는데 그저 가면 낭패요."

사령 하는 말이,

"여보 연 생원, 이번에 김 부자 일로 여기에 왔는데 매 아니 맞았다고 만일 돈을 아니 주거든 곧 영문으로만 오면 우리가 어찌하든지 돈 백을 받아 줄 터이니 어서 가시오."

흥부 하릴없이 회정(回程)할새 향청(鄕廳) 근처를 지나다가 환자(還子)[1] 받는 데서 매질하는 것을 보고 하는 말이,

"거기는 매 풍년이 들었다마는"
하면서 집으로 돌아오며 신세 자탄을 하고 노자 남은 돈 냥으로 떡을 사서 짊어지고 집을 향하고 돌아가더라.

이때 흥부 아내는 가군(家君)이 감영에 간 줄 알고 후원에 단을 모으고 정화수 길어다가 단 위에 올려놓고 비는 말이,

"비나이다. 을축생 연씨 대주(大主) 남의 죄 대신으로 매 맞으러 갔사오니, 하느님 어진 신명으로 무사히 다녀오기를 천만 축수 비나이다."

이렇듯이 정성드린 후에 방 중으로 돌아와서 어린 자식 젖 물리고 혼자 앉아 우는 말이,

"원수의 가난으로 하늘 같은 우리 가장 매품팔이 웬말인고. 불쌍하신 우리 가장 영문 곤장 맞았으면 돌아올 날 없을 터이오. 태장(笞杖)을 많이 맞고 장독(杖毒) 나서 누웠는가, 개개고찰(個個考察)[2] 매를 맞고 기운 없어 자진(自盡)한가, 소식 몰라 어이하나."

이렇듯이 울음 울 때 흥부가 집으로 돌아오니 흥부 아내

---

1) 각 고을의 사창(社倉)에서 백성에게 꾸어 주었던 곡식을 가을에 받아들임.
2) 매를 때릴 때 형리를 계칙(戒飭)하여 낱낱이 살펴 몹시 치게 함.

흥부전 35

반겨라고,

"아이 아버지, 다녀오시오? 백방(白放)으로 놓여 오나, 태장 맞고 돌아오나, 형장 맞고 돌아오나? 상처가 어떠하오?"

흥부가 매 못 맞고 그저 오는 데 화가 나서 그 마누라를 여지없이 꾸짖는데,

"나더러 상처를 묻느니 네 친정 할아비더러 물어라. 매 한 대 못 맞고 오는 사람더러 이년아, 장처니 상처니 다 무엇이니?"

흥부 아내 이 말을 듣고,

"좋다 좋다, 지화자 좋을시고. 매 맞으러 갔던 낭군 매 안 맞고 돌아오니 이런 경사가 또 있는가. 매 맞으러 영문 갈 제 그날부터 후원에 단을 모으고 하느님께 빌었더니 하느님 덕택으로 백방으로 돌아오니 반가울사. 못 먹고 주린 가장 영문 매를 맞았더면 속절없이 죽을 것을 그저 오니 좋을시고."

흥부 그 마누라 좋아하는 거동을 보고 기가 막히어 기쁜 마음이 조금 없고 신세 생각이며 어린 자식 살릴 생각을 하니 비감한 심회가 폭발하여 해연한 눈물이 비 오듯 하고 무심중 통곡이 나오며 두 손으로 가슴을 쾅쾅 두드리니 흥부 아내 그 모양을 보더니 기뻐하는 마음은 어데로 가고 비장한 마음이 다시 맹동(萌動)하고 그 남편을 따라 울며 하는 말이,

"우지 마오, 우지 마오. 안연(顔淵)[1] 같은 성인도 안빈낙도(安貧樂道)하여 있고 부암에 담 쌓던 부열(傳說)[2]이도 성

---

1) B. C. 521~490. 중국 노(魯)나라 사람. 같은 책 20면. 주1) 참조.

군(聖君)을 만나 부귀영화하여 있고 심야에 밭 갈던 이윤(伊尹)[1]이도 성탕(成湯)[2] 같은 성군 만나 귀히 되고 한장군 한신(韓信)[3]이도 초년에 곤궁타가 한고조(漢高祖)를 만나 원훈(元勳)이 되었으니 세상사를 어찌 측량하오리까. '천불능궁력색가(天不能窮力穡家)[4]라' 하였으니 우리도 마음만 옳게 먹고 부지런만 하였으면 좋은 때를 만날지 어찌 아오리까."

흥부 그 말을 옳게 여겨 자탄 신세만 할 즈음에 마침 김 부자의 가족 하나가 지나다가 흥부 왔단 말을 듣고 와서 찾아보고 하는 말이,

"자네같이 주린 사람이 영문에 가서 그 매를 맞고 어찌 돌아왔나?"

흥부가 돈 받아 먹을라고 맞았노라 하려다가 마음이 본래 곧은 사람이라 이실직고로 하는 말이,

"맞았으면 해롭지 아니할 것을 맞지를 못하였다네."

김씨가 그 말을 자세히 듣고 하는 말이,

"자네가 마음은 착한 사람일세. 나도 어데서 들었네마는 무사히 오고야 돈 달랄 수가 있는가. 내가 마침 있는 돈이 칠

---

2) 중국 은(殷)나라 고종(高宗) 때의 재상. 토목 공사의 일꾼이다가 재상으로 등용되어 중흥의 대업을 이룸.
1) 중국 고대 전설상의 인물로, 상(商)나라 때 명상(名相).
2) 탕왕(湯王), 중국 은나라 초대 왕.
3) 중국 한(漢)나라 고조(高祖)의 장신(將臣)으로, 한나라 창업 삼걸(三傑) 중의 하나.
4) 하늘도 노력하는 사람은 궁하게 하지 못함. 곧 근면 노력하는 사람은 잘 살게 된다는 뜻.

팔 냥 있으니 쌀말이나 사다 먹소"
하고 가거늘 흥부가 그 사람 가는 것을 보고 혼잣말로,
 "내가 매 한 개 아니 맞고 남의 돈을 공으로 먹으니 염치는 없거니와 열흘 굶어 군자 없다고 어찌할 수 있느냐"
하고 일변 쌀 팔고 반찬 사서 며칠 살았으나 굶기는 또 그 턱이라 어찌하면 좋으리요. 짚신 장사나 하여 보겠다 하고 하는 말이,
 "여보 마누라, 저 건너 김 동지 집에 가서 짚 한 뭇만 얻어 오소. 전답 없어 농사 못 하고 밑천 없어 장사 못 하고 짚신 장사나 하여 보겠네."
 마누라 하는 말이,
 "아쉬우면 가끔 가끔 얻어 오고 또 어찌 말을 하오? 나는 가서 말할 염치 없소."
 흥부 화를 내어,
 "그만두소, 내 가오리"
하고 그 길로 가서 김 동지를 찾으니 김 동지 나오며,
 "자네 어찌 왔노?"
 흥부 대답하되,
 "수다 소솔(所率)이 차마 굶어 못 살겠기로 짚신이나 삼아 팔자 하고 짚 한 뭇 얻으러 왔나이다."
 김 동지 듣고 하는 말이,
 "자네 불쌍도 하이. 형은 부자로되 자네는 저리 가난하니 어찌 아니 측은할까."
 후면으로 돌아가 올벼 짚동 풀어 놓고 한뭇 두뭇 짝을 맞추어 내어 주니 흥부 백배사례하고 짚을 걸머지고 건너와서

짚신 한 죽 삼아 지고 장에 가 파니 겨우 서 돈을 받은지라. 쌀 팔고 반찬 사 가지고 돌아와서 어린 자식 데리고 한 끼는 살았거니와 짚인들 매양 얻을소냐. 흥부 탄식하고 어린 자식을 어루만지며 통곡하니 흥부 아내 기가 막혀 또한 울며 하는 말이,

"지빈무의(至貧無依) 이내 형세 금옥 같은 애중 자식 헐벗기고 굶주리니 그 아니 가련한가. 세상에 주린 사람 뉘라서 구원하며 학철에 마른 고기〔涸轍鮒魚〕[1] 한 말 물로 뉘 살리리. 이 세상에 답답한 일 가난밖에 또 있는가. 수족을 다 끊기니 척부인(戚夫人)[2] 설움이요, 장신궁(長信宮)[3]에 꽃이 피니 반첩여(班婕妤)[4]의 설움이요, 소상강(瀟湘江) 반죽(斑竹)[5]되니 아황여영(娥皇女英)[6] 설움이요, 마외역(馬嵬驛) 젊은 날에 양귀비 설움이요, 낙양 옥중 고생하던 숙낭자의 설움인들 이 고생에 더할소냐."

땅을 치며 우는 거동 차마 어찌 보리요. 흥부 울다가 그 마누라 경상 보고 일변 눈물을 거두고 위로하는 말이,

"부불삼세요 빈불삼세(富不三世貧不三世)는 예로부터 일렀나니 설마 삼대까지 곤란할까. 마음만 옳게 먹고 불의지산(不義之産) 아니하면 자연 신명이 도와 굶어 죽지 아니하리

---

1) 수레바퀴 자국에 괸 물에 있는 붕어. 몹시 고단하고 옹색함의 비유.
2) 한고조가 사랑하던 여인.
3) 중국 한나라의 궁전 이름.
4) 반녀(班女)의 통칭. 첩여란 중국 한나라 때의 여관(女官) 중 하나.
5) 중국 소상 지방에서 생산되는, 아롱진 무늬가 있는 대.
6) 중국 고대 요(堯)임금의 두 딸. 순(舜)임금에게 시집갔다가 그가 죽자 상강에 빠져 죽음.

니 울지 말고 서러워 마소."

이렇듯이 세월을 허송할 제 그달 저달 다 보내고 춘삼월 호시절을 당하니 흥부가 이왕에 식자(識字)는 있는지라 수숫대로 지은 집에 입춘(立春)을 써 붙였는데 겨울 동(冬)·가을 추(秋)자는 천지간에 좋을 호(好)자, 봄 춘(春)자·올래(來)자는 녹음방초 날 비(飛)자요, 우는 것은 짐승 수(獸)자, 나는 것은 새 조(鳥)자요, 연비려천(鳶飛戾天) 소리개 연(鳶)자요, 오색이 찬란하다. 꿩 치(雉)자, 야월삼경(夜月三更) 슬피 우는 두견 촉(蜀)자, 쌍거쌍래(雙去雙來) 제비 연(燕)자, 인간 만물 찾을 심(尋)자, 이집 저집 들 입(入)자, 일월(日月)도 박식(迫蝕)[1]하고 음양(陰陽)도 상생(相生)커든 하물며 인물(人物)인들 성식(盛飾)이 없을소냐. 삼월 삼질 다다르니 소상강 떼기러기 가노라 하직하고 강남서 온 제비 왔노라 현신(現身)할 제 고대광실 다 버리고 비거비래(飛去飛來) 넘노다가 흥부를 보고 반겨라고 좋을 호자 지저귀니 흥부 제비를 보고 경계하는 말이,

"고당화각(高堂畵閣) 많건마는 수숫대로 지은 집에 와서 네 집을 지었다가 오뉴월 장마에 집이 만일 무너지면 그 아니 낭패되랴. 아무리 짐승일망정 나의 말을 신청(信聽)하고 좋은 집을 찾아가서 완실히 집을 짓고 새끼를 치려무나."

이같이 경계하여도 저 제비 듣지 않고 흙을 물어다 집을 짓고 첫 새끼 겨우 쳐 날기 공부 힘을 쓸새 힐지항지(頡之頏之)[2] 사랑하더니 뜻 아니한 대망(大蟒)[3]이 한 놈 별안간 달

---

1) 적어지고 없어짐.

려들어 제비 새끼를 몰수이 잡아먹으니 흥부 보고 깜짝 놀라 하는 말이,

"흉악한 저 짐승아. 고량(膏粱)도 많건마는 무죄한 제비 새끼 몰수이 잡아먹으니 악착하고 불쌍하다. 저 제비 대성황제나 계시고 불식곡식(不食穀食) 자라나서 인간에 해가 없고 옛 주인 찾아오니 제 뜻이 유정하되 제 새끼를 보존치 못하고 일시에 다 죽이니 어찌 아니 가련하리. 흉악한 저 짐승이 패공(沛公)의 용천검(龍泉劍)[1]에 적혈이 비등할 제 백제(白帝)의 영혼인가 신장(身長)도 장할시고. 영주 광야 너른 뜰에 숙낭자의 해를 입던 풍사방의 대망인가. 머리도 흉악하다."

일변 칼을 들어 그 짐승 잡으려 할 제 저 제비 새끼 한 마리가 공중으로 뚝 떨어져 피를 흘리고 발발 떠는지라. 흥부가 이를 보고 펄쩍 뛰어 달려들어 제비 새끼를 두 손으로 곱게 들고 애처로이 여겨 하는 말이,

"불쌍하다, 저 제비야. 은왕성탕 은혜 입어 금수를 사랑하리."

부러진 다리를 칠산(七山)[2] 조기 껍질로 찬찬 감고,

"여보 마누라, 당사(唐絲) 실 한 바람만 주소, 제비 다리동여매게."

흥부 아내 시집 올 때 가져온 당사 실을 급히 찾아 내어주

---

2) 새가 날아 올랐다 내려왔다 하는 모양.
3) 이무기.
1) 옛날 중국에 있었다는 보검의 이름.
2) 전남 영광군에 있는 조기의 명산지.

니 흥부 선뜻 받아 제비 새끼 상한 다리를 곱게 곱게 감아 매어 찬 이슬에 얹어 두었더니 하루 지내고 이틀 지내고 십여 일이 되더니 상한 다리 완구히 소생되어 비거비래 줄에 앉아 남남지성(喃喃之聲)[1] 우는 소리 지지위 지지(知之爲知之)[2]요 부지위 부지(不知爲不知) 시지야(是知也)니라. 우는 소리 들어보니,

"옛날에 여경이[3]는 옥중에 갇혔을 때 까치가 기쁨을 보(報)하고 태상[4] 위상(魏尙) 범죄시에 참새 울어 복직(復職)하니 내 아무리 미물(微物)이나 은혜 어찌 못 갚으랴."

둥덩실 떠서 날아갈 제 소상강 기러기는 왔노라 하고 강남으로 가는 제비 가노라 하직한다.

강남 수천 리를 훨훨 날아가서 제비왕께 입시(入侍)하니 제비왕이 물어 가로되,

"경(卿)은 어찌하여 다리를 절며 들어오느냐?"

저 제비 여쭈오되,

"신의 부모가 조선에 나가 흥부의 집에 깃들였더니 뜻밖에 대망의 화를 입어 다리가 부러져 죽을 것을 주인 흥부의 구함을 얻어 살아 왔사오니 흥부의 가난을 면하게 하여 주옵시면 소신이 그 은공을 만분지일이라도 갚을까 하나이다."

제비왕이 이 말 듣고 가로되,

"불인인지심(不忍人之心)[5]은 성인(聖人)의 본정(本情)이

---

1) 지루하게 지껄이는 소리.
2) 빠르게 재잘거리는 소리.
3) 여경일(黎景逸)의 그릇된 표기.
4) 태사(太史)의 잘못. 중국에서 기록을 맡아보던 관리.

니 흥부는 과시 어진 사람이라. 유공필보(有功必報)는 군자의 도리니 그 은혜를 어찌 아니 갚으리요. 과인(寡人)이 박씨 하나를 주는 것이니 경이 가지고 나가 보은(報恩)하라."

제비 사은(謝恩)하고 물러 나가 그렁저렁 그 해를 지내고 명년 삼월을 당하니 모든 제비 나갈새 저 제비 거동 보소. 제비왕께 하직하고 허공 중천 높이 떠서 박씨를 입에 물고 너울너울 자주자주 바삐 날아 성도(成都)[1]에 들어가 미감부인(麋甘夫人)[2] 모시던 별궁(別宮) 터 구경하고 장판교(長坂橋) 당도하여 장비(張飛)[3]의 호통하던 곳을 구경하고 적벽강(赤壁江) 건너올 때 소동파(蘇東坡)[4] 놀던 곳 구경하고 경화문(景華門) 올라앉아 연경(燕京) 풍물 구경하고 공중에 높이 떠서 만리장성 바삐 지나 산해관(山海關) 구경하고 요동(遼東) 칠백 리 봉황성(鳳凰城) 구경하고 압록강 얼른 건너 의주(義州) 통군정(統軍亭) 구경하고 백마산성(白馬山城) 올라앉아 의주 성중 굽어보고 그 길로 평양 감영 당도하여 모란봉(牧丹峰) 얼른 올라보고 대동강을 건너서서 황주(黃州) 병영 구경하고 그 길로 훨훨 날아 송악산(松嶽山) 빈터를 구경한 후 삼각산(三角山)을 당도하니 명랑한 천봉만학은 그림을 펴놓은 듯 종각 위에 올라앉아 전후좌우 각전 시정(各廛市井)이며 오고 가는 행인들과 각항 물색을 구경하고 남산

---

5) 측은한 마음.
1) 중국 사천성(四川省)의 주도(主都).
2) 《삼국지연의》의 유비(劉備)의 두 부인.
3) 유비를 도와 공을 세운 명장.
4) 소식(蘇軾). 중국 북송(北宋)의 문인이며, 대표작으로 《적벽부(赤壁賦)》가 있음.

을 올라가서 잠두(蠶頭)를 구경하고 당집 위에 올라앉아 장안 성내 굽어보니 즐비할사 천문만호(千門萬戶) 보기도 장할시고. 그 길로 남대문 밖 내달아 동작강(銅雀江)을 건너달아 바로 충청, 전라, 경상 삼도 어름 흥부 집 동리를 찾아 너울너울 넘노는 거동 북해 흑룡이 여의주(如意珠)를 물고 채운(彩雲)간에 넘노는 듯, 단산(丹山)의 어린 봉이 죽실(竹實)을 물고 오동낡게[1] 노니는 듯, 황금 같은 꾀꼬리가 춘색을 띠고 세류영(細柳影)에 왕래하듯 이리 기웃 저리 기웃 넘노는 거동 흥부 아내 먼저 보고 반기며 하는 말이,

"여보소 아이 아버지, 전년에 왔던 제비가 입에 무엇을 물고 와서 저리 넘노니 어서 나와 구경하오."

흥부 즉시 나와 보고 심중에 이상히 여기더니 그 제비 머리 위로 날아들며 입에 물었던 것을 앞에다 떨구니 흥부 집어들고 하는 말이,

"여보 마누라, 작년에 다리가 상하여 동여 주었던 제비가 무엇을 물어 던지네그려. 누런 수가 금인가 보네. 무슨 금이 이다지 가벼울까?"

흥부 아내 하는 말이,

"그 가운데 누르스름한 것이 참말 금인가 보오."

흥부 하는 말이,

"금이 어이 있을까. 옛날 초한건곤(楚漢乾坤) 분분(紛紛)시에 육출기계(六出奇計)[2] 진평(陳平)[3]이가 범아부(范亞

---

1) 오동나무에. '낡'은 나무의 옛말.
2) 진평이 내놓은 여섯 가지 신기한 계교.

父)¹⁾를 잡으려고 황금 사만 근을 흩었으니 금이 어이 있으리오."

"그러면 옥인가 보오."

흥부 하는 말이,

"옥출곤강(玉出崑崗)²⁾이라 하니 곤산에 불이 붙어 옥석이 다 탄 후에 간신히 남은 옥을 장자방(張子房)³⁾이 옥통소를 만들어 계명산(鷄鳴山) 추야월에 슬피 불어 강동 팔천자제(八千子弟)를 다 흩어 버렸으니 옥도 이게 아니로세."

"그러면 야광주(夜光珠)인가 보오."

"야광주도 세상에는 없나니, 제위왕(齊威王)이 위혜왕(威惠王)의 십이 승(十二乘) 야광주를 깨쳤으니 야광주도 없느니."

"그러면 유리(琉璃) 호박(琥珀)인가?"

"유리 호박 더욱 없나니, 주세종(周世宗)⁴⁾이 탐장(貪臟)할새 당나라 당갈⁵⁾이가 유리 호박을 모두 술잔을 만들었으니 유리 호박이 어데 있으리요."

"그러면 쇤가 보오."

"쇠도 인제는 없나니, 진시황(秦始皇)⁶⁾ 위엄으로 구주(九

---

3) 전한(前漢) 때 사람으로 갖은 묘책을 써서 고조(高祖)를 도와 항우(項羽)를 패하게 한 사람.
1) 항우의 모사(謀士)였다가 진평의 꾀로 고조에게 귀화한 자.
2) 옥은 곤강, 즉 곤산에서 남.
3) 장량(張良). 한고조를 도왔다가 후엔 명리를 버린 사람.
4) 중국 오대(五代) 때 임금. 탐장으로 유명함.
5) 장갈(張褐)의 그릇된 표기.
6) 육국(六國)을 통일한 진의 시황.

州)의 쇠를 모아 금인(金人) 열 둘을 만들었으니 쇠도 절종 되었나니."

"그러하면 대모(玳瑁) 산호(珊瑚)인가 보오."

"대모는 병풍이요 산호는 난간이라, 광리왕(廣利王)[1]이 수정궁(水晶宮) 지을 때에 수중보화(水中寶貨)를 다 들였으니 대모 산호도 아니로세."

"그러면 씨앗인가 보오."

흥부도 의혹하여 자세 보니 한가운데 글 석 자를 썼는데 보은박이라 하였거늘,

"아마도 이것이 박씨로세. 수후(隋侯)의 뱀도 구슬을 물어다가 살린 은혜 갚았으니 보은하러 물어 온가. 뉘라서 주는 것을 흙이라도 금으로 알고 돌이라도 옥으로 알고 해라도 복으로 알지"

하더니 고초일(枯焦日)[2]을 피하여서 동편 울 아래 터를 닦고 심었더니 이삼 일에 싹이 나고 사오 일에 순이 벋어 마디마디 잎이 나고 줄기마다 꽃이 피어 박 네 통이 열렸으니 대동강상 당두리 선같이, 종로 인경같이, 육관대사(六觀大師)[3] 법고(法鼓)같이 둥두렷이 달렸으니 흥부가 좋아라고 문자를 써서 하는 말이,

"유월에 화락(花落)하니 칠월에 성실(成實)이라. 대자(大者)는 여항(如缸)하고 소자는 여분(如盆)하니 어찌 아니 기

---

1) 중국 명나라 때 전기체 소설인《전등신화(剪燈神話)》에 나오는 인물.
2) 액(厄)이 있는 날로, 이 날에 씨앗을 뿌리면 말라 버려 싹이 트지 않는다 함.
3) 김만중의《구운몽(九雲夢)》에 나오는 대사.

뽈쏘냐. 여보소 아기 어머니, 비단이 한 끼라 하니 한 통을 타서 속을랑은 지져 먹고 바가지는 팔아다가 쌀을 팔아 밥을 지어 먹어 보세."

흥부 아내 하는 말이,

"그 박이 하도 유명하니 하루라도 더 굳히어 쾌히 견실하거든 따서 봅세."

이처럼 의논할 제 팔월 추석을 당하였는데 굶기를 시작하며 어린 자식들은,

"어머니, 배고파 죽겠소. 밥 좀 주오. 얼렁쇠네 집에서는 허연 것을 눈덩이처럼 뭉쳐 놓고 손바닥으로 비벼 가운데 구멍 파고 삶은 팥을 집어넣고 두 귀가 뾰족뾰족하게 만들어 소반에 놓습디다. 그것이 무엇이오?"

어미 하는 말이,

"그것이 송편인데 추석날 하여 먹는 것이란다."

또 한 녀석이 나오며,

"대갈쇠네 집에서는 추석에 쓰려고 검정 소 새끼를 잡습디다."

흥부 마누라 웃으며,

"아마 돼지를 잡는가 보다."

한참 이리할 제 흥부는 배가 고파 누웠더니 흥부 마누라 치마끈을 빠드드 졸라매고 목수네 집에 가서 톱 하나를 얻어다 놓고 굶어 누운 가장을 흔들흔들 깨우면서,

"일어나오 일어나오. 박이나 한 통 타서 박속이나 지져 먹읍시다."

흥부 마지못하여 일어나서 박을 따서 놓고 먹줄을 반듯하

게 마친 후 양주 톱을 잡고 켠다.

"슬근슬근 톱질이야, 당기어 주소 톱질이야. 가난타고 설워를 마소. 팔자 글러 가난, 사주 글러 가난, 벌지 못하여 가난, 미련하여 가난, 산소 글러 가난, 밑천 없어 가난한 걸 한탄 마소."

흥부 아내 하는 말이,

"산소 글러 가난하면 아주버님은 잘살고 우리는 가난한가? 장손만 잘되는 산소던가? 에여라 톱질이야, 슬근슬근 당겨 주소. 북창한월 성미파(北窓寒月聲未罷)에 동자(童子) 박도 가야[1]로다. 당하자손 만세영(堂下子孫萬世榮)에 세간살이 박도 가야로다. 이 박 한 통 타거들랑 금은보패가 나옵소서."

흥부 아내 화답하여,

"밀거니 당기거니 슬근슬근 툭 타 놓으니 오색채운이 일어나며 청의동자(靑衣童子) 한 쌍이 나오는구려."

흥부 깜짝 놀라 하는 말이,

"팔자가 그르더니 이것이 웬일인고. 박 속에서 사람 나오는 것 보아라. 우리도 얻어먹을 수 없는데 식구는 잘 보태인다."

그 동자 거동 보아라. 이는 봉래산(蓬萊山)[2] 학 부르던 동자 아니면 필경 천태산(天台山) 약 캐던 동자로다. 좌수에 병을 들고 우수에 대모반을 가져 눈 위에 높이 들어 흥부 전(前)에 드리며 하는 말이,

---

1) '가야금이로다' 란 뜻.
2) 신선이 사는 삼신산(三神山) 중의 하나.

"은병에 넣은 것은 죽은 사람 혼을 불러내는 환혼주(喚魂酒)요, 옥병에 넣은 것은 앞 못 보는 소경 눈 뜨이는 개안주(開眼酒)요, 금전지(金箋紙)에 봉한 것은 말 못하는 사람 말하게 하는 능언초(能言草)와 곱사등이 반신불수 절로 낫는 소생초(蘇生草)와 귀머거리 소리 듣는 총이초(聰耳草)요, 이 보에 싸인 것은 녹용, 인삼, 웅담, 주사(朱砂) 각종이오. 이 값을 의논하면 억만 냥이 넘사오니 매매하여 쓰옵소서."

흥부 마음에 너무 황홀하여 연고를 물으려 한즉 동자 벌써 간데 없는지라. 흥부의 거동 보소, 춤을 추며,

"얼시고 좋을시고 좋다. 지화자 좋을시고, 세상 사람 들어보소. 박 속을 먹으려다 금시 발복(發福)되었고나. 인간 천지 우주간에 부자 장자들이 재물이 많다 한들 이런 보배는 없을지니 나 같은 갖은 부가 어데 또 있으리."

흥부 아내 하는 말이,

"우리 집에 약국을 벌였으면 좋겠네."

흥부 하는 말이,

"약국을 신설하면 알 이가 누가 있어 약을 사러 올까. 내 마음에는 빠른 효험이 밥만 못하이."

흥부 아내 하는 말이,

"그도 그러하오니 저 박에나 밥이 들었는지 또 켜봄세"

하고 박 한 통을 또 따다 놓고 켜는데,

"슬근슬근 톱질이야, 당기어 주소 톱질이야. 우리 집이 가난하기 삼남(三南)에 유명터니 부자 득명(得名) 만만재물 일조에 얻었으니 어찌 아니 좋을쏘냐."

흥부 아내 하는 말이,

"아까 나온 약이 얼마나 되는가 구구 좀 놓아 볼까?"

흥부 하는 말이,

"자네가 구구를 놀 줄 아는가?"

흥부 아내 대답이,

"주먹구구라도 맞았으면 좋지"

하며 소리를 한다.

"구구 팔십 일광로[1]는 적송자(赤松子)[2] 찾아가고 팔구 칠십 이태백(李太白)[3]은 채석강(采石江)[4]에 완월(玩月)하고 칠구 육십 삼청선자(三淸仙者)[5] 학을 타고 놀아 있고 육구 오십 사호 선생(四皓先生)[6]은 상산(商山)[7]에 바둑두고 오구 사십 오자서(伍子胥)[8]는 동문(東門) 상에 눈을 걸고 사구 삼십 육수부(陸秀夫)[9]는 보국 충성 갸륵하고 삼구 이십 칠륙구는 적국(敵國) 전의 사절(士節)이요 이구 십 팔진도(八陣圖)[10]는 제갈량의 진법이요 일구 구궁수(九宮數)[11]는 하도

---

1) 신선의 하나.
2) 옛날 선인의 하나.
3) 중국 당나라의 유명한 시인.
4) 이태백이 달을 즐기다 빠져 죽은 강.
5) 도가(道家)에서 이르는 옥청(玉淸), 상청(上淸), 태청(太淸)으로 모두 신선임.
6) 한고조 때의 은사(隱士).
7) 중국 섬서성에 있는 산으로, 사호 선생이 진란(秦亂)을 피해 이곳에 은거했음.
8) 중국 춘추 시대 때 오나라 사람으로, 오왕 부차(夫差)에게 간(諫)하다 죽음을 당함.
9) 송나라 때 충신. 애산(厓山)에서 원군(元軍)에게 패하자 위왕(衛王)을 업고 바다에 빠져 죽음.
10) 제갈량의 진법(陣法)의 하나.

(河圖)[11] 낙서(洛書)[2] 그 아닌가. 사만 오백 냥어치나 되나 보오."

흥부 웃고,
"제법이로세."

흥부는 헛구구로 대중 없이 부르며 슬근슬근 톱질이야 쓱삭 쿡칵 툭 타 놓으니 박 속에서 왼갖 세간이 다 나온다. 자개 함농, 반닫이며 용장, 봉장, 귀뒤주[3], 쇄금(碎金) 들미 삼층장, 게자다리[4] 옷걸이며 쌍룡 그린 빗접고비[5], 용두머리 장목비[6], 놋촛대, 백통 유기, 샛별 같은 요강, 타구 그득히 벌여 놓고, 운단(雲緞) 이불, 대단(大緞) 요며, 원앙금침 잣베개를 반닫이에 쌓아 놓고 사랑 치레 더욱 좋다. 용목(龍目) 쾌상[7], 벼룻집, 화류문갑, 각게수리[8], 용연 벼루, 거북 연적, 대모 책상, 호박 필통, 황홀하게 벌여 놓고, 서책을 쌓았으되 천자(千字), 유합(類合), 동몽선습(童蒙先習), 사략(史略), 통감(通鑑), 논어(論語), 맹자(孟子), 시전(詩傳), 서전(書傳), 대학(大學), 중용(中庸), 길길이 쌓아 놓고, 그 곁

---

11) 음양가(陰陽家)가 구성(九星)을 오행(五行)과 팔괘(八卦)의 방위에 맞춰 길흉 · 화복을 판단해 내는 수.
1) 중국 복희씨(伏羲氏)때 황하에서 용마(龍馬)가 지고 나왔다는 55가지 그림. 낙서와 함께 주역의 기본 이치가 됨.
2) 중국 하(夏)나라 우왕(禹王) 때 낙수에서 나온 신구(神龜)의 등에 있었다는 45점의 글씨.
3) 귀가 달린 뒤주.
4) 옷 거는 것.
5) 종이로 만들어 그 안에 빗 등을 넣어 두는 것.
6) 수꿩 꽁지 털로 만든 비.
7) 책상.
8) 서랍이 많은 문갑 종류.

에 순대모 안경, 화류 채경, 진묵, 당묵, 순황모 무심필(無心筆)을 산호 필통에 꽂아 놓고, 각색 지물이 또 나온다. 낙곡지[1], 별백지[2], 도첨지(搗砧紙)[3], 간지(簡紙), 주지[4], 피딱지[5], 갓모, 유심[6], 식지[7] 다 나오며 또 피륙이 나온다. 길주(吉州) 명천(明川) 가는 베, 회령(會寧) 종성(鍾城) 고운 베, 당포(唐布), 춘포, 육진포(六鎭布), 바리포, 자승포, 중산포, 가는 무명, 강진(康津) 해남(海南) 극세포(極細布), 고양(高陽) 꽃밭들 이 생원의 맏딸아기 보름 만에 맞춰 내던 제목 관디차[8]로 봉해 있고 의성(義城)목, 안성(安城)목, 송도(松都) 야다리목이며, 가는 모시, 굵은 모시, 임천(臨川) 한산(韓山) 극세저(極細苧)며, 각색 비단 또 나온다. 일광단(日光緞) 월광단(月光緞), 서왕모(西王母) 요지연(瑤池宴)에 진상하던 천도 무늬 황홀하고, 적설(積雪)이 만공산(滿空山)한데 절개 있는 송조단, 등태산(登泰山) 소천하(小天下)하던 공부자(孔夫子)의 대단(大緞)이요, 남양(南陽) 초당(草堂) 경(景) 좋은 데 만고지사(萬古志士) 와룡단(臥龍緞)이 꾸역꾸역 나오고, 쓰기 좋은 양태문[9], 매매흥성(賣買興盛) 수갑사[10], 인정 있는 은조사(銀彫紗)[11]요, 부귀 다남 복수단, 삼순구

---

1) 기름 먹인 종이의 일종.
2) 두껍고 흰 종이.
3) 곱게 다듬은 종이.
4) 두루마리지.
5) 초배지.
6) 비옷 비슷한 옷.
7) 밥상과 음식을 덮는 데 쓰는 기름종이.
8) 관의차의 그릇된 표기. 관대(冠帶)에서 온 말로 관원복을 이름.
9) 양태문 갑사. 흔히 갓끈에 쓰임.

식(三旬九食) 궁초(宮綃)[10]로다. 뚜두럭뚜벅 말굽 장단, 서부 렁섭적 새발 무늬, 뭉게뭉게 운문단(雲紋緞)[2], 만경창파 조개단, 해주 자주, 몽고 삼승, 모본단, 모초단(毛綃緞)[3], 접영[4], 영초(英綃), 관사(官紗), 길상사(吉祥紗), 생수 삼팔, 왜사(倭綃), 갑증(甲繒)[5], 생초, 춘사 등물이 더럭더럭 나올 적에, 흥부 아내 좋아라고 이리 뛰고 저리 뛰며 하는 말이,

"붉은 단 퍼런 단아, 퍽도 많이 나온다. 우리 한풀이로 비단으로 다 하여 입어 봅시다."

비단 머리, 비단 댕기, 비단 가락지, 비단 귀이개, 비단 저고리, 적삼, 치마, 바지, 속곳, 고쟁이, 버선까지 비단으로 하여 놓으니 흥부 하는 말이,

"여보 마누라, 나는 무엇을 하여 입을꼬?"

흥부 아내 하는 말이,

"아기 아버지는 비단 갓, 비단 망건, 당줄, 관자까지 모두 비단으로 하고 그것이 만일 부족하거든 비단으로 큼직하게 자루를 지어 내려쓰시오."

흥부 웃으며,

"숨막혀 죽으라고 그러나? 또 한 통을 타 봄세."

먹줄 쳐서 톱을 걸어 놓고,

---

10) 무늬 없는 갑사.
11) 여름옷에 쓰이는 갑사.
1) 검고 두꺼운 비단.
2) 구름과 용이 그려진 비단.
3) 날은 가늘고 씨는 굵게 짜인 비단.
4) 대접 무늬가 든 두꺼운 비단.
5) 넓이가 명주만하고 무늬 있는 비단.

"어이여라 톱질이야, 수인씨(燧人氏)[1]는 불을 내어 교인화식(敎人火食)하여 있고 복희씨(伏羲氏)[2]는 그물 맺어 교인전어(敎人佃漁)하여 있고 황제씨(黃帝氏)[3]는 백초(百草)를 맛보아서 약을 내고 잠총(蠶叢)[4]은 누에치기 시작하여 만인간(萬人間) 입히었고 의적(儀狄)[5]은 술을 내고 여화씨(女媧禍氏)[6]는 생황(笙簧)을 내고 채륜(蔡倫)[7]은 종이 내고 몽염(蒙恬)[8]이는 붓 만들고 그나마 천종만물이 유지자의 창조함이니 우리는 박 타는 재주를 창조하여 봅세. 슬근슬근 당기어라."

슬근슬근 쓱삭 툭 타 놓으니 순금궤 하나에 금거북 자물쇠로 채웠으되 '흥부 개탁(開坼)하라' 하였거늘 흥부 은근히 좋아라 하여 꿇어앉아 열고 보니 황금, 백금, 오금(烏金), 십성, 좋은 천은이며 밀화, 호박, 산호, 금패, 진주, 사향, 용뇌, 수은이 가득 찼거늘 쏟아 놓으면 여전히 가득가득 차고 쏟고 나서 돌아보면 그리로 하나 가득하니 흥부 내외가 좋아라 밥먹을 새 없이 밤낮 엿새를 부리나케 쏟고 보니 어언간

---

1) 중국 고대의 삼황제(三皇帝) 중 한 사람. 불의 기술을 가르쳤고 음식물의 조리법을 전함.
2) 삼황제 중 한 사람. 팔괘(八卦)를 최초로 만들고 백성에게 고기잡이, 목축을 가르침.
3) 삼황제 중 한 사람인 신농씨(神農氏). 농업·의료·악사(樂師)의 신이며 교역법을 가르쳐 상업의 신이라고도 일컬어짐.
4) 촉나라 선인.
5) 하나라 사람.
6) 복희씨 다음의 왕.
7) 중국 후한 중엽의 환관(宦官).
8) 진(秦)나라 장군.

에 큰 장자가 되었고나. 흥부 너무 좋아라고 그 마누라더러 하는 말이,

"이렇게 많은 재물을 집이 협착하여 얻다가 두면 좋겠소? 우리 저 박 한 통 또 타고 집이나 지어 봅세."
하고 한 통을 따다 놓고 흥을 내어 켠다.

"여봅소 마누라, 정신차리고 힘써 당겨 주소. 슬근슬근 톱질이야, 우리 일을 생각하니 엊그제가 꿈이로다. 남 없이 고생타가 일조에 부가옹(富家翁)이 되니 어찌 아니 즐거우리. 슬근슬근 톱질이야, 당기어 주소 톱질이야."

슬근슬근 툭 타 놓으니 박 속에서 일등 목수들과 각색 곡식이 나올 적에 목수 등은 우선 명당을 가려 터를 닦고 집을 짓는데 안방, 대청, 행랑, 곳간, 선자 추녀, 말굽도리, 내외분합, 물림퇴와 살미살창, 가로닫이 입 구(口)자로 지어놓고 앞뒤 동산에 기화이초(奇花異草)를 난만히 심어 놓고 양지에 방아 걸고 음지에 우물 파고 문전에 버들 심고 울 밖에 원두 놓고 안팎 광(庫)에는 곡식이 쌓였으니 동편 고(庫)에는 성조가 만석이요 서편 고에는 백미가 오천 석, 전후 광에는 두태(豆太) 잡곡이 각 오천 석이요 참깨 들깨가 삼천 석이요 또 딴 노적한 것이 십여 더미요 돈이 이십구만 천 냥이요 일용전 몇천 냥은 침방 속에 들어 있고 온갖 비단과 금은보패는 다시 고에 쌓고 말 이 같은 사내종, 열쇠 같은 계집종, 앵무 같은 아이종 나며 들며 사환(使喚)하고 우걱부리, 잣박부리 우걱지걱 실어 들여 앞뒤뜰에 노적하고 담불담불 쌓아 놓으니 흥부 아내 좋아라고 춤을 추고 돌아다닌다. 흥부 하는 말이,

"여봅소 마누라, 춤추기는 명일이 내무진(乃無盡)이니 덤불 밑에 있는 박 한 통 마저 켜 봅세."

홍부 아내 하는 말이,

"이 박을랑 켜지 마오."

홍부 가로되,

"내가 타고난 복을 어찌 아니 켜리오. 잔말 말고 톱이나 당기소. 슬근슬근 톱질이야, 당기어 주소 톱질이야."

슬근슬근 툭 타 놓으니 박 속에서 여화(如花) 일미인이 나오며 홍부에게 나붓이 예수(禮數)하거늘 홍부 대경하여 황급히 답례하고 하는 말이,

"뉘시건대 내게다 절을 하시오?"

그 미인이 함교함태(含嬌含態) 아리따이 대답하되,

"나는 월궁선녀(月宮仙女)로다."

"어찌하여 내 집에 와 계시오?"

선녀 대답하되,

"강남국 제비왕이 날더러 그대 부실(副室)이 되라 하시기로 왔나이다."

홍부 듣고 대희하나 홍부 아내 내색하고 하는 말이,

"에그, 잘되었다. 우리가 전고에 없는 간고를 겪다가 인제 발복이 되었다고 저 꼴을 누가 두고 본단 말고. 내 언제부터 그 박은 켜지 말자 하였지."

홍부 하는 말이,

"염려 마소. 조강지처(糟糠之妻)를 괄시할까?"

하고 고대광실 좋은 집에 처첩을 거느리고 향략으로 세월을 보내더라.

이 소문이 놀부의 귀에 가니 찢어 죽여도 죄가 남을 놈의 심술이 제 아우 잘되었단 말을 듣고 생각하되,

'이놈이 도적질을 하였나? 별안간 부자가 되었다니. 내 가서 욱대기면 반가산(半家産)은 뺏어 오리라.'

하고 벼락같이 건너가 흥부 문전 다다라 보니 집 치레도 보던 바 처음이요 고대광실 높은 집에 네 귀마다 풍경 소리라. 이를 보고 심술이 탱중하여, 이놈의 주제에 맹랑하고 외람하다. 추녀 끝에 풍경 달고 이것들이 다 어데로 도적질 갔나 보다. 소리로 벽력같이 지르되,

"이놈 흥부야."

이때 마침 흥부는 출타하고 흥부 아내 혼자 있다가 종년을 불러 이르되,

"밖에 손님이 와 계신가 보니 나가 보아라."

앵무 같은 여하인이 대답하고 맵시가 똑똑 듣는 태도로 대문턱에 나가 서서,

"어디 계신 손님이오니까?"

놀부놈이 평생에 그런 모양은 처음 본지라 기가 차서,

"소인 문안드리오. 그러나 이 집 주인놈은 어데 갔나이까?"

저 계집 무안하여 쫓겨 들어와서 고하되,

"어데서 기이한 광객이 왔습데다. 댁 생원님더러는 그놈 저놈 하고 쇤네를 보고는 문안을 드리며 전수(全數)히 트집바탈이옵데다."

흥부 아내 의심하여 묻는 말이,

"그 양반 모양이 어떠하더냐?"

종년이 대답하되,
"머리는 부엉이 대가리 같고 수리 눈에 왜가리 주둥이, 맹꽁이 모가지 체격으로 욕심과 심술이 덕적덕적 하옵데다."
흥부 아내 듣더니,
"요란스럽다, 지껄이지 마라"
하며 일변 옷끈을 고쳐 매고 급히 맞아들여 예수하고 보이니 놀부놈은 괴춤에다 손을 넣고 뻣뻣이 서서 답례도 아니하고 보더니 비단옷 호사한 것이 심술이 나서 한다는 말이,
"영문 기생으로 맵시내고 거들거리네."
흥부 아내 들은 척 아니하고,
"이사이 혼솔(渾率)¹⁾이 편안들 하시오니까?"
이놈의 대답이 트집이나 잡듯이,
"평안치 아니하면 어찌할 터이오?"
흥부 아내 유공불급(惟恐不及)하여 일변 모란석 비단 요를 내어 깔며,
"이리로 앉으시오."
이놈의 옮기어 앉다가 부러 미끄러지는 체하더니 칼을 빼어 장판 방을 득득하며,
"에, 미끄러워. 그대로 두었다가는 사람 상하겠군."
부벽(付壁) 글씨를 알아보는 듯이,
"웬 부벽에 달은 저리 많이 그려 붙였을까?"
화계(花階)의 화초를 보고,
"저 꽃을 당장 피게 하려면 동나무 서너 단만 들여 놓고

---

1) 전 가족

불을 지르면 단번 환하게 핍네다. 저 학두루미 다리가 너무 길어 못 쓰겠으니 한 마디 분지르게 이리 잡아 오오."

기침을 캭하며 가래침 한 덩이를 벽에다 탁 뱉으니 흥부 아내 보다가 하는 말이,

"성천(成川) 놋타구, 광주(光州) 사타구¹⁾, 의주(義州) 당타구, 동래(東萊) 왜타구 갖춰 놓였는데 침을 왜 벽에다 뱉으십니까?"

놀부 하는 말이,

"우리는 본디 눈에 보이는 대로 아무 데나 뱉소."

흥부 아내 차집²⁾을 불러,

"점심 진지 차려 드리어라."

놀부 하는 말이,

"아무 집이든지 계집이 너무 덤벙이면 집안이 망하는 법이었다. 아무려나 반찬과 밥을 정하게, 맛있게 많이 차려 오렷다."

온 집안이 별성행차(別星行次)³⁾나 든 듯이 쌀을 희게 쓿어 질도 되도 아니하게 지어 놓고 벙거짓골, 너비아니, 염통 산적 곁들이고 난젓, 굴젓, 소라젓, 아감젓 갖춰 놓고 수육, 편육, 어회, 육회, 초장, 겨자 각기 놓고 각색 채소, 장볶이, 석박지, 동치미며 기름진 암소 가리⁴⁾ 잔칼질하여 석쇠에서 끓는 대로 번차례 바꾸어 놓고 암치, 약포(藥脯), 대하를 부풀

---

1) 사기로 만든 타구.
2) 부유한 집에서 음식 장만 등 잡일을 맡아 보는 여자.
3) 임금의 명으로 외국에 가는 사신의 행차.
4) 소의 갈비를 식용으로 이르는 말.

려서 곁들이고 숭어구이, 전복채를 골고루 차려 놓고 은수저, 은주전자, 은잔대 반주를 따뜻이 데워 각상에 받쳐 들고 앵무 같은 어른종, 아이종이 눈썹 위에 공손히 들어[1] 앞에 갖다 놓고 전갈 비슷이,

"마님께서 졸지에 진지를 차리느라고 찬수가 변변치 못하다고 하옵서요."

놀부가 생전에 이런 밥상은 처음 받아 보매 먹을 마음은 없고 밥상을 깨 두드려야 마음에 시원할 터인 고로 수저를 들고 밥상을 탁탁 치며,

"이 그릇은 얼마 주고 또 이 그릇은 얼마나 주었소? 사발이 너무 크고 대접이 헤벌어지고 종지는 너무 적고 접시는 바라져야 좋지"

하며 함부로 두드리니 흥부 아내 보다가,

"당화기(唐畵器)[2]는 성(性)이 말라 자칫해도 톡톡 터지니 너무 치지 마옵소서."

놀부놈 화를 내어,

"이 밥 아니 먹었으면 그만 아니오"

하며 발로 밥상을 탁 치니 상발은 부러지고 종지는 뒹굴고 접시는 폭삭, 사발은 덜꺽, 수저는 떵그렁, 국물은 주르르 장판방 네 구석에 이리저리 흐르니 흥부 아내 하는 말이,

"아주버님 들으시오. 불평한 마음이 계시거든 사람을 치시지 밥상을 치십니까?"

---

1) 후한 때 장홍(張鴻)이 퇴관(退官)하여 산중에 살 때 그 부인이 밥상을 눈썹 위까지 들어올려 공경하였다는 이야기에서 나온 말.
2) 채화(彩畵)를 그려 넣어 구운 중국의 사기 그릇.

부러진 상발, 깨어진 그릇, 흐르는 국물, 마른 음식 다 주워 담고 걸레, 수건으로 모두 다 씻어 내며,

"밥이 어떻게 중한 것이라고 밥상을 치셨소. 밥이라 하는 것은 나라에 오르면 수라요, 양반이 잡수면 진지요, 하인이 먹으면 입시요, 제배가 먹으면 밥이요, 제사에는 진메이니 얼마나 중한가요. 동내가 알고 보면 손도(損徒)[1]가 싸고 관가에서 알면 볼기가 싸고 감영에서 알면 귀양도 싸오."

　놀부 하는 말이,

"손도를 맞아도 형의 대신 아우가 맞을 것이요, 볼기를 맞아도 형의 대신 아우가 맞을 것이요, 귀양을 가도 아우나 조카놈이 대신 갈 것이니 나는 아무 걱정 없소."

　한참 이리할 제 흥부가 들어오더니 제 형에게 공손히 엎드려 보이며,

"형님 행차하셨습니까?"

하며 일변 눈물을 떨어뜨리니 이놈 하는 말이,

"너 뉘 통부(通訃) 보았느냐? 이놈 눈깔 보기 싫다."

　흥부 하인을 불러 분부하되,

"큰생원님 잡수실 것 다시 차려 오너라."

　놀부 떨뜨리고 하는 말이,

"이놈, 네가 요사이는 밤이슬을 맞는다 하는구나."

　흥부가 어이없어 대답하되,

"밤이슬이 무엇이오?"

　놀부 꾸짖어 가로되,

---

1) 남에게 배척받는 것.

"밤이슬을 맞고 다니며 도적질을 얼마나 하였느냐?"

흥부 놀라 대답하되,

"형님, 이 말씀이 웬 말씀이오?"

전후사를 세세히 고하니 놀부 하는 말이,

"이러하면 네 집 구경을 자세 하자."

흥부 데리고 돌아다니며 보더니 그 부요(富饒)한 거동을 보고 심중에 거염이 불붙듯 할차 월궁선녀 또 나와 보이거늘 놀부놈 하는 말이,

"이는 어떤 부인이냐?"

흥부 대답하되,

"이는 내 첩이올시다."

놀부 골을 내어 하는 말이,

"아따 이놈, 첩이라니. 부랑지설(浮浪之說) 말고 내게로나 보내라."

흥부 대답하되,

"이 미인은 강남 제비왕께서 주신 바요 이왕 내게 몸을 호적시켰으니 형님께로 보내는 것은 망발이올시다."

놀부 가로되,

"그는 그러하거니와 저기 휘황찬란한 장은 이름이 무엇이뇨?"

흥부 대답하되,

"그것은 화초장(花草欌)이올시다."

"그것은 네게 당치 아니하니 내게로 보내라."

"에그, 이것은 미처 손도 대보지 못했나이다."

"아따 이놈아, 내것이 네것이요 네것이 내것이요, 네 계집

이 내 계집이요 내 계집이 네 계집이니 무슨 관계가 있으랴
마는 계집은 못 하겠다 하니 화초장이나 보내라. 만일 그도
못 하겠다 하면 온 집에다 불을 싸 놓으리라."

홍부 가로되,

"그러면 하인 시켜 보내오리이다."

"네놈에게 무슨 하인이 있으리요. 이리 내놓아라. 내가 질
빵걸어 지고 가리라."

홍부 하릴없어 질빵 걸어 주니 이놈이 웃옷을 벗어 척척
접어 장 위에다 얹었더니 짊어지고 제 집으로 오다가 화초장
이름을 잊어버리고 다시 홍부 집으로 가서,

"이놈아, 장 이름이 무엇이냐?"

홍부 나와,

"화초장이올시다."

놀부놈이 다시 짊어지고 이름을 잊을까 염려하여 화초장
장 장 하면서 오다가 개천을 만나 건너갈 제 또 잊어버리고
생각하되,

"아차 아차, 무슨 장이라든가? 간장 초장 송장도 아니오."
이처럼 중얼대며 제 집안으로 들어가니 놀부 계집이 내닫
으며,

"그것이 무엇이오?"

"이것 모르나?"

"과연 알지는 못하나 참 좋기도 하오그려."

놀부 가로되,

"진정 모르나?"

놀부 계집 하는 말이,

홍부전 63

"저 건너 양반의 댁에 저런 장이 있는데 화초장이라 하옵데다."

놀부 가로되,

"옳지, 화초장이지."

놀부 계집 욕심은 제 서방보다 한층 더하여 좋은 것을 보면 기절을 일쑤 하고 장에 갔다가 물건 놓인 것을 보든지 돈 세는 것을 보다가 죽어 엎드러져 업혀 와서 석 달에야 일어나는 위인이라. 어찌 욕심이 많던지 남의 혼인 구경을 가면 신부의 새 금침을 덮고 땀을 내어야 앓지를 아니하는 년이라 화초장을 보더니 수선 시초를 차리는데,

"얼시고 곱기도 하다. 우리 남편이 복인이지, 어디를 가면 그저 올 리 만무하지. 수저 같은 것을 보면 행전(行纏) 귀퉁이에 찔러 오거나 화저(火箸), 부삽 같은 것은 괴춤에 넣어 온다. 중발을 갓 모자에 넣어 온다. 강아지를 소매에 넣어 온다. 허행은 않거니와 가던 중 제일일세. 어데서 가져왔읍나?"

놀부 대답하되,

"그것을 곧 알 양이면 이리 와서 듣소"

하더니,

"에그 분하여라, 흥부놈이 부자가 되었네."

놀부 계집이 바싹 다가앉으며,

"어떻게 부자가 되었단 말이오? 도적질을 한 것이지."

놀부 하는 말이,

"작년에 제비 한 쌍이 흥부네 집에 와 집을 짓고 새끼를 쳤는데 대망이가 다 잡아먹고 한 놈이 날아가다가 떨어져 다

리가 부러진 것을 흥부가 동여 주었더니 올 봄에 그 제비가 은혜를 갚노라고 박씨 하나를 물어다 준 것을 심었더니 박 네 통이 열리어 탄즉 보물을 무수히 얻어 부자가 되었다네. 우리도 제비 다리 부러진 것 하나 만났으면 그 아니 좋겠나"
하고 그 해 동지 섣달부터 제비를 기다린다. 그물 막대 둘러 메고 제비를 후리러 나간다. 한곳에 다다르니 날짐승 하나이 떠 오거늘 놀부 하는 말이,
"제비가 이제야 온다"
하고 그물을 들어 잡으려 하니 제비가 아니요, 태백산 갈가 마귀 차돌도 못 얻어먹고 주려 청천에 높이 떠서 갈곡갈곡 울고 가니 놀부 눈을 멀겋게 뜨고 바라보다가 하릴없이 돌아 다니면서 제비를 몰아들이려 하나 제비 오는 싹이 아주 없으니 성화발광(星火發狂)하거늘 그 중에 어떤 놈이 놀부를 속이려고 놀부더러 하는 말이,
"제비를 아무리 기다린들 제비 있는 곳도 모르고 어찌 기다린단 말이오. 제비 싹 일쑤 보는 사람이 있으니 데리고 다니면 쉬 알리라"
하거늘 놀부 듣고 대희하여 제비 한 마리 보는 데 이십 냥씩 정하고 높은 산에 올라 제비 싹을 바라보더니 그 사람이 놀부더러 하는 말이,
"제비야 한 마리가 강남서 먼저 나오니 불구(不久)에 자네 집으로 올 터이니 우선 한 마리 값만 먼저 내소."
놀부 대희하여 이십 냥을 준 후, 또 한참 바라보다가 놀부더러 하는 말이,
"제비 한 마리가 또 날아오니 이도 자네 집으로 나오는 제

비로세."

 놀부놈이 제비 나온다는 말만 반가워 달라는 대로 값을 주고 그렁저렁 동지 섣달 다 지내고 춘절이 돌아오니 놀부놈의 거동 보소, 제비를 후리러 나간다. 복희씨 맺은 그물을 후려쳐 둘러메고 제비만 후리러 나간다. 이어차 저 제비야, 백운을 무릅쓰고 흑운을 박차고 나간다.

 "너는 어데로 가려느냐? 내 집으로만 들어오소."

 허다한 제비 중에 팔자 사나운 제비 하나이 놀부 집에 이르러 의막(依幕)하고 흙과 검불을 물어다가 집을 짓고 알을 나서 안을 적에 놀부놈이 주야로 제비 앞에 대령하여 가끔가끔 만져보니 알이 다 곯고 다만 한 개가 남아 새끼를 까매 때가 가고 날이 가니 그 새끼 점점 자라 날기를 공부하나 대망이를 주야로 기다려도 형영(形影)이 없는지라. 놀부놈이 민민(憫憫) 답답하여 뱀 하나 물러 갈 제 삯꾼 십여 명을 데리고 두루 다니며 능구렁이, 살무사, 흙구렁이, 독구렁이, 무좌수, 살뱀, 율무기 되는 대로 모으려 하고 며칠을 다녀도 도마뱀 하나 못 보고 집으로 오는 길에 해포 묵은 까치독사 홍두깨만한 놈이 있거늘 놀부가 보고,

 "얼시고 이 짐승아, 내 집으로 들어가서 제비 집으로만 스르르 지나가면 제비 새끼 떨어지는 날 나는 부자가 되는 것이니 네 은혜를 내라서 갚되 병아리 한 뭇, 계란 열 개 한 번에 내어 줄 것이니 쉬 들어가자."

 그 독사가 독이 나서 물려고 혀만 늘름늘름하니 놀부가 발을 내민대 뱀이 성을 내어 놀부의 발가락을 딱 물어 떼는지라, 놀부가 입을 딱 벌리며 애코 하더니 눈이 어둡고 정신이

아득하여 일변 집으로 들어와 침을 맞고 석웅황(石雄黃)을
바르니 모진 놈이라 죽지 않고 살아나서 제가 대망인 체하고
제비 새끼를 잡아 내려 두 발목을 찌끈동 분지르고 제가 깜
짝 놀라는 체하며 하는 말이,

"불쌍하다, 이 제비야. 어떤 몹쓸 대망이 와서 네 다리를
분질렀노. 가련하고 불쌍하다."

이렇듯 경계하고 홍부와 같이 칠산 조기 껍질로 부러진 다
리를 싸고 청울치로 찬찬 동여 놓되 이놈은 워낙 무지한 놈
이라, 제비 다리를 동이되 곱게 못 동이고 마치 오강(五江)[1]
사공의 닻줄 감듯, 육모얼레에 연줄 감듯, 각전 시정 통비단
감듯 칭칭 동여 제비 집에 얹어 두었더니 그 제비 간신히 살
아나서 구월 구일을 당하매 모든 제비 들어갈 제 다리 부러
진 저 제비 놀부 집을 떠나간다. 반공중에 높이 떠서 가노라
하직할새,

"원수 같은 놀부야. 명년 삼월에 나와서 다리 분지른 은혜
를 갚으리니 조이조이 잘 있거라. 지지위 지지"
라 울고 돌아가 제비왕께 현신하니 이때 제비왕이 각처 제비
를 점고할새 다리 저는 제비를 보고,

"너는 어찌하여 다리를 저는고?"

그 제비 아뢰되,

"거년(去年)에 폐하께서 웬 박씨를 내보내사 홍부가 부자
가 된 연고로 그 형 놀부놈이 신(臣)을 생으로 잡아 여차여
차히 하와 생병신이 되었사오니 이 원수를 갚아 주옵소서."

---

1) 한강, 용산, 마포, 치호, 서호를 이름.

제비왕이 듣고 대로하여 가로되,

　　"이놈이 불의의 재물이 많아 전답과 전곡이 진진하되 착한 동생을 구제치 아니하니 이는 오륜에 벗어난 놈으로 또한 심사가 불량하니 그저 두지 못할지라. 네 원수를 갚아 주리니 이 박씨를 갖다 주라."

　　제비 바라다보니 한편에 금자로 썼으되 보수(報讐) 박이라 하였거늘, 제비 사은하고 나와 명년 삼월을 기다려서 박씨를 입에 물고 강남서 떠나 청천에 둥덩실 높이 떠서 밤낮으로 날아와 놀부 집을 바라고 너울너울 넘놀거늘 놀부놈이 제비를 보고 하는 말이,

　　"유신(有信)하다, 저 제비야. 어데 갔다 이제 오느냐. 소식 적적 망연터니 모춘(暮春) 삼월 좋은 때에 날 찾아 돌아오니 한량없이 반갑도다."

　　저 제비 박씨 물고 이리저리 넘놀거늘 풀밭에 내려지면 잃을까 겁이 나서 삿갓을 제쳐 들고 쫓아가니 저 제비 박씨를 떨어뜨리는데 놀부놈이 좋아라고 두 손으로 집어 들고 자세 보니 한 치나 되는 박씨에 글씨를 썼으되 '보수 박'이라 뚜렷이 썼으나 무식한 놈이 어찌 알리요. 다만 은혜 갚을 박씨라고 희희낙락하여 좋은 날 가리어 동편 처마 아래 거름 놓고 심었더니 사오 일이 지난 후에 박나무가 나더니 그날로 순이 돋고 삼일 만에 덩굴이 벋는데 줄기는 배 돛대만하고 박잎은 고리짝만씩하게 사방으로 얼크러져 동내 집을 다 덮으니 놀부 동내로 다니며,

　　"상중하 남녀노소들은 내 말을 들으시오. 내 박순 다치지 마시오. 집이 무너지면 새로 지어 주고 기물(器物)이 깨어지

면 십동갑으로 값을 쳐주고 박 속에서 비단이 나오면 배자(褙子)[1] 감, 휘양[2] 감을 줄 것이니 박넝쿨만 다치지 마시오."

이 박넝쿨이 별로이 무성하여 마디마디 잎이요, 줄기마다 꽃이 피어 박 십여 통이 열렸으되, 크기가 만경창파의 당두리선[3]같이, 백운대 돌바위같이 주레주레 열렸고나. 놀부 대희하여 저의 계집과 의논하는 말이,

"흥부는 박 네 통 가지고 부자가 되었으니 우리는 박 십여 통이 열려 있으니 그 박을 다 타게 되면 천하 장자 되어 의돈(猗頓)[4]이를 곁채에 들이고 석숭(石崇)[5]이를 잡아다가 부릴 것이니 만승천자(萬乘天子)[6]를 부러워할까."

이처럼 좋아하며 그 박 굳기만 굴지계일(屈指計日)[7]하여 기다릴 제 하루가 이틀씩 포집어 가지 않는 것을 한하더니 그렁저렁 하삼삭(夏三朔) 다 지나고 팔구월을 당하니 십여 통 박이 하나 썩은 것도 없이 개개 쇠뭉치처럼 굳었고나.

놀부놈의 거동 보아라. 희불자승(喜不自勝)하여 어서 박을 켜서 재물을 얻으려고 그 중에 먼저 열린 큰 박 하나를 우선 따다 놓고 저의 계집과 켜려 하니 그 박이 쇠처럼 굳어 저희끼리는 할 수 없는지라. 하릴없어 삯꾼을 얻는데, 우선 건

---

1) 저고리 위에 덧입는 옷.
2) 머리에 쓰는 방한구(防寒具)의 한 가지.
3) 당도리, 당도리선. 바다로 다니는 큰 나무배.
4) 중국 춘추시대의 큰 부자.
5) 중국 진(晋)나라 때의 부호이자 문장가. 그 영화로움은 비길 데가 없었다 함.
6) 천자나 황제를 높여 일컫는 말. 만승지존(萬乘至尊).
7) 손가락을 굽혀 가며 날을 셈함.

너 동네 목수를 청하여 먹통, 자 가지고 오라 하고 이웃 동네 병신이든지 성한 사람이든지 힘꼴이나 있는 자는 다 청해 놓고 밥 삼시, 술 다섯 차례, 개를 잡고 돝을 잡아 먹이며 망할 때가 되어 그렇던지 이놈의 오장육부가 되집혀 전에는 밥 한 술 남 주는 법 없고 제사 음식도 차리는 법이 없던 위인이 한 독술, 섬떡을 함부로 하여 놓고 동네 사람을 다 청하여 진진히 먹이며 삯을 후히 정하려 하니, 그 중에 언청이와 곱사등이 두 사람이 기운이 세어 동리 사람이 가라 하지 못하는 위인이라. 이날 때나 만난 듯이 두 놈이 내달아 하는 말이,

"매통에 이십 냥씩은 선셈을 해주어야 우리 둘이 나눠 먹겠다."

곱사등이 그 말을 잇달아 내달으며,

"아무렴 그렇지. 그것 덜 받고 그런 힘드는 일을 할 잡놈이 어데 있겠나. 여보 놀부, 들어 보게. 이것이 자네 일이고 동네 정분으로 삯을 이처럼 싸게 정하였으니 그런 줄이나 알고 재물 얻은 후에는 다시 상금으로 생각하소."

놀부 마음이 흐뭇하여 박 열 통에 선금으로 이백 냥을 선뜻 내어 주니 언청이, 곱사등이 두 놈이 반분하여 가진 후에 박 한 통을 들여 놓고 켠다. 곱사등이가 톱을 먹이는데,

"슬근슬근 톱질이야."

언청이가 소리를 받아 하는데,

"흘근흘근 홉질이야."

곱사등이 하는 말이

"이놈 째보야, 홉질이란 말이 무슨 소리냐?"

째보 하는 말이,

"입술 없는 놈이 무슨 소리를 잘하겠느냐마는 이담은 잘할 것이니 염려 마라."

곱사등이 소리를 먹인다.

"슬근슬근 톱질이야, 힘을 써서 당겨 주소."

언청이 째진 입을 억지로 오므리고 소리를 받되,

"어이여라 꿍이야 캉키어 주소."

곱사등이 언청이의 뺨을 딱 붙이며,

"이놈, 눌더러 흐끙흐끙이야 하느냐?"

언청이 하는 말이,

"너더러 욕을 하였으면 네 아들놈이다."

곱사등이 하는 말이,

"그러면 뺨을 잘못 쳤고나. 오냐, 이따 칠 뺨 있거든 시방 친 뺨으로 대신 메우자. 어이여라 톱질이야, 슬근슬근 당기어 주소."

째보 대미처[1] 받되,

"에이여라 홉질이야."

곱사등이 하는 말이,

"이놈 째보야, 삯을 후히 받고 남의 술밥만 잔뜩 먹고 보물 박을 타면서 그래도 홉질이란 말이야? 이쪽 뺨마저 맞겠다."

언청이 화를 내어,

"네가 내 뺨에 계방(契房)[2]하였느냐? 여차하면 뺨을 치게. 언제라 외조할미 콩죽 먹고 살았으랴? 이놈, 네 꼬부라진 허

---

1) 연달아서 곧.
2) 공역(公役)의 면제나 다른 도움을 받으려고 아전에게 돈이나 곡식을 줌.

리를 펴놓으리라."

곱사등이 의심하여 눙치고,

"어서 타자. 홉질 소리만 말아라. 어이여라 톱질이야."

언청이는 길게만 빼어 소리한다.

"어여라 흘근흘근 당기어라. 어이여라 톱질이야. 어여라 애고 고질(固疾)이야."

한참 이리할 제 슬근슬근 흘근흘근 툭 타 놓으니 박 속에서 강청[1]으로 글 읽는 소리가 나되 한 양반은 맹자를 읽는다.

"맹자(孟子) 견(見) 양혜왕(梁惠王) 하신대."

또 한편에서는 통감(通鑑) 초권(初卷)을 읽는다.

"이십삼 년이라 초명진대부(楚命晉大夫) 위사(魏斯) 조적(趙籍) 한건(韓虔)하여 위제후(爲諸侯)하다."

또 한편은 도련님이 앉아 천자(千字)를 읽는다.

"하늘 천 따 지 가물 현 누르 황."

늙은 양반은 관을 쓰고 젊은 양반을 갓을 쓰고 새서방님은 초립 쓰고 도련님은 도포 입고 꾸역꾸역 나오니 놀부 기막히어 하는 말이,

"어데로 백일장(百日場) 보러 가시오?"

저 생원님 호령하되,

"이놈 놀부야, 네 아비 개불이와 네 어미 똥녀가 댁 종으로 드난[2] 하다가 모야무지(暮夜無知)[3] 도망한 지 수십 년에

---

1) 강(講)하는 큰 목소리.
2) 자유로이 드나들며 고용살이를 하는 것.
3) 밤에 아무도 모르게.

인제야 찾았구나. 네 어미 아비 몸값 삼천 냥이니 당장에 바치렷다."

일변 업쇠를 불러 결박을 하는데 참바, 짐바, 빨랫줄로 아래위를 잔뜩 묶어 낙락장송에 높이 달아매고 참나무 절구공이로 함부로 짓찧으며 분부하되,

"네가 몇 형제인가?"

놀부 겁결에,

"독신이올시다."

"계집 동생은 없는가?"

놀부 대답하되,

"누이 삼형제올시다."

"맏년은 몇 살인고?"

"지금 스물두 살이올시다."

"네 집에 그저 있는고?"

"용산 삼개 큰 배 부리는 부자의 첩으로 주었습니다."

"둘째 년은?"

놀부 여짜오되,

"지금 열아홉 살이온되 다방골 공물도장(公物道場)[1]의 첩이 되었습니다."

"셋째 년은 어데로 갔는고?"

놀부 여짜오되,

"셋째는 올해 열여섯이온데 아직 출가치 못하옵고 그저 있습니다."

---

1) 관청의 물건을 취급하는 곳.

그 양반이 대희하여,

"내가 박통에 들어 앉아 심심하더니 그년 현신시켜라. 인물이 쓸 만하면 내가 첩을 삼겠다."

놀부 겁결에 대답은 하고 나왔으나 어데 누이가 있어야 현신을 시키지. 이런 걱정이 있나. 놀부 계집이 보다가 답답하여 하는 말이,

"아주버니네 잘산단 말은 조금도 아니하고 없는 누이를 있다 하여 당장 현신을 시키라 하니 이런 걱정이 있단 말이오."

놀부 뒤쪽지치며 하는 말이,

"흥부를 망신시키자고 마음먹고 한 말이 입 밖에 나오면 딴소리가 되고 딴사람이 되네 그려. 아기 어머니가 머리를 따늘이고 들어가서 잠깐 현신할밖에 수 없네."

놀부 계집 하는 말이,

"첩을 삼겠다 하는데 어찌 현신을 하오. 없다고 하오그려."

놀부놈이 첩 삼겠다는 말에는 깜짝 놀라 들어가서 고하되,

"소인의 누이가 놀라서 어데로 달아나고 없으니 황송하오이다."

저 양반이 골을 잔뜩 내며 호령하되,

"달아나면 어데로 갔을꼬. 어서 바삐 현신시키라."

놀부 기가 막혀 돈 삼천 냥을 은근히 드리며,

"용서하여 주옵소서."

그 생원이 못 이기는 체하고 놀부 불러 하는 말이,

"돈을 용(用)에 쓰다가 떨어질 만하거든 또다시 오마"

하고 가거늘 간 뒤에 놀부 계집 탄식하며 하는 말이,
"고개 너머 아주버님네는 첫 통에 보물이 있더라 하니 그것은 웬일이며 우리는 무슨 일로 첫 통에 상전이 나왔소? 그 박 타지 맙시다."
놀부 하는 말이,
"흥부네도 모르면 모르거니와 첫 통에 양반이 나왔겠지. 그 각다귀 같은 양반 떼가 게라고 아니 갔겠나."
곱사등이 어데 가 숨었다가 나오며,
"여보게 놀부야. 보물이 호령을 그다지 하며 돈을 그처럼 뺏어 가나?"
언청이 나오며,
"놀부 자네 비단이 나오면 삯전 외에 주머니 감 주마 하더니, 그 양반들 따라온 하인이 내 삼승 주머니를 떼어 갔다. 그놈에게 부대낀 생각을 하면 비단도 귀치않고 고만 타겠다."
놀부 할 말 없으니까 언청이를 원망하는 말이,
"이는 네가 톱질도 잘못하고 소리도 괴이하게 한 까닭으로 보물이 변하여 사(邪)가 되고 내 지기(志氣)를 떠보느라고 그런가 보니 차후는 아무 소리도 말고 톱질이나 힘써 당기어라."
째보가 삯받기에 골몰하여 아무 말도 못 하고 그러마 하고 또 한 통을 따다 놓고 탈새,
"슬근슬근 톱질이야, 당기어 주소 톱질이야."
째보는 아무 소리도 못 하고 다리거니 밀거니 슬근슬근 툭 타 놓으니 박 속에서 우르르 하고 가야고 든 놈, 징·꽹과리

든 놈 한패가 나오더니 하는 말이,

"우리가 놀부의 인심이 좋단 말을 듣고 일부러 왔으니 한바탕 놀고 갑세. 행하(行下)[1]는 자연 후히 줄 터이니."

둥덩둥덩 사면으로 뛰놀며 함부로 욕하며 쌀섬을 내놓아라, 돈 백 냥을 내놓아라, 술밥을 내놓아라 정신 없이 지저귀니 놀부 그 거동을 보고 어이없어 일찍 쫓아 보내는 것이 상책이라 하고 돈 백 냥, 쌀 한 섬 주어 보낸 후 또 한 통을 따다 놓고 켜는데,

"슬근슬근 톱질이야, 힘을 써서 당기어라."

슬근슬근 쓱삭쓱삭 툭 타 놓으니 박 속에서 한 노승(老僧)이 나오는데, 세대삿갓 숙여 쓰고 백팔염주 목에 걸고 먹장삼 떨쳐 입고 삼절죽장(三節竹杖) 손에 들고 나오며, 나무아미타불 관세음보살 남무대세지보살을 쉴 새 없이 불러 염불하며 그 뒤에 상좌중들이 바라, 요령, 경쇠, 북을 들고 나오며,

"이놈 놀부야, 우리 스승님이 네 집을 위하여 수륙도량(水陸道場)[2] 칠칠이 사십구 일을 정성들였으니 재물로 의논하면 몇만 냥이 든지 모르니 돈 오천 냥만 바치어라."

놀부 묻는 말이,

"나를 위하여 무슨 재를 한단 말이오?"

노승이 다시 꾸짖어 가로되,

"이놈 놀부야, 들어 보아라. 네 수다한 재물을 턱없이 바

---

1) 놀이나 놀음이 끝난 후에 기생이나 광대에게 주는 보수.
2) 수륙재(水陸齋)를 올리는 마당.

라니 부처님께 재도 아니 올리고 공연히 재물을 얻을까 싶으냐?"

놀부 묻는 말이,

"그러하면 이 담에는 재물이 나오리까?"

노승이 가로되,

"이 뒤에 나오는 사람은 자세히 알 듯하다."

놀부 재물이 생기도록 불공하였다는 말을 듣고 돈을 아끼지 아니하여 돈 오천 냥을 주어 보내니 째보 하는 말이,

"이번도 내 탓이오?"

하며 비웃거리니 놀부 분함을 이기지 못하는 중에도 이 뒤에 재물이 나온단 말에 비위가 동하여 또 한 통을 따다 놓고 째보를 달래어 켜라 하니

놀부 계집 하는 말이,

"켜지 마오, 제발 덕분 켜지 마오. 그 박을 켜다가는 패가망신할 것이니 제발 덕분에 켜지 마오."

놀부놈이 화를 내어 꾸짖는 말이,

"요사스러운 계집년이 무슨 일을 아노라고 방정맞게 내뛰는고."

주먹으로 관자놀이를 쳐서 쫓은 후에 째보와 곱사등이를 달래 박을 켠다.

"슬근슬근 톱질이야, 당기어 주소 톱질이야."

슬근슬근 쓱삭쓱삭 툭 쪼개 놓고 보니 박 속에서 요령 소리가 나더니 명정(銘旌)[1] 공포(功布)[2]가 앞서 나오며 상여 한 채가 나온다. 전나무 대채를 편 숙마줄[3]로 걸어메고 상두 소리를 하는데,

"너호 너호! 남문 열고 바라 쳤네. 계명산천이 밝아 온다. 너호 너호! 앞 고달이 팽돌남아, 일락서산(日落西山) 해 떨어진다. 젓가락은 웬일이냐. 뒤 고잡이 김돌쇠야, 남의 다리 아파 온다. 기어가기는 웬일이냐. 너호 너호."

그 뒤에 상제 다섯이 나오는데 모두 병신 상제만 나온다. 곱사등이 상제, 소경 상제, 언청이 상제, 귀머거리 상제, 벙어리 상제, 합 다섯이 나온다.

"불쌍하다 불쌍하다, 소경 상제 불쌍하다."

소경 상제 거동 보소. 상두 소리 징험(徵驗)하여 슬피 울며 따라갈 제 소경 상제 속이려고 상두 소리 없이 요령 소리 없이 가만가만 메고 가니 소경 상제 의심하여,

"요놈들, 앞 못 보는 사람을 속여? 눈 어둔 사람 속이면 큰 벌을 받느니라."

이때 마침 마주잡이 송장이 지나가며 너호 너호 소리 하니 소경 상제 지음(知音)하고,

"옳지, 우리 상여 여기 간다"

하며 대고 울고 따라가니 상두꾼 하는 말이,

"저 상제 잘못 오오."

소경 상제 가장 아니 속는 듯이,

"너호 너호 소리를 하고서 누구를 속이려고?"

하면서 따라갈 제 저편에서 상여 소리를 또 내며,

---

1) 죽은 사람의 품계(品階), 관직, 본관(本貫), 성명을 적은 기. 다홍 바탕에 흰 글씨로 씀.
2) 관을 묻을 때 관을 닦는 삼베 헝겊.
3) 누인 삼 껍질을 꼬아 만든 줄.

"소경 상제 어서 오소. 너호 너호 동무들아, 너호 너호 놀부가 부자란다. 대접 잘못하거든 연초(煙草)대로 먹여 대자."

너호 너호하고 상여를 놀부 집 마당에 내려놓고,

"이놈 놀부야 대감 진지는 백여 상이니 소 잡고 잘 차려라."

맏상제 나 앉으며,

"우리가 강남서 오기는 네 집터에 산소를 모시자고 왔으니 바삐 한 채를 헐고 전답은 있는 대로 팔아 들여라. 갖은 석물(石物)을 세우고 가겠다."

이리할 제 상두꾼들이 놀부를 서슬 있게 부르더니,

"이놈 놀부야, 돈 만 냥만 주면 상여를 우리가 도로 메고 가마. 상여만 없고 보면 송장 없는 장사를 지낼 터이냐?"

놀부 생각에 그 말이 옳은 듯하여 전답을 급히 헐가방매(歇價放賣)하여 돈 삼천 냥을 비두발괄[1]하여 내어 놓으니 상두꾼들이 상여를 메고 가는지라. 놀부놈 따라가며,

"여보, 다른 통에 보물 없소?"

상두꾼 하는 말이,

"어느 통에 들었는지 모르나 생금(生金) 한 통이 들기는 들었습네다."

놀부놈이 옳다 하고 박 한 통을 따다 놓고,

"슬근슬근 톱질이야, 당기어 주소 톱질이야."

슬근 쓱삭 툭 타 놓으니 박 속에서 팔도 무당들이 뭉게뭉

---

1) 비대발괄의 사투리. 하소연을 하며 간절히 청해 빎.

게 나오더니 징, 북을 두드리며 각색 소리를 다한다.

 "청유리라 황유리라, 화장(華藏) 청정세계(淸淨世界)는 대부진 각씨로 놀으소서. 밤은 닷새, 낮은 엿새 사십용왕(四十龍王) 팔만황제(八萬皇帝)가 놀으소서. 내 집 성주[1] 와가(瓦家) 성주, 네 집 성주 초가 성주, 오막 성주, 집동 성주가 절절히 놀으소서. 초년 성주 열일곱, 중년 성주 스물일곱, 마지막 성주 쉰일곱, 성주 삼위(三位)가 대할례로 놀으소서."

 또 한 무당이 소리한다.

 "성황당 뻐꾹새야, 너는 어이 우짖느냐, 속 빈 공양낡게[2] 새 잎 나라고 우짖노라. 새 잎이 우거지니 속잎이 날까 하노라. 넋이야 넋이로다, 녹양심산(綠楊深山) 넋이로다. 영이별(永離別)이 정송(呈送)하니 정수(定數) 없는 길이로다."

 이런 별별 소리도 하고 또 한 무당 소리한다.

 "바람아, 월궁에 달월이로다. 월광 안신 마누라 설설히 내리소서. 하루도 열두 시요 한 달 서른 날, 일년 열두 달, 과년은 열석 달, 만사를 도와 주소서. 안광당(安光堂) 국수당(國師堂)[3] 마누라, 개성부(開城府) 덕물산 최영(崔瑩)[4] 장군 마누라, 왕십리 아기씨당 마누라 설설히 내리소서."

 놀부 모든 무당 굿하는 광경을 보고 식혜 먹은 고양이 모양으로 한구석에 섰으니, 무당들이 장구통을 들어 놀부놈의

---

1) 성조(成造)의 잘못인 듯. 성조는 상량신(上梁神)을 말함.
2) 공양나무에. 같은 책 44면 1)번 주 참조.
3) 둘 다 무당들이 위하는 신(神)을 모신 당 이름. 국수당은 서울 남산에 있음.
4) 고려 우왕(禑王) 때의 장군·충신.

흥복통을 벼락같이 치니 놀부놈이 눈에서 번갯불이 나는지라. 분한 중 슬피 울며 비는 말이,

"이 어인 곡절이뇨. 맞아 죽을지라도 죄명(罪名)이나 알고 죽으면 원이 없겠으니 제발 덕분 살려 주오."

무당들 하는 말이,

"이놈 놀부야, 다름 아니라 우리가 네 집을 위하여 굿을 많이 하였는 고로 죽을 힘이 다 들었으니 값을 바치되 일푼 영축(嬴縮)¹⁾ 없이 꼭 오천 냥을 바치라. 만일 거역하면 네 대가리를 빼 놓으리라."

놀부놈이 대겁하여 오천 냥 내어 주고 만단애걸(萬端哀乞)하여 보낸 후에 열에 바치어 하는 말이,

"성즉성(成則成)하고 패즉패(敗則敗)라. 남은 박을 또 따 다 타보리라."

하고 한 통을 따다 놓고 째보더러 당부하는 말이,

"이왕 켠 박은 모두 헛일이니 신수 불길한 탓이라. 다시는 너를 시비할 개자식 없으니 염려 말고 어서 켜다고."

째보놈 하는 말이,

"만일 켜다가 중병이 나면 뉘게다 떼를 쓰려고 이런 시러베 아들 소리를 하느냐? 우스운 자식 다 보겠다."

놀부 능처 개유(改諭)하되 째보는 떨더리며 하는 말이,

"복 없는 나를 권치 말고 유복한 놈 얻어 타라."

놀부 하는 말이,

"아따 이 사람아, 내가 맹서를 주홍(朱紅)같이 하였거늘

---

1) 남고 모자라는 것 없이.

다시 자네를 탓할까? 만일 무슨 시비를 또 하거든 내 뺨을
개 뺨 치듯 하소"
하고 공전 이십 냥을 삯전 외에 더 주니 째보놈이 못 이기는
체하고 받아 꽁무니에 수쇄(收刷)¹⁾하고 박을 탈새,
"슬근슬근 톱질이야, 당기어라 톱질이야."

밀거니 다리거니 슬근슬근 타다가 우선 들여다보니 박 속
에 금빛이 비치거늘 놀부 가장 낌새나 아는 듯이,
"이애 째보야, 저것 보이느냐? 이 박은 짜장 황금이 든 박
통이니 어서 타고 바삐 보자."

슬근슬근 툭 타 놓으니, 아따, 박 속에서 수천 명 등짐 장
수들이 빛 좋은 누른 농을 지고 꾸역꾸역 나오니 놀부놈이
대경하여 묻는 말이,
"여보시오, 그 진 것이 무엇이오?"

그 장사 대답하되,
"이것이 경이오."
"경이라니 무슨 경이오?"
"면경(面鏡), 석경(石鏡), 만리경(萬里鏡), 요지경(瑤池
鏡)이요, 담뿍 치는 다발경이라. 얼시고 좋다, 경이로다. 지
화자 좋을시고. 요지연(瑤池宴)을 둘러보소. 이선(李仙)²⁾의
숙낭자요, 당명황(唐明皇)³⁾의 양귀비요, 초패왕(楚覇王)⁴⁾의
우미인(虞美人)⁵⁾이요, 여포(呂布)⁶⁾의 초선이오. 팔선녀(八仙

---

1) 빚이나 외상값 등을 거둬 들임.
2) 같은 책 30면 2)번 주 참조.
3) 중국 당나라 현종(玄宗)을 말함.
4) 중국 초(楚)나라의 항우(項羽)를 패왕으로서 높여 일컫는 말.

女)¹⁾를 둘러보소. 난양 공주, 진채봉, 가춘운, 계섬월, 정경패, 적경홍, 심요연, 백능파, 이런 미색을 보았느냐?"
하며 온집을 떠드니 놀부놈이 기가 막히나 다른 박이나 타서 보려고 돈 삼천 냥을 내놓고 비는 말이,

"여보시오 여러분네, 말을 들어 보오. 내가 박으로 하여 패가망신을 하게 되었으니 이것이 비록 약소하나 노수(路需)나 보태어 쓰실 양으로 일찍이 헤어지면 다른 박이나 타서 볼까 하오."

여러 등짐 장수들이 수군수군 공론하더니 놀부더러 하는 말이,

"뒤 박통에는 금과 은이 많이 들었는가 싶으니 정성들여 켜 보라"
하고 일시에 헤어지니 놀부 또 한 통을 따다 놓고 탈새,

"슬근슬근 톱질이야, 당기어 주소 톱질이야."

슬근슬근 톡 타 놓으니 박 속에서 수천 명 초라니²⁾ 탈이 나오더니 오두방정을 다 떤다.

"바람아 바람아, 네 어데서 불어오느냐? 동남풍에 불어왔나? 대자 운(韻)을 달아 보자. 하걸(夏桀)³⁾의 경궁요대(瓊宮瑤臺), 달기(妲己)⁴⁾를 희롱하는 상주(商紂)의 적록대(積鹿

---

5) 항우의 애인으로, 늘 항우를 따라다녔다는 절세의 미인.
6) 중국 후한 말의 장수로,《삼국지연의》에서 영웅으로 활약함.
1) 김만중의《구운몽》에 나오는 여덟 선녀로 모두 주인공 양소유(楊少游)를 섬김.
2) 나자(儺子)의 하나. 기괴한 계집 형상의 탈을 쓰고, 붉은 저고리에 푸른 치마를 입고 대가 긴 깃발을 가졌음.
3) 하(夏)나라 때 포악한 정치를 한 임금.

臺)[1], 멀고 먼 봉황대(鳳凰臺)[2], 보기 좋은 고소대(姑蘇臺)[3], 만세 무궁 춘당대(春塘臺)[4], 한무제 백량대(柏梁臺)[5], 조조(曹操)[6]의 동작대(銅雀臺)[7], 천대 만대 살대 젓대 붓대 다 던지고 우리 한바탕 놀아 보자."

일시에 달려들어 놀부놈 덜미를 잡아 내어 가로딴죽을 치니 놀부 거꾸로 서서,

"애고 애고 초라니 형님, 이것이 웬일이오. 아무 일이든지 말씀만 하면 분부대로 하오리다"

하고 손이 발이 되도록 애걸하니 초라니 호령하되,

"이놈 놀부야, 돈이 중하냐, 목숨이 중하냐?"

놀부 울며 대답하되,

"사람 생기고 돈이 났으니 돈이 어찌 중하다 하오리까?"

초라니 꾸짖어 가로되,

"이놈, 그러면 돈 오천 냥만 시각 내로 바치라."

놀부 하릴없이 돈 오천 냥을 내주며,

---

4) 중국 은(殷)나라 주왕(紂王)의 비(妃)로, 왕을 부추겨 포악한 짓을 많이 함.
1) 주왕이 재물을 쌓아 둔 대. 원래는 녹대인데 후세 사람이 적(積), 혹은 적(赤)을 덧붙인 듯함.
2) 이백(李白)과 두보(杜甫)의 봉황대 시(詩)로 유명한 곳. 이백이 부른 봉황대는 강소성에 있고 두보가 부른 봉황대는 감숙성에 있었다 함.
3) 오(吳)나라 왕 부차(夫差)가 서시(西施)를 위해 지은 궁(宮).
4) 서울 창경궁에 있음.
5) 전한 무제(武帝)가 세운 궁으로, 대들보를 향백(香柏)으로 만들었다 함.
6) 중국 삼국 시대 위(魏)나라의 왕.
7) 중국 하남성에 있는 성.

"분부대로 돈을 바치오니 앞 박통 속 일이나 자세히 일러 주소."

초라니 하는 말이,

"우리는 각 통인 고로 자세히는 알지 못하되 어느 통인지 분명히 생금이 들었으니 다 타고 볼 것이니라"

하고 헤어져 가거늘 놀부 이 말 듣고 생허욕이 치받쳐 동산으로 치달아 박 한 통을 따가지고 나오니 째보가 가장 위로하는 척하고 하는 말이,

"이 사람 그만 켜소. 초라니 말을 어찌 믿을까. 또 만일 봉변이 나면 돈 쓰는 것은 예사어니와 자네 매맞는 짓을 차마 볼 수 없네."

놀부 하는 말이,

"아무려면 어떠한가. 아직은 돈냥이나 있으니 또 당해 볼 양으로 마저 타고 끝을 보세."

째보 하는 말이,

"자네 마음이 저러하니 굳이 말리지는 못하거니와 이번 타는 박은 더 생각하여야 하겠네."

놀부놈이 홧김에 돈 열 냥을 선셈 주고 또 한 통을 탈새,

"슬근슬근 톱질이야, 당기어 주소 톱질이야. 이 박을 타거들랑 잡동사니는 나오지 말고 금은보패나 나옵소서."

슬근슬근 툭 타 놓으니 박 속에서 수백 명 사당(寺黨)[1] 거사(居士)[2]들이 뭉게뭉게 나오며 소고(小鼓)를 두드리고 저

---

1) 순례 극단의 여배우.
2) 순례 극단의 남배우.

희끼리 야단스레 놀며 소리를 하는데,

"오동추야 달 밝은 밤에 임 생각이 새로워라. 임도 응당 나를 생각하리라. 나니나산이로다."

또 어떤 사당은 방아타령을 한다.

"천천히 완보(緩步)하여 박석재[1]를 넘어가니 객사청청 유색신(客舍靑靑柳色新)은 나귀 매던 버들이요, 위성조우 읍경진(渭城朝雨浥輕塵)은 나 마시던 청파(靑坡)로다. 광한루(廣寒樓)야 잘 있더냐, 오작교(烏鵲橋)야 무사하냐?"

또 한 놈은 달거리를 하는데,

"정월이라 십오야에 망월(望月)하는 소년들아. 망월도 하려니와 부모 봉양 늦어 간다. 신체발부(身體髮膚) 사대절(四大節)을 부모님께 타고나서 호천망극(昊天罔極)[2] 중한 은혜 어이하여 다 갚으리. 이월이라 한식일(寒食日)[3] 천추절(千秋節)[4]이 적막하니 개자추(介子推)의 넋이로다. 원산(遠山)에 봄이 드니 불탄 풀이 난다더니."

어떤 사당은 노래하고 어떤 사당은 단가(短歌)하고 어떤 사당은 권주가(勸酒歌)하고 온갖가지로 뛰놀 적에 거사놈 거동 보소. 노랑 수건 평량자(平涼子)[5]에 질빵을 벗어 놓고 엉덩이를 흔들고 사당을 어르면서 번개 소고를 풍우같이 두

---

1) 명륜동과 창경궁 사이의 고개.
2) 부모의 은혜가 커서 하늘의 끝없음과 같음.
3) 동지로부터 105일째 되는 날로, 종묘와 각 능원(陵園)에 제향을 지내고 민간에서는 성묘를 함. 진(晋)나라 현인 개자추가 이날 산에서 불타 죽었다고 해 불을 금하고 찬밥을 먹었다고 전해짐.
4) 천년(千年)을 일컬음.
5) 패랭이.

드리며 판염불 긴영산[1]에 흔들거려 한바탕을 놀더니 놀부를 보고 달려들며,

"옳다 이놈, 이제야 만났고나"

하더니 여러 놈이 놀부의 사지를 갈라 잡고 헹가래를 치니 놀부놈 눈이 뒤집히고 오장이 나오는 듯하니,

"애고 이것이 웬일이오. 사람 살려 놓고 말을 하시오."

여러 사당과 거사들이 일시에 하는 말이,

"네가 목숨을 보존하려거든 전답 문서를 다 바치어라. 만일 어기다가는 생급살(生急殺)이 내리리라."

반닫이를 떨꺽 열고 골김에 문서를 모두 내어 주니 여러 사당과 거사들이 나누어 가지고 헤어져 가더라. 째보가 이 형상을 보고 몸을 빼칠 생각이 들어서 놀부를 보고 하는 말이,

"나는 집에 급히 볼일이 있으니 잠깐 다녀옴세."

놀부 하는 말이,

"이 사람아, 다된 벌이를 애초에 버리지 마소. 아직도 박이 여러 통이 남아 있고 어느 통이든지 생금이 많이 들었다 하니 차례로 타고만 보면 종말에 좋은 일이 아니 있겠나? 이제는 통마다 삯을 선세음으로 더 주오리."

째보 그제는 허락하고 또 한 통을 탄다.

"슬근슬근 톱질이야."

슬근슬근 툭 타 놓으니 박에서 수백 명 왈짜(曰字)[2]들이

---

1) 노래 곡조의 한 가지.
2) 왈패(曰牌).

밀거니 뛰거니 나온다. 누구누구 나오든고. 이죽이, 떠죽이, 난죽이, 바금이, 딱정이, 군평이, 태평이, 여숙이, 무숙이, 하거니, 보거니, 난장이, 몽둥이, 아귀쇠, 악착이, 조각쇠, 섭섭이, 든든이, 제반 자제들이 꾸역꾸역 휘몰아 나와 차례로 앉더니 놀부를 잡아내어 빨랫줄로 찬찬 동여 나무에다 동그마니 달아매고 매질 잘하는 왈짜 하나를 택출(擇出)하여 분부하되,

"저놈을 사정 두지 말고 단단히 치라."

왈짜 대답하되,

"그처럼 치다 만일 죽든지 하면 어찌하며 살인 차접(差帖)[1]은 누구더러 맡으랍나?"

여러 왈짜 공론하되,

"우리가 통문 없이 이렇게 모이기 쉽지 아니하니 이놈을 발기기는 나중 할 양으로 실컷 놀려 먹다가 헤어지면 그 아니 심심 파적(破寂)이랴?"

여러 놈들이 손뼉을 치며 그 말이 옳다 하고 놀부를 치려할 제 털평이 윗자리에 앉았다가 말을 펴 가로되,

"우리가 잘하나 못하나 단가 하나씩 부딪쳐 보되 만일 개구(開口)치 못하는 친구가 있거든 떡벌로 시행합세."

저희끼리 공론이 되더니 털평이 먼저 단가 하나를 부르되,

"새벽 서리 날 샌 후에 일어나라 아희들아. 뒷산에 고사리가 자랐으니 오늘은 일찍이 꺾어 오너라. 새 술 안주하여 보자."

또 한 왈짜 단가하되,

---

1) 하리(下吏) 임명의 사령서.

"공변된 천의(天意)를 힘으로 어찌 얻을쏜가. 함양(咸陽)에 아방궁(阿房宮)[1] 불지름도 오히려 무도하거든 하물며 의제(義帝)[2]를 빈강(閩江)[3]에서 죽이단 말가?"

또 군평이 나앉으며 뜨더귀 시조로 방구(放口)할새,

"사랑인들 임마다 하며 이별인들 다 서러우랴. 임진강 대동강수요 황릉묘(黃陵廟)[4]에 두견(杜鵑) 운다. 동자여, 술 걸러라, 취코 놀게."

또 떠죽이 '풍(風)'자 운을 달아 소리한다.

"만국병전(萬國兵前) 초목풍(草木風)[5], 채석강선(采石江船) 낙원풍(落遠風), 일지홍도(一枝紅桃) 낙만풍(落晚風), 제갈공명 동남풍, 어린아이 만경풍(慢驚風), 늙은 영감 변두풍(邊頭風)[6], 광풍, 대풍 허다한 풍자를 다 어찌 달리."

또 바금이는 '사'자 운을 달아 노래한다.

"한식동풍 어류사(寒食東風御柳斜)[7], 원산한산 석경사(遠山寒山石逕斜)[8], 도연명(陶淵明)[9]의 귀거래사(歸去來辭), 이태백의 죽지사(竹枝詞)[10], 굴삼려(屈三閭)[11]의 어부사(漁父

---

1) 진시황 때 지어진 화려한 궁궐.
2) 항우를 일컬음.
3) 오강(烏江). 유방(劉邦)에게 패한 항우가 이곳에서 자결함.
4) 중국 고대 순(舜)임금의 두 왕비를 장사지낸 곳.
5) 두보의 〈세병행(洗兵行)〉의 한 구절.
6) 편두통.
7) 한굉(韓翃)의 한식시(寒食詩) 중 한 구절.
8) 유문방(劉文房)의 산행시(山行詩) 중 한 구절.
9) 송나라의 시인. 도잠(陶潛).
10) 이태백이 아니라 유우석(劉禹錫)의 작인 듯.
11) 전국 시대 초(楚)나라 정치가이자 시인. 삼려는 벼슬 이름.

辭),양소유의 양류사(楊柳詞), 그리워 상사(相思), 불사이자사(不思而自思), 만첩청산 등불사(燈佛寺), 말 잘하는 동지사(冬至使), 화문갑사(花紋甲紗)."

또 태평이는 '연' 자 운을 달아 노래한다.

"적막강산 금백년(寂寞江山今百年)[1], 강남풍월 한다년(江南風月恨多年), 우락중분 미백년(憂樂中分未百年), 인생부득 갱소년(人生不得更少年), 한진부지년(寒盡不知年)[2], 금년(今年), 거년(去年), 억만 년이로다."

또 떠죽이 떠죽거리며 '인' 자 운을 단다.

"양류청청 도수인(楊柳靑靑渡水人), 양화수쇄 도강인(楊花愁殺渡江人)[3], 편삽수유 소일인(遍揷茱萸少一人)[4], 서출양관 무고인(西出陽關無故人)."

또 아귀쇠는 '절' 자 운을 단다.

"꽃피어 춘절(春節), 잎 피어 하절(夏節)이라. 황국(黃菊) 단풍(丹楓) 추절(秋節)이요, 수락석출(水落石出)에 백설이 펄펄 날리니 동절(冬節)이라. 충절(忠節)이 없으면 무엇하리."

또 악착이는 '덕' 자 운을 단다.

"세상에 사람 되어 나서 덕 없이는 못 살리라. 만년 영화는 자손의 덕, 충효전가(忠孝傳家)는 조상의 덕, 교인화식(教人火食) 수인씨(燧人氏) 덕, 용병간과(用兵干戈) 헌원씨

---

1) 숙종(肅宗) 때 이재(李縡)의 시의 한 구절.
2) 당나라 태상은자(太上隱者)의 〈답인(答人)〉이라는 시의 한 구절.
3) 당나라 시인 정곡(鄭谷)의 〈가상별고인(佳上別故人)〉 중 한 구절.
4) 당나라 시인 왕유(王維)의 시 〈억산동형제(憶山東兄弟)〉 중 한 구절.

(軒轅氏)[1] 덕, 삼국 성주 유현덕(劉玄德), 서촉(西蜀) 명장 장익덕(張翼德), 난세(亂世) 간웅(奸雄) 조맹덕(曹孟德), 서량(西凉) 명장 방덕(龐德)[2], 단단한 목떡, 물렁물렁 쑥떡, 이 덕 저 덕 다 버리고 오늘 놀음은 놀부 덕이라."

여숙이는 '질' 자 타령을 한다.

"삼국풍진(三國風塵) 싸움질, 유월염천(六月炎天) 부채질, 세우강변 낚시질, 심산궁곡 도끼질, 낙목공산(落木空山) 갈퀴질, 젊은 아씨 바느질, 늙은 영감 잔말질."

또 변통이는 내달아 '기' 자 타령을 한다.

"곱사등이 복장 차기, 아이 밴 계집의 배 치기, 옹기 장수 작대 치기, 불붙는 데 부채질하기, 해산한 데 개·닭 잡기, 역환(疫患) 모신 집에 말뚝 박기, 달아나는 놈 다리 치기."

이렇듯이 놀더니 저희끼리 돌아앉아 각각 통성명(通姓名) 거주를 묻는다.

"저기 저분은 어데 사시오?"

그놈이 대답하는 말이,

"나 왕골 사오."

"아니 왕골을 사다가 자리를 매려 하오?"

"아니오, 내 집이 왕골이란 말이오."

군평이 내달아 새김질하는 말이,

"예 옳소, 이제야 알아듣겠소. 왕골 산다 하니 임금 왕(王)자, 고을 골[谷]자이니 동관대궐(東關大闕) 앞에 사나

---

1) 황제(黃帝). 처음으로 방패와 창을 썼으며 지남거(指南車)를 만들어 악한 자들을 물리쳐 천자가 됨.
2) 중국 동한(東漢) 때 사람.

보오."
"예 옳소, 영낙이 아니면 송낙이오."
"또 저분은 어데 사시오?"
그놈이 대답하되,
"나는 하늘 근처에 사오."
군평이 또 새김질하되,
"사직(社稷)은 하늘을 위하였으니 아마 무덕문(武德門) 근처에 사시나 보오."
"또 저 친구는 어데 사시오?"
"나는 문안 문밖이오."
군평이 연방 새김질로 대답하는 말이,
"창의문(彰義門) 밖 한북문(漢北門) 안이 문안 문밖이 되니 조시서[1] 근처에 사시나 보오."
"그곳은 아니오."
"예, 그러면 이제야 알겠소. 대문 안 중문 밖 사시나 보니 행랑어멈 자식인가 싶으니 저만치 서 계시오."
"또 저분은 어데 사시오?"
그놈 대답하되,
"나는 휘두루 골목 사오."
군평이 하는 말이,
"내가 아무리 새김질을 잘하여도 그 골은 처음 듣는 말이오그려."
그놈이 대답하되,

---

1) 조지서(造紙署)의 그릇된 표기인 듯.

"나는 집 없이 두루 다니기에 하는 말이오."

군평이 또 묻는 말이,

"바닥 첫째로 앉은 저분은 어데 사시오? 성씨는 무슨 자를 쓰시오?"

그놈이 대답하되,

"내 성은 두 사람이 씨름하는 성이오."

군평이 하는 말이,

"나무 둘이 아울러 섰으니 수풀 림(林)자 임 서방이시오."

"또 저분은 뉘라 하시오?"

"예, 내 성은 목두기에 갓 씌운 성이오."

군평이 하는 말이,

"갓머리 안에 나무 목(木)을 하였으니 댁이 송(宋) 서방이시오."

"또 저분은 뉘라 하시오?"

"예, 내 성은 계수나무란 목자 아래 만승천자란 아들 자(子)자를 받친 성이오."

군평이 대답하되,

"그러면 알겠수. 댁이 이(李) 서방이시오."

"또 저분은 뉘라 하시오?"

그놈은 워낙 무식하기가 기역자를 보면 거멀못으로 아는 놈이라 답치기로[1] 대답하는 말이,

"나는 난장 뙤기란 목자 아래 역적쇠 아들이란 아들 자자를 받친 이 서방이오."

---

1) 함부로.

"또 저분은 뉘라 하시오?"

"에, 나는 뫼 산(山)자가 사면으로 두른 성이오."

군평이 가만히 새김질로 생각하되,

"뫼 산자 넷이 사면으로 둘렀으니 밭 전(田)자 전 서방인가 보오."

"또 저분은 뉘라 하시오?"

그놈은 성이 배(裵)가인데 정신이 아주 없는 놈이라 배를 사서 주머니에 넣고 다니더니 성을 묻는 양을 보고 아무 대답 없이 우선 주머니를 열고 배를 찾으니 간곳이 없는지라. 기가 막히어 뒤통수를 치며 하는 말이,

"이런 제기랄, 성으로 하여 망하겠다. 이번도 어느 경칠 놈이 남의 성을 도적질하여 먹었고나. 생래에 성으로 하여 버린 돈이 팔 푼 열여덟 닢이나 되니 가뜩한 형세가 성으로 하여 망하겠다"

하며 부리나케 주머니를 뒤지니 군평이 책망하되,

"이분 친구가 성을 묻는 바에 대답은 없고 주머니만 주무르니 그런 제기랄 경계가 어데 있으리요?"

그놈이 화를 내어 하는 말이,

"남의 잔속을랑 모르고 답답의 책망만 하는구려. 내 성은 사람마다 먹는 성이오."

하며 구석구석 뒤지니 배는 없고 꼭지만 나오거늘 총망중 집어들고 하는 말이,

"그러면 그렇지, 어데 갈 리가 있나."

하며 배 꼭지를 내두르며,

"자, 내 성은 이것이오."

군평이 하는 말이,
"그러면 게가 꼭지 서방이오?"
"예, 옳소 옳소. 바로 아셨소."
"또 저분은 뉘라 하시오?"
"예, 나 말씀이오? 나는 성이 안감이란 안자에 부어터져 죽는다는 부자에 난장몽동이란 동자를 합하면 안부동이란 사람이오."
"또 저분은 뉘라 하시오?"
그놈이 아무 말 없이 두 주먹을 불끈 쥐고 내밀며,
"내 성명은 이러하오."
군평이 웃고 하는 말이,
"예, 알겠소. 게가 성은 주가요 이름은 머귀인가 보오."
"과연 그러하오."
"또 저기 비켜서 있는 저분도 마저 통성합시다. 성씨가 무엇이라 하시오?"
"나는 난장몽동의 아들이오."
"또 저분은 뉘라 하오?"
그놈 대답하되,
"나는 조치안이라 하오."
딱장이 내달아 책망하는 말이,
"여보, 이분 친구의 통성명하는 법이 오백 년 유래지고풍(由來之古風)이어늘 좋지 아니하단 말이 웬말인가요?"
그놈이 허허 대소하고 대답하되,
"내 성이 조가요 이름이 치안이란 말이지, 친구가 통성하는데 좋지 않다 할 길이 있소?"

딱장이 하는 말이,

"그는 그러할 듯하오."

이처럼 지껄이다가 그 중의 한 왈짜 내달으며 하는 말이,

"여보게들, 그렇지 아니하이. 우리가 놀기는 명일이 내무진이니 놀부놈을 어서 내어 발기세"

하니 여러 왈짜 하는 말이,

"우리가 통성명하기에 골몰하여 이때까지 두었으니 일이 잘못되었고나. 벌써 찢을 놈이라."

여러 놈들이 그 말이 옳다 하고 일변 놀부놈을 잡아들여 이 뺨 치고 저 뺨 치며 발로 차고 굴리며 주무르고 잡아뜯고 일변으로 가위주리[1]를 틀며 잔채질[2]을 하며 두 발목을 도지게[3]에 넣고 트니 복숭아뼈가 우직우직하는 놈을 용심지에 불을 켜서 발샅에 끼워 단근질을 하며 온갖 형벌을 쉴 새 없이 갈마들며 하니 쇠공의 아들인들 어찌 견디리요. 놀부놈이 입으로 토혈(吐血)하며 똥을 싸고 칠푼 팔푼하며 만단(萬端)으로 애걸하며 비는 말이,

"살려 주오 살려 주오, 제발 덕분에 살려 주오. 돈 바치라면 돈 바치고 쌀 바치라면 쌀 바치고 계집이라도 바치라 하시면 바칠 것이니 잔명(殘命)을 살려 주옵소서."

여러 왈짜들이 돌려가며 한 번씩 생주리를 틀더니 그제야 한 놈이 분부하되,

"이놈 놀부야, 들어라. 우리가 금강산 구경 가더니 노자가

---

1) 가새주리. 두 개의 주릿대를 가위다리 모양으로 어긋매껴 죔.
2) 포교가 죄인을 심문할 때에 휘추리로 마구 연거푸 때리는 매질.
3) 도지개의 사투리. 도지개는 트집간 활을 바로잡는 틀을 말함.

핍절(乏絶)하였으니 돈 오천 냥만 바치되 만일 지체하면 된 급살을 내리리라."

놀부놈이 어찌 혼이 났던지 감히 한말도 대답치 못하고 돈 오천 냥을 주어 보낸 후 사지를 쓰지 못하는 중에도 종시 허욕에 떠받쳐서 단박에 수가 날 줄 알고 기어 동산으로 올라 박 한 통을 따 가지고 내려와서 째보를 달래 박을 컨다.

"슬근슬근 톱질이야, 당기어라 톱질이야."

슬근 쓱싹 쩌개 놓고 보니 팔도 소경이란 소경은 다 뭉치어 막대를 뚜덕거리며 눈을 희번덕이고 내달아 하는 말이,

"이놈 놀부야, 난다 긴다 네 어데로 가리요. 너를 잡으려고 안 남산, 밖 남산, 무계동, 쌍계동, 면면촌촌이 얼레빗 샅샅, 참빛 틈틈이 굴뚝 차례로 두류편답(逗留遍踏)터니 오늘 이곳에서 만났고나. 네 내 수단을 보아라"
하고 막대를 들어 휘두르니 놀부놈이 정신 없이 피하나 여러 소경이 점을 치며 눈뜬 사람보다 더 잘 찾아 붙잡는지라 놀부놈이 달아나지도 못하고 애걸하는 말이,

"여보 장님네, 이것이 웬일이오. 사람을 살려 주오. 무슨 일이든지 분부대로 하리라."

소경들이 그제야 놀부를 버리고 북을 두드리며 경문을 읽는데,

"천수천안(千手千眼) 관자재보살(觀自在菩薩) 광대원만(廣大圓滿) 무애대비심(無碍大悲心) 신묘장구(神妙章句) 대다라니 나무라 다나다라 남막알약 바로기제 사바라 도로도로 못자못자 연씨 성주 원씨 천존 남방 화제성군(火帝聖君) 서방 금제성군(金帝聖君) 북방 수제성군(水帝聖君) 태을성

군(太乙聖君) 놀부놈을 급살탕으로 점지하여 주옵소서. 급급여율령 사바아."

이렇듯이 경을 읽더니 놀부를 개장 개 두드리듯 함부로 치니 놀부 견디다 못하여 돈 오천 냥을 내어 주고 생각하니, '집안에 돈이라고는 한푼 남은 것이 없이 탕진가산하였으니 이제는 살아갈 길이 망연하다. 이왕 시작한 일이라 주판지세(走坂之勢)요 고진감래(苦盡甘來)라 하였으니 나중에야 설마 길한 일이 없으랴'
하고 동산으로 올라가서 박 한 통을 따다 놓고 째보를 달래하는 말이,

"이번 박은 겉을 보아하니 빛이 희고 좋으니 이 속에는 응당 보화가 들었을 것이니 재물을 얻으면 너도 살게 될 테니 정성들여 타서 보자"
하고 톱을 얹어,

"슬근슬근 톱질이야, 당기어 주소 톱질이야."

밀거니 켜거니 한참 켜다가 궁금증이 나서 귀를 기울여 가만히 들으니 박 속에서 우레 같은 소리가 진동하며,

"비로다 비로다"
하거늘 놀부 벌써 모다기대탈이 또 난 줄 알고 정신이 어찔하여 톱을 슬며시 놓고 멀리 물러가니 째보도 톱을 내던지고 달아나려 하거늘 박 속에서 우레 같은 소리로 호령하되,

"너희가 무슨 거래를 이리하고 박을 아니 타느냐? 내가 답답하여 일시를 못 견디겠으니 어서 바삐 켜라."

놀부 황겁하여 묻는 말이,

"비라 하시니 무슨 비온지 자세히 이르소서."

"이놈, 비로다."

놀부 하는 말이,

"비라 하시니 당명황의 양귀비오니까, 창오산(蒼吾山) 저문 날에 아황 여영 이비시오니까? 누구신 줄이나 먼저 알고 박을 마저 켜오리다."

박 속에서 대답하는 말이,

"나는 그런 비가 아니라 한 종실(漢宗室) 유 황숙(劉皇淑)의 아우 거기장군(車騎將軍) 연인(燕人) 장익덕(張翼德) 장비(張飛)어니와 네가 만일 박을 아니 켜고 있으면 무사치 못하리라."

놀부 장비란 말을 듣더니 지지러져 엎으러지며 입안의 소리로,

"이야 째보야, 이를 장차 어찌하잔 말이냐. 이번은 바칠 돈도 없으니 하릴없이 죽는 수밖에는 다른 수가 없나 보다."

째보 냉소하고 하는 말이,

"너는 네 죄에 죽거니와 내야 무슨 죄로 죽는단 말고. 그런 말을 다시 하다가는 내 손에 먼저 죽으리라."

"우스운 말 말고 어서 타던 박이나 마저 타서 하회(下回)나 보세."

놀부 하릴없어 마저 타고 보니 별안간 일원대장(一員大將)이 와락 뛰어나오며 얼굴은 숯먹을 갈아 끼친 듯하고 제 비턱에 고리눈을 부릅뜨고 장팔사(丈八蛇) 큰 창을 눈 위에 번쩍 들고 쇠북 같은 소리를 우레같이 질러 가로되,

"이놈 놀부야. 네가 세상에 나 부모께 불효, 형제에 불목(不睦)하고 친척에 불화하니 죄악이 네 털을 빼어 헤아려도

당치 못할지라, 천도(天道)가 어찌 무심하오리. 옥황상제께서 나로 하여금 너를 만 갈래 내어 무궁한 죄를 속(屬)하게 하라 하실새 내가 특별히 왔으니 견디어 보아라"
하고 웅파(熊把)[1] 같은 손으로 놀부의 덜미를 훔쳐 들고 공기 놀리듯 하니 놀부 정신을 잃었다가 다시 깨어나 울며 애걸하며 비니 장 장군이 그 정상을 불쌍히 여겨 다시 꾸짖어 가로되,

"응당 너를 만 갈래 낼 것이로되 십분 짐작하여 용서하는 것이니 이후는 어진 동생을 구박 말고 형제 화목하여 살라"
하고 가거늘 놀부 생경을 한바탕 치고 정신을 차려 또 동산으로 치달아 보니 박 두 통이 그저 남았거늘 한 통을 또 따 가지고 내려와 째보를 달래는 말이,

"이야 째보야, 내 일을 불쌍히 여겨라. 재물을 얻으려 하다가 수다한 가산을 탕진하고 거지가 되었구나. 설마 박통마다 그러하랴. 이번은 무슨 수가 있을 듯하니 아무 말도 말고 켜 보자."

째보 응낙하고 박을 켠다.

"슬근슬근 톱질이야, 당기어 주소 톱질이야. 이 박은 켜거든 금은 보화가 함부로 나와 흥부같이 살아 보리라."

놀부 계집이 섰다가 하는 말이,

"다른 보화는 많이 나오되 흥부 서방님같이 첩은 행여 나오지 마옵소서."

놀부 꾸짖는 말이,

---

[1] 곰이 발로 물건을 잘 잡는 고로 그렇게 형용한 것임.

"탕패가산하고 상거지가 된 인물이 샘이 어디서 나오는고? 요사스러이 굴지 말고 한편 구석에 가 있으라"
하고 밀거니 다리거니 슬근슬근 타며 귀를 기울이고 들으니 이번은 아무 소리도 없는지라 놀부놈 대희하여 째보더러 가로되,

"이번은 다 켜도 아무 소리가 없으니 아마 수가 있는 박이다"
하고 급히 타 보니 박 속에 아무것도 없고 다만 평평한 박뿐이어늘 놀부 대희할 즈음에 째보가 생각하되,

'여러 통마다 탈이 났으니 이 박인들 어찌 무사하랴'
하고 소피[1]하러 가는 체하고 도망질하니 놀부놈 째보를 기다리다 못하여 박통을 도끼로 쪼개 놓고 보니 아무것도 없고 허연 박속이 먹음직하거늘 제 계집을 불러 가로되,

"이 박은 먹음직하니 우선 배고픈데 국이나 끓여 집안 식구들과 먹고 기운 나거든 남은 박은 우리 둘이 타 봅세. 옛사람이 이르기를 고진감래(苦盡甘來)라 하였으니 그만치 궂었으니 필경은 좋은 일이 있지 천의(天意)가 무심할 리가 있나. 숱한 재물을 얻을진대 추년 고생은 면부득(免不得)이니 어서 국이나 끓이소."

놀부 계집이 대희하여 박속을 숭덩숭덩 썰고 염장을 갖추어 큰 솥에 물을 넉넉히 붓고 통장작을 지피어 쇠옹두리[2] 고듯이 반일을 무르녹게 끓인 후 온 집안 식구대로 한 사발씩

---

1) 소피(所避)하다. 오줌 누다라는 뜻.
2) 소의 옹두리뼈.

홍부전 101

감식(甘食)하여 먹은 후 놀부는 배가 붕긋하여 게트림을 하며 계집더러 하는 말이,

"그 국맛이 매우 좋아 당동."

놀부 계집이 대답하되,

"글쎄요, 그 국이 매우 유명하오 당동."

놀부 자식들이 어미를 부르면서,

"그 국맛이 좋소 당동."

놀부 하는 말이,

"그 국을 먹더니 말끝마다 당동 당동 하니 참으로 고이하도다 당동."

놀부 계집 대답하되,

"글쎄요, 나도 그 국을 먹더니 당동 소리가 절로 나오 당동."

놀부 자식이,

"여보 어머니, 우리들도 그 국을 먹었더니 당동 소리가 절로 나오 당동."

"오냐, 글쎄 그러하다 당동."

놀부 꾸짖어 가로되,

"너는 요망스레 굴지 마라 당동. 무슨 국을 먹었다고 당동 하노 당동."

놀부 계집은,

"그 말이 옳소 당동."

놀부 딸도 당동, 아들도 당동, 머슴아이도 당동, 놀부 아주미도 당동, 온 집안이 모두 당동 당동, 무슨 가얏고 뜯고 풍류하는 것처럼 그저 당동 당동, 서로 나무라며 당동 당동, 이

렇듯이 당동 당동 하니 울 넘어 왕 생원이 들은즉 놀부 집에서 별별 야릇한 풍류 소리가 나거늘 왕 생원이 곧 놀부를 불러 묻는 말이,

"여보아라 놀부야, 너희가 무엇을 먹었건대 그런 소리를 하느냐?"

놀부 여짜오되,

"소인의 집에서 박을 심어 박이 열리어 국을 끓여 먹었더니 그 소리가 절로 나옵니다 당동"

생원이 믿지 아니하여 가로되,

"네 말이 무소(誣訴)로다. 박국을 먹었기로 무슨 그런 소리가 있으리. 그 국 한 사발만 떠오너라."

놀부 한 그릇을 떠다 주니 생원이 받아 맛을 보매 국맛이 가장 좋은지라 그 국을 감식하고,

"여보아라 놀부야, 그 국맛이 유명하고나 당동. 아차 나도 당동 어찌하여 당동 하노 당동."

하며 또 당동 당동 당동 소리가 절로 나거늘 왕 생원이 국 먹은 것을 뉘우쳐 놀부를 꾸짖고 당동 당동 하며 제 집으로 돌아간 후 놀부 역시 신세를 생각하니,

'부자가 될 양으로 박을 심었다가 다수한 재산을 다 패하고 전후에 없는 고생과 매맞은 일이며 끝에 와서는 온 집안 사람이 당동 소리로 병신이 되니 이런 분하고 원통한 일이 어데 있으리요.'

일변 낫을 가지고 동산으로 올라가서 박덩굴을 함부로 오려 버릴새 뵈지 않는 덩굴 밑에 박 한 통이 그저 있으되 크기가 인경만하고 무게가 천 근이나 되는지라.

놀부가 그걸 보더니 분한 생각은 눈 슬듯 하고 허욕이 버쩍 나서 혼잣말로,

"그러면 그렇지, 인제야 보물 든 박을 얻었도다. 무게를 보아도 금이 많이 든 모양이요, 또 재물이 많이 든 고로 남의 눈에 띄지 아니하려고 덩굴 속에 숨어 있는 것을 모르고 공연히 한탄을 하였으며 그 전 박통에서 나온 초라니 말이 금이 들기는 어느 박통에 들었으리라 하더니 그 양반 말이 과연 옳도다. 황금 든 박이 여기 있는 줄 알았더면 다른 박을 타지 말고 이 박을 먼저 켰을 것을."

희불자승(喜不自勝)하여 그 박을 따 가지고 내려오며,

"좋을 좋을 좋을시고, 지화자 좋을시고. 곱사등이 같은 박 복한 놈 시종(始終)을 아니 보고 달아났으니 제 복이 그뿐이로다."

놀부 계집 내달아 하는 말이,

"그만두오, 그만두오. 박에 신물도 아니 납나? 만일 또 불량한 박이 나오면 어쩌려고 박을 또 따 가지고 옵나?"

놀부 하는 말이,

"방정맞고 요사한 년 물렀거라. 이 박은 정통 금박이니 재물이라면 넨들 아니 귀히 되랴. 잔말 말고 우리 두 양주 정성 들여 켜 봅세."

박을 앞에 놓고 톱을 대어 탈새,

"슬근슬근 톱질이야, 당기어 주소 톱질이야."

슬근슬근 타다가 반쯤 켜고 놀부가 우선 궁금증이 나서 박 속을 기웃이 들여다보니 그 속이 아주 싯누런 것이 온통 황금 같거늘 놀부 보다가,

"수 났구나, 그럼 그렇지. 마누라, 자네도 이 박 속을 들여다보소. 저 누런 것이 온통 황금덩일세."

놀부 아내 하는 말이,

"누른 것을 보니 금인가 싶으오마는 그 속에서 구린내가 물큰물큰 나니 그것이 웬일이오?"

놀부 하는 말이,

"자네도 미혹한 말 조금 하소. 박이 더 익고 덜 익은 것이 있으니 이 박은 아주 농익은 고로 구린 냄새가 나는 줄을 모른단 말인가? 어서 바삐 타고 보세."

슬근슬근 칠판 분이나 타다가 놀부 양주 궁금증이 또 나서 톱을 멈추고 양편에 마주 앉아 들여다보니 별안간 박 속에서 모진 바람이 쏘아 나오며 벼락 같은 소리가 나더니 똥줄기가 무자위[1] 줄기처럼 내쏘는지라. 놀부 양주가 똥벼락을 맞고 나동그라지며 똥줄기는 천군만마가 달려나오는 듯 태산을 밀치고 바다를 메울 듯 삽시간에 놀부 집 안팎채에 가득하니 놀부 양주 온몸이 황금덩이가 되어 달아나 멀찍이서 바라보니 온 집안이 똥에 묻혔는지라. 만일 왕십리 거름장사가 알게 되면 한밑천 잡게 되었더라. 놀부놈이 기막혀 발을 동동 구르며 하는 말이,

"여보 마누라, 이 노릇을 어찌하잔 말이오. 재물을 얻으려다가 수다히 있는 재물 다 탕진하고 나중은 똥으로 하여 의복 한 가지 없게 되니 어린 자식들과 장장 하일(夏日)에 무엇 먹고 살아나며 동지 섣달 설한풍에 무엇 입고 사잔 말이

---

1) 물을 높은 곳으로 자아올리는 기계. 펌프.

오. 애고 애고, 설운지고."

 이처럼 땅을 두드리며 통곡할 제 앞뒷집에 사는 양반 제집까지 똥이 밀려 가서 그득한지라. 그 양반들이 공론하고 고두쇠를 벼락같이 부르더니 놀부놈을 즉각 잡아오라 분부한다. 고두쇠놈이 워낙 놀부놈을 미워하는 터이라 조총(鳥銃)같이 달려가서 놀부놈의 덜미를 퍽퍽 짚어 풍우같이 몰아다가 생원님 앞에 꿀린대, 생원님이 호령하되,

 "이놈 놀부야, 듣거라. 네가 본디 부모에 불효하고 형제간 불목하고 일가에 불화하고 다만 재물만 아니, 도적보다 더 심할 뿐더러 무슨 몹쓸 짓을 하다가 동네 양반들의 귀가 시끄럽도록 네 집에 환란이 첩출(疊出)하여 패가망신을 하니 그는 네 죄에 싼 일이어니와 네 죄로 하여 동네 양반 이 똥으로 못살게 되니 그런 죽일 놈이 어데 있으리요. 네 죄는 종속소기(從俗所期)[1]려니와 우선 양반 댁에 쌓인 똥을 해전에 다 처내되 만일 지체를 할 지경이면 죽고 남지 못하리라"
하고 일변 고두쇠를 호령하여 놀부를 결박하여 절구공이 찜질을 하며 기왓장에 꿇어앉히고 똥 처내기 전은 끌러 놓지 말라 하니, 놀부놈 가뜩 망극 중 기가 막히어 아무 말도 못하다가 기왓장에 꿇어앉은 채 제 계집을 시켜 돈 오백 냥을 갔다 놓고 빨리 삯군을 놓아 왕십리, 안감내, 이태원, 둔짐이, 청파, 칠패 여러 곳에 있는 거름장수들을 있는 대로 불러다가 삯을 후히 주고 똥을 처낸 후에야 놀부가 겨우 놓여 와서 부부 서로 붙들고 갈 바이 없어 통곡하더니, 이때

---

1) 시속(時俗)에 따라 처리함.

흥부가 놀부의 패가망신함을 알고 대경하여 일변 노복(奴
僕)을 시켜 교자(轎子) 두 채와 말 두 필을 거느리고 친히
건너와 놀부 양주와 조카를 교자에 태우고 말을 태워 제 집
으로 돌아와 일변 안방을 치우고 안돈(安頓)시킨 후 의식을
후히 하여 때로 공궤(供饋)하며 날로 위로하고 일변으로 좋
은 터를 정하여 수만 금을 들여 집을 제 집과 같이 짓고 세간
집물(什物)이며 의복 음식을 한결같이 하여 그 형을 살게 하
니 놀부 같은 몹쓸 놈일망정 흥부의 어진 덕에 감동하여 전
일을 회과(悔過)하고 형제 서로 화목하여 남에 없는 형제가
되니라. 흥부 내외는 부귀다남(富貴多男)하여 향수(享壽)[1]
를 팔십(八十)하고 자손이 번성하여 개개(個個) 옥수경지
(玉樹瓊枝)[2] 같아 가산이 대대로 풍족하니 그 후 사람들이
흥부의 어진 덕을 칭송하여 그 이름 백세에 민멸(泯滅)치
아니하더라.

---

1) 목숨을 누리기를.
2) 옥으로 만든 나무와 그 가지 나무와 그 가지. 재주가 뛰어난 사람을 일
  컬음.

조웅전(趙雄傳)

1

 송(宋) 문제(文帝) 즉위 이십삼 년이라. 이때 시절이 태평하여 사방에 일이 없고 백성이 평안하여 격양(擊壤)[1]을 일삼더니, 월명년(越明年) 추 구월 병인일에 문제 충렬묘(忠烈廟)에 거동하실새, 원래 충렬묘는 만고 충신 좌승상(左丞相) 조정인(趙正仁)의 묘라. 승상 조정인이 이부상서(吏部尙書)[2] 시에 황제 즉위 십 년이러니, 불의(不意)의 남란(南亂)을 당하여 사직(社稷)[3]이 위태하매 구원할 모책(謀策)이 없어 송실(宋室) 옥새(玉璽)와 문제를 모시고 경화문을 나 무봉뫼를 넘어 광임교에 다다르니, 성외·성내에 곡성이 진동하고 남녀노소 없이 전도(顚倒)히 도망하니, 남산 북악이 봄 아닌 오색 도화(五色桃花) 만발함 같더라.
 승상이 문제를 모시고 총망히 도망하니, 피란하는 사람이

---

1) 중국 상고(上古) 때 민간에서 행해지던 유희의 한 가지.
2) 조선시대 이조판서에 해당한 벼슬.
3) 태사(太社)와 태직(太稷). 곧 한 왕조의 기초.

뫼를 덮었는지라. 뇌성관 일백오십 리를 가 자고, 이튿날 또 발행(發行)¹⁾하시다.

이적에 승상이 문제를 모시고 사방으로 두루 다니며 청병(請兵)을 얻어 삼 삭(三朔) 만에 남란을 소멸하고 사직을 안보하니, 문제의 은덕(恩德)은 천지 같고 승상의 충렬은 일월 같은지라. 문제 조승상으로 정평왕(靖平王)을 봉하시니 굳이 사양하고 받지 아니하거늘, 문제 마지못하여 금자광록대부(金紫光祿大夫) 겸 좌승상을 하이시고²⁾ 부인 왕씨(王氏)로 공렬부인(功烈夫人)을 봉하시다.

이러구러 세월을 보내더니, 시운(時運)이 불행하여 고조진(高鳥盡)에 양궁(良弓)이 장(藏)하고 교토사(狡兎死)에 주구(走狗)가 팽(烹)³⁾함 같은지라.

이적에 간신이 시기하여 우승상 이두병(李斗柄)의 참소(讒訴)함을 보고 승상이 미리 음약(飮藥)하여 죽으니, 문제 애통하여 제문(祭文) 지어 조상하시고 충렬묘를 지어 화상(畵像)을 그려 놓고 시시로 거동하시더니, 이 날 또 거동하사 화상을 알묘(謁廟)하시고 옛일을 생각하사 비회(悲懷)를 금치 못하시니, 병부시랑(兵部侍郎) 이관(李寬)은 이두병의 아들이라, 시위(侍衛)하였다가 복지(伏地) 주(奏) 왈(曰)⁴⁾,

"시신(侍臣) 중에 어찌 조정인만한 신하 없사오며, 옥면

---

1) 길을 떠나감.
2) 시키시고.
3) 하늘 높이 나는 새가 다하면 좋은 활은 쓸모가 없어 간직하게 되고 교활한 토끼를 잡아 없앤 후에는 사냥개도 잡아먹는다는 뜻. 즉 일이 끝나면 버림받게 됨을 비유하는 말.
4) 엎드려 아뢰기를.

(玉面)에 비회 가득하시니 신자 도리에 어찌 충렬묘라 하시리이까. 이후는 거동을 말으시고 충렬묘를 훼파(毁破)하여지이다."

황제 불윤(不允)하사 이관을 추고(推考)[1]하라 하시고, 종일토록 유(留)하오셔 석양에 환궁하신 후, 조승상 부인을 더 승품(陞品)하여 정렬부인(貞烈夫人)을 봉하시고 금은(金銀) 많이 상사(賞賜)하시며 하교하시되,

"내 들으니 조정인의 아들이 있다 하니 인견(引見)하여 짐의 울도지정(鬱悼之情)을 덜게 하라"
하시다.

왕 부인이 잉태 칠 삭(七朔)에 승상을 여의고 십 삭을 차아 해복(解腹)하매 활달한 기남자(奇男子)라. 이름을 웅(雄)이라 하다.

부인이 칠년 거상(居喪)에 소복을 벗지 아니하고 그 아들 웅을 의지하여 세월을 보내더니, 이 날 황제 충렬묘에 거동하신다 하매 더욱 슬퍼하더니, 환궁하신 후 명관(命官)이 나와 정렬부인 가자(加資)[2]와 상사하신 금은을 드리거늘, 부인이 황공하여 계하(階下)에 내려 국궁(鞠躬)[3]하여 받자와 놓고, 황궐(皇闕)을 향하여 국궁 사배하고, 명관을 인도하여 외당에 앉히고 황은(皇恩)을 치사하더니, 또 웅을 인견하라 하시는 패초(牌招)[4]를 보시고 더욱 황공하여 웅을 보낼새,

---

1) 벼슬아치의 허물을 물어 살핌.
2) 정삼품 통정 대부 이상의 품계를 올리는 일.
3) 존경의 뜻으로 몸을 굽힘.
4) 왕명으로 신하를 부름.

웅의 나이 비록 칠 세나 얼굴이 관옥(冠玉)같고 읍양진퇴(揖讓進退)¹⁾는 어른을 압도(壓倒)하는지라. 명관을 따라 옥계하에 다달아 국궁하니, 상이 오래 보시고 대찬(大讚) 왈,

"충신지자(忠臣之子)는 충신이요, 소인지자(小人之子)는 소인이로다. 내 오늘날 네 거동을 보매 충효에 벗어나지 아니하니 어찌 아름답지 아니하리요. 또한 나이 칠 세라 하니 짐의 태자와 동갑이라 더욱 사랑옵도다"

하시고, 인하여 태자를 인견하셔 하교하시되,

"저 아이는 충신 아무의 아들이라. 너와 동갑이요, 또한 충효를 겸하였으니 타일에 국사를 도모하라. 짐이 망팔쇠년(望八衰年)²⁾에 협정지인(協政之人)을 얻었으니 어찌 즐겁지 아니하리요"

하신대, 태자도 즐겨하시더라.

웅이 다시 복지 주 왈,

"하교지하(下敎之下)에 극히 황공하오나, 소신이 나이 어리옵고 또한 국체(國體) 자별(自別)하오니, 어찌 벼슬 없는 여가(閭家)³⁾ 아이 궐내(闕內)에 거처하오리까. 국정(國政)에 극히 미안하옵고 또 국사 지중(至重)하옵거늘, 이제 폐하 어린아이를 대하옵시고 국사를 의논하옵시니 어찌 두렵지 아니하오리까. 복원(伏願), 폐하는 소신이 물러가와 입신(立身) 후에 다시 현알(見謁)하게 하옵소서"

하며 극히 간하니, 상(上)⁴⁾이 들으시고 비록 어린아이 말이

---

1) 읍하는 동작과 사양하는 동작이 절도 있음.
2) 여든을 바라보는, 늙어서 쇠(衰)한 나이. 곧 일흔한 살을 일컬음.
3) 보통 백성의 집.

나 사체(事體) 당연한지라. 다시 보시니 극히 엄숙한지라, 양구(良久)¹⁾에 왈,

"네 말이 가장 옳은지라. 그리하라"

하시고 다시 하교 왈,

"네 나이 십삼 세 되거든 품직(品職)을 내릴 것이니, 그때를 기다려 국정을 도우라"

하시니, 웅이 황공하여 사배 하직하고 나와 태자께 하직하니, 태자도 못내 연연(戀戀)하시더라.

이적에 천자 조신(朝臣)을 모아 웅을 칭찬하시고 가라사대,

"시신(侍臣) 중에 이관은 어디 있느뇨?"

제신이 다 이관의 형세를 두려워하는지라, 우승상 최식(崔軾)이 주 왈,

"폐하 충렬묘에 거동시에 추고하여 계시기로 파고에 있나이다."

황제 깨달으시고 침음양구(沈吟良久)²⁾에 왈,

"제 말이 잠깐 경홀(輕忽)하나 아직 용서하라"

하시다.

원래 이두병은 아들이 오형제라. 벼슬이 다 일품(一品)에 거한 고로 만조 제신이 다 형세를 두려워 이관 등 말대로 하는지라. 이 날 황제 조웅 사랑하심을 보고 이관이 크게 근심하여 의논 왈,

---

4) 임금, 상감.
1) 얼마 있다가, 한참 있다가.
2) 입 속으로 웅얼거리어 깊이 생각한 지 매우 오랜 뒤에.

"조웅이 벼슬하면 그 부(父)의 원수를 생각하리니, 어찌 근심되지 아니하리요. 미리 없앰이 마땅하되, 아직 벼슬 아닌 아이를 어찌 죄를 얻으리요"
하고 모두 계교를 의논하더라.

이때 웅이 집에 돌아와 부인께 뵈온대, 부인이 즐겨 문(問) 왈,

"네 황상을 뵈온다.[1]"

웅이 대(對) 왈,

"입시하옵거늘 대면하여 뵈었나이다."

"황상을 대면하니 두렵지 아니하며, 응당 묻잡는 말씀이 있었을 것이니 어찌 대답하였느냐?"

웅이 여쭈오되, 문답은 이리이리하던 말씀과 나이 십삼 세 되면 품직하리라 하시던 말씀이며, 태자 사랑하던 말씀을 낱낱이 고하니, 부인이 일희일비(一喜一悲)하여 왈,

"황상의 넓으신 덕택이 여천여해(如天如海)라 갚기를 의논치 못하려니와, 네 만일 벼슬하면 응당 잡힐 것이니 어찌하려 하느냐?"

웅이 왈,

"모친은 염려치 말으소서. 사람의 생사(生死)는 재천(在天)하옵고 영욕(榮辱)은 재수(在數)하오니 어찌 염려 있사오며 또 남의 자식이 되어 어찌 불공대천지수(不共戴天之讐)를 목전에 두고 그저 있사오리까. 부수(父讐)를 갚자 하오면 무슨 모책을 얻어야 갚사올 것이니 복망(伏望), 모친은

---

[1] '~ㄴ다'는 옛말로, '~느냐?' 하는 의문문 종결어미임.(이하 본문 중 '~ㄴ다'는 현대말로 바꿨음)

조금도 염려치 말으소서"

하고 설파(說罷)¹⁾에 모자 서로 통곡하니, 그 정상이 참혹하더라.

이때는 병인년 납월(臘月) 납일(臘日)²⁾이라. 황제 명당(明堂)에 전좌(殿座)하시고 만조 제신을 다 조회(朝會)받으시고 국사를 의논할새, 상이 왈,

"오호(嗚呼)³⁾라. 짐의 연광(年光)이 망팔쇠년이라. 세월이 사람의 죽음을 재촉하니, 동궁이 아직 어리니 국사가 가장 망연한지라. 경(卿) 등의 소견에 어찌하여야 짐의 근심을 덜리요."

제신이 주 왈,

"흥망성쇠(興亡盛衰)는 임의로 못 하려니와, 국사 아직 장원(長遠)하옵거늘 어찌 동궁(東宮)의 어리심을 근심하시니이까."

예부상서 정충(鄭冲)이 출반(出班) 주⁴⁾ 왈,

"폐하 춘추 많으심과 동궁의 어림을 어찌 근심하시니이까. 승상 이두병이 있사오니 전두(前頭) 국사(國事)는 족히 근심이 없사오리다."

조정이 또한 두병의 권세 두려워하는지라, 일시에 주 왈,

"승상 이두병은 한국(漢國)의 소무(蘇武)⁵⁾와 같은 신하오

---

1) 말을 마친 후.
2) 섣달 동지 뒤의 셋째 술일(戌日)로, 납향(臘享)하는 날.
3) 슬플 때 내는 소리.
4) 여러 신하 가운데서 특히 혼자 나아가서 임금께 아룀.
5) 중국 전한의 충신.

니, 어찌 국사를 근심하리까."

상이 오히려 그러이 여기시나, 정녕 믿지 아니하시더라.

이 날 진시(辰時)[1]에 경화문으로 난데없는 백호(白虎) 들어와 궐내에 횡행(橫行)하거늘, 만조 백관과 삼천 궁졸이 황겁하여 아무리 할 줄 모르더니, 이윽고 궁녀 하나를 물고 후원으로 뛰어넘어 달아나더니 인하여 간데 없거늘, 상이 대경(大驚)하여 제신더러 물으시니 조신이 또한 알지 못하고 궁중과 장안이 요동하여 내두(來頭) 길흉(吉凶)을 알지 못하더라.

황제 이로써 근심하사 침식(寢食)이 불평(不平)하시니, 제신이 주 왈,

"수일 북풍이 대취(大吹)하고 자가 넘는 백설이 산야를 덮었삽기로 여러 날 주린 범이 의지할 곳 없을 뿐 아니라 기갈을 견디지 못하여 백주에 내달아 갈 곳 없어 수풀만 여겨 왔사오니, 폐하 어찌 글로써 근심하시니이까."

황제 마음을 놓으시나 재변인 줄 짐작하시더라.

이적에 한림(翰林) 왕열(王烈)은 왕 부인의 사촌이라. 이변을 보고 왕 부인께 편지하여 보내니, 이때 왕 부인이 웅을 데리고 독서도 권하며 고국사(古國事)를 설화하더니, 시비 들어와 편지를 드리거늘, 떼어 보니 그 서에 하였으되,

일전에 명당에 전좌하시고 조신을 모아 국사를 강론하시더니, 그 날 경화문으로 난데없는 백호 들어와 작란하다가 궁녀를

---

[1] 하루를 12시간으로 나눈 다섯째 시간으로, 오전 7 ~ 9시를 말함.

물고 인하여 간데 없사오니, 이것이 극히 괴이하온지라. 황상 근심하시고 조정이 또한 화복(禍福)을 가리지 못하오니, 누님은 이를 해득하와 알게 하소서.

하였더라.

왕 부인 견필(見畢)에 대겁실색(大怯失色)하여 이윽히 생각하다가 답서를 하여 보낸 후 웅을 데리고 왈,

"국가에 이렇듯한 재변이 일어나니 네 전두에 벼슬하면 간신의 망측지환(罔測之患)을 어찌하리요."

웅 왈,

"모친은 그런 염려 마옵소서. 사람의 영욕 임의로 할 바 아니옵거니와, 대개 이화(梨花)·도화(桃花) 만발한 가운데 계화(桂花) 일지(一枝) 피어나되 그 유에 섞이지 아니하오니, 이화는 이화요 계화는 계화라. 그런고로 소인(小人)이 만조(滿潮)하온들 내 백옥(白玉) 무죄하오니 죄없이 모해(謀害)하리이까."

부인 왈,

"너는 지기일(知其一)이요 미지기이(未知其二)[1]로다. 형산(荊山)[2]에 불이 나매 옥석구분지탄(玉石俱焚之嘆)[3]이 있거늘, 이제 국가 불행하면 네 원수 무죄라 하고 그저 두랴. 아이 소견이 저리 대범하거든 어찌 믿으리요"

---

1) 하나는 알고 둘은 모르다.
2) 지금 호북성 남장현 서쪽에 있는 산.
3) 옥과 돌이 함께 탄다는 뜻으로, 착한 사람이나 악한 사람이 다같이 재앙을 당함을 비유해 이르는 말.

하신대, 웅이 답(答) 고(告) 왈,

"사람이 일을 당하여 근심을 깊이 한즉 성말라 백사(百事) 불리하오니, 시고(是故)로 함지사지(陷之死地)[1] 이후에 생(生)하고 치지망지(置之亡地)[2] 이후에 존(存)하나이다. 우린들 하늘이 설마 무심하리까."

부인이 내념(內念)에 아이 뜻 활달한 줄 알고 염려를 덜더라.

이적에 왕 한림이 왕 부인 답서를 보니 하였으되,

놀랍고 놀랍도다. 멀지 아니하여서 소장지환(蕭牆之患)[3]이 날 것이니, 너는 부질없이 벼슬을 탐치 말고 일찍 해관걸귀(解官乞歸)[4]하라.

하였거늘, 한림이 문득 깨달아 칭병(稱病) 부조(不朝)하고 고향에 돌아가니라.

이때는 정묘년 춘 정월 십오일이라. 만조 제신이 다 하례할새, 상 왈,

"연전에 짐이 조웅을 보니 인재 거룩하고 충효 거룩하매 이정지표하나니, 동궁을 위하여 데려다가 짐의 안하(案下)에 서동(書童)을 삼아 두고 국사를 익히고자 하나니 경 등의 소견은 어떠하뇨?"

---

1) 죽을 처지에 빠짐.
2) 망할 땅에 처함.
3) 안에서 일어난 환란. 자중지란(自中之亂).
4) 벼슬을 그만두고 집에 돌아가기를 황제께 청함.

제신이 다 묵묵하되 이두병이 주 왈,

"국체 자별하오니 벼슬 아닌 여가(閭家) 아이를 연고 없이 조정에 둠이 극히 미안(未安)[1]하여이다."

상 왈,

"충효(忠孝) 인재(人材)를 취함이라. 어찌 연고 없이 취하리요."

두병이 주 왈,

"인재를 보려 하시면 장안을 두고 이를진대 조웅에서[2] 십 배나 더한 충효 인재 백여 인이요, 조웅 같은 이는 거재두량(車載斗量)[3]이로소이다."

황제 불윤하사 다시 문답이 없는지라, 승상이 시대(侍臺)에 나와 조신과 의논 왈,

"이후에 만일 조웅의 말로써 천거하는 자 있으면 죄를 쓰리라"

하니 모든 백관이 뉘 아니 겁하리요.

이적에 왕 부인과 웅이 이 말을 듣고 부인은 못내 두려워하고 웅은 분기 등등하더라.

천운이 불행하여 황제 우연히 기후(氣候) 불평하사 일삭(一朔)이 지나되 조금도 차효(差效) 없고 점점 침중(沈重)하시니, 장안 인민이며 조야 백성들이 다 하늘께 축수하여 환후(患候) 평복(平復)하심을 바란들 소인의 조정이라, 회복을

---

1) 마음이 편안하지 못하고 거북함.
2) ~보다. 비교격 조사로 쓰이는 옛말.
3) 물건을 수레에다 싣고 말로써 된다는 뜻, 무엇이 굉장히 흔함을 일컫는 말.

어찌 바라리요.

정묘 삼월 삼일에 황제 붕(崩)[1]하시니, 태자의 애통하심과 만민의 곡성이 천지에 사무치고, 왕 부인 모자 더욱 망극하더라. 어느새 국법과 권세 두병의 말대로 돌아가니, 백성이 망국조(亡國調)를 일삼고 산중으로 피란하더라.

이적에 조신이 극례(極禮)를 갖추어 하(夏) 사월 사일에 서릉에 안장(安葬)하다.

일일 조신이 노소 없이 시종대(侍從臺)에 모여 국사를 의논할새, 이두병이 역모(逆謀)의 뜻을 두고 옥새를 도모코자 하니, 조정 백관이 그 말을 좇지 아니할 이 없는지라.

시월 십삼일은 문제의 탄일(誕日)이라. 천관(千官)이 모두 국사를 의논할새, 이두병이 문 왈,

"이제 동궁의 나이 팔 세라. 국사 하등(何等) 중사(重事)관데 팔 세 동궁의 즉위가 사심위태(事甚危殆)한지라. 법령이 점쇠(漸衰)하고 사직이 위태할 지경이면 군등(君等)은 어찌하려 하느뇨?"

제신이 일시에 답 왈,

"천하는 비일인지천하(非一人之天下)[2]요 조정은 무십대지조정(無十代之朝庭)[3]이라. 이제 어찌 팔 세 동궁에게 위를 전하리요. 또한 황제 붕하실 때 승상과 협정(協政)하라 하온 유언이 계신들, 국무이왕(國無二王)이요 민무이천(民無二天)이오니, 어찌 협정왕을 두리까."

---

1) 천자가 세상을 떠남.
2) 한 사람의 것이 아님.
3) 십 대가 되도록 계속되는 조정은 없다는 뜻.

제신의 말이 여출일구(如出一口)¹⁾라.

　"이제 국사 폐하온 지 여러 날이라. 복걸(伏乞) 승상은 전인과를 전수(傳授)하와 옥새를 받으시고, 위를 전하와 조야 신민의 실망지탄(失望之嘆)이 없게 하옵소서"
하며 모든 대소 관원이 일시에 하당(下堂) 복지 사배하니, 위엄이 상설(霜雪) 같은지라. 궐내가 소동하여 창황분주(蒼黃奔走)하고, 장안이 진동하여 자중지란(自中之亂)이 일어, 혹 울며 혹 도망하니 병란당함 같더라.

　이적에 이두병이 자칭(自稱) 황제(皇帝)하고, 국법을 새로이 하여 각국(各國) 열읍(列邑)에 행관(行關)²⁾하고 벼슬도 승상(陞上)하는지라. 제신 모여 동궁을 폐하고 외객관(外客館)에 내치니, 시중(侍中) 빈환(嬪宦)이며 내외궁(內外宮) 노비 등이 호천고지(呼天叩地)³⁾하며 망극애통(罔極哀痛)하니, 창천(蒼天)이 욕호(欲號)⁴⁾하고 백일(白日)이 무광(無光)하더라.

　이때에 왕 부인이 이러한 변을 보고 대경실색하여 왈,

　"응당 죽으리로다"
하며 주아 하늘을 향하여 추수하여 왈,

　"웅의 나이 팔 세라. 죄 없는 것을 살려 주소서"
하며 애걸하니, 그 정상을 차마 보지 못할러라.

　웅이 모친을 붙들고 만가지로 위로 왈,

---

1) 한입에서 나온 것같이 똑같음. 이구동성.
2) 동등한 관아 사이에 공문을 보냄.
3) 매우 애통하여 하늘을 부르고 땅을 침.
4) 부르짖는 듯함.

"모친은 불효자를 생각지 마옵시고 천금귀체(千金貴體)를 안보(安保)하소서. 꿈 같은 세상에 유한(有限)한 간장(肝腸)을 상케 말으소서. 인생 일사(一死)는 제왕(帝王)도 면치 못하옵거늘, 어찌 한 번 죽음을 면하리까. 짐작하옵건대 이두병은 우리 원수요, 우리는 저의 원수 아니오니, 어찌 조웅이 이두병의 칼에 죽사오리까. 조금도 염려치 말으소서"
하며 분기를 참지 못하더라.

이때 이두병이 장자(長子) 관으로 동궁을 봉하고 국호를 고쳐 평순황제(平順皇帝)라 하고, 개원(改元) 건무(建武) 원년(元年)[1]하다.

이적에 송태자(宋太子)를 외객관에 두었더니, 조신이 다시 간하여 태산 계량도에 정배(定配)[2] 안치(安置)하여 소식을 끊게 하니라.

이날 왕 부인 모자 태자 정배함을 듣고 망극하여,

"우리 도망하여 태자를 따라 생사를 한가지로 하고자 싶으나, 종적이 현로(現露)하면 지레 죽을 것이니 어찌하리요"
하며 모자 주야 통곡하더니, 일일은 웅이 황혼에 명월 대하여 보수(報讐)할 모책(謀策)을 생각하더니, 마음이 아득하고 분기(憤氣) 탱천(撑天)한지라, 울기(鬱氣)를 참지 못하여 부인 모르게 중문에 내달아 장안 대도상(大道上)에 두루 걸어 한 곳에 다다르니, 관동(冠童)이 모여 시절 노래를 부르거늘, 들으니 그 노래에 하였으되,

---

1) 연호를 고쳐 건무 원년이라 함.
2) 배소(配所)를 정하여 죄인을 유배시킴.

국파군망(國破君亡) 무부지자(無父之子) 나시도다.
문제가 순제(順帝)[1] 되고 태평이 난세로다.
천지가 불변하니 산천을 고칠쏘냐.
삼강(三綱)이 불퇴(不退)하니 오륜을 고칠쏘냐.
청천백일우소소(靑天白日雨蕭蕭)[2]는
충신원루(忠臣怨淚) 아니시면 소인의 화시(花猜)로다.
슬프다 창생들아, 오호(五湖)에 편주(扁舟) 타고
사해에 노니다가 시절을 기다려라.

웅이 듣기를 다하매 분을 이기지 못하고 두루 걸어 경화문에 다다라 대궐을 바라보니, 인적은 고요하고 월색은 만정(滿庭)한데 수쌍 부안(鳧雁)[3]은 지당(池塘)[4]에 범범(泛泛)하고, 십리 원중(苑中)에 무비전조지경물(無非前朝之景物)[5]이라. 전조사(前朝事)를 생각하니 일편단심에 굽이굽이 쌓인 근심 즉지(卽地) 졸발(猝發)하는지라. 단장(短墻)을 넘어 들어가 이두병을 대하여 사생을 결단코자 싶으되 강약이 부동(不同)이라. 문안에 군사 수다하고 문을 굳게 닫았는지라 할 수 없어 그저 돌아서며 분을 참지 못하여 필낭(筆囊)의 붓을 내어 경화문에 대서특필(大書特筆)하여, 이두병을 욕하는 글수삼구를 지어 쓰고 자취를 감추고 돌아오니라.

---

1) 평순황제의 줄임말.
2) 맑고 밝은 하늘에서 비가 내림.
3) 오리와 기러기.
4) 못의 둑.
5) 전왕대의 경치 아님이 없음. 즉 모두 전왕조의 경치 그대로임.

이날 왕 부인이 등하(燈下)에서 일몽(一夢)을 얻으니 승상이 들어와 부인의 몸을 만지며 왈,

"부인이 무슨 잠을 깊이 자나이까. 날이 새면 대환(大患)을 당할 것이니 웅을 데리고 급히 도망하소서"
하거늘, 부인이 망극하여 문 왈,

"이 깊은 밤에 어디로 가리이까?"

승상 왈,

"수십 리를 가면 자연 구할 사람이 있을 것이니 급히 떠나소서"
하거늘, 놀라 깨달으니 남가일몽(南柯一夢)이라. 웅을 찾으니 또한 없는지라. 대경실색하여 문밖에 내달아 두루 살펴보니 인적이 없는지라. 정신이 창황하여 이윽히 중문을 바라더니[1], 웅이 급히 돌아오거늘 부인이 대경 문 왈,

"이 깊은 밤에 어디를 갔더냐?"

웅 왈,

"마음이 산란하와 월색을 따라 거리에 배회하여 돌아오나이다."

부인이 목이 메어 가로되,

"아까 일몽을 얻으니 네 부친이 와 이리이리하니, 가다가 죽을지라도 어찌 좌이대사(坐而待死)하리요. 바삐 행장을 차리라"
한대, 웅이 놀라 왈,

"소자 아까 나가 동요를 듣사오니 이리이리하옵거늘, 분

---

1) '의지하다' 란 뜻의 옛말.

두(忿頭)에 경화문에 다다라 이리이리 쓰고 왔나이다."
  부인이 대경 대책(大責) 왈,
  "어린아이 이렇듯 일을 망령되이 하느냐? 그렇지 아니하여도 마음이 우물가에 어린아이 섬 같거늘, 어찌 그리 경홀하냐? 새는 날 그 글을 보면 경각에 죽을 것이니 바삐 행장을 차려 도망하자"
하고, 약간 의복과 행장(行裝)[1]을 모자 힘대로 가지고 바로 충렬묘에 들어가니, 화상의 얼굴이 붉고 땀이 나 화안(畵顔)을 적셨거늘, 모자 나아가 안하(案下)에 엎드려 크게 울진 못하고 체읍(涕泣)[2]하여 가슴을 두드리며 애통하니, 그 정상(情狀)이 가련가긍(可憐可矜)한지라. 정신을 진정하여 일어나 화상을 떼어 행장에 간수하고, 급히 나와 웅을 앞세우고 걸음을 재촉하여 수십 리를 나와 대강(大江)에 다다르니, 물세는 하늘에 닿았고 달은 떨어져 흑운(黑雲)이 폐천(蔽天)[3]하여 길을 분별하지 못하고, 물가에 빈 배 매였으되 사공이 없는지라. 배에 올라 부인 손수 삿대를 들고 아무리 저은들 매인 배 어디로 가리요. 벌써 동방이 밝아오고 갈 길은 아득하여 하늘을 우러러 방성통곡하다가 물에 빠지려 한대, 웅이 붙들고 무수히 애걸하니 차마 죽지 못하는지라. 마침 바라보니, 동남 다히로서[4] 선동(仙童)이 일엽주(一葉舟)에 등불을 돋워 달고 만경창파(萬頃蒼波)에 살같이 오는지라. 반겨 기

---

1) 여행할 때 쓰는 제구.
2) 눈물을 흘리며 슬피 욺.
3) 하늘을 가림.
4) 쪽에서.

다리더니 순식간에 지나거늘, 부인이 크게 외쳐 왈,

"선주(船主)는 급한 사람을 구원하라"

하신대, 선동이 배를 머무르고 답 왈,

"어이한 사람이 바삐 가는 배를 만류하나이까?"

하며 오르길 재촉하거늘 부인이 반겨 배에 오르니 심히 편하고 배 젓지 아니하여도 빠르기 살 같은지라. 부인이 문 왈,

"선주는 무슨 급한 일로 만경창파에 육지같이 다니나요?"

선동이 답 왈,

"나는 남악 선생(南岳先生)의 명을 받자와 강호(江湖)[1]에 불쌍한 사람을 구원하라 하시매 사해팔방을 두루 다니나이다."

하며 경각에 강두에 다다라 내리기를 청하거늘, 조웅 모자 행장을 메고 배에서 내려 백배 사례 왈,

"선주의 덕을 입어 대해를 무사히 월섭(越涉)하니 은혜 망극하여 갚을 길이 없거니와, 묻나니 이곳은 황성서 얼마나 하뇨?"

선동이 답 왈,

"아까 온 길이 수로로 일천삼백 리요, 육로로 삼천사백 리로소이다."

부인 왈,

"어디로 가야 살리요?"

선동 왈,

"잠간 곤박(困迫)하옵거니와 어찌 죽사오리까. 이제 저 뫼

---

1) 강과 호수. 즉 세상을 말함.

를 넘어가오면 인가 많으오니 그리로 가소서"
하고 배를 저어 가더라.

 이 날 밤에 황제 몽사(夢事) 극히 흉참(凶慘)하매 밝기를 기다려 제신을 입시(入侍)하여 몽사를 의논할새, 경화문 지킨 관원이 급고(急告) 왈,

 "밤을 지내오니 불의에 없던 글이 있삽기로 등서(謄書)하여 올리나이다."

 황제 그 글을 보니 하였으되,

 송실이 쇠미하니 간신이 만조(滿朝)로다.
 만민이 불행하여 국상(國喪)이 나시도다.
 동궁이 미장(未長)하니 소인의 득세추(得勢秋)[1]라.
 만고 소인 이두병은 벼슬이 일품이라.
 무슨 부족함으로 역적이 되단 말가.
 천명이 완전(完全)커늘 네 어이 장수하리.
 동궁을 어찌하고 옥새를 전수(傳授)하뇨.
 진시황 날랜 사슴 임자 없이 다닐 적에
 초패왕(楚覇王)[2]의 기개세(氣蓋世)[3]외
 범증(范增)[4]의 신묘(神妙)로도
 임의로 못 잡아서 임자를 주었거든,

---

1) 세력을 얻음.
2) 진나라 말엽에 한고조와 천하를 다투던 항우.
3) 세상을 덮을 만한 기운.
4) 항우의 모신(謀臣). 진(秦)나라 사람. 홍문(鴻門)의 연회에서 한고조를 죽이려다 뜻을 못 이루었음.

어일사 저 반적아, 부귀도 좋거니와

신명(身命)을 돌아보아 송업(宋業)을 끊지 말라.

광대한 천지간에 용납 없는 네 죄목을

조조(條條)이 생각하니 일필(一筆)로 난기(難記)로다.

우서(右書)[1]는 전조 충신 조웅이 근서(謹書)하노라.

하였더라.

 황제와 제신이 보기를 다하매 놀라며 분기 등등하여 우선 경화문 관원을 나입(拿入)하여 그때에 잡지 못한 죄로 결곤방출(決棍放出)[2]하고 크게 호령하여 조웅 모자를 결박 나입하라 하니 장안이 분분한지라.

 조웅의 집을 에워싸고 들어가니 인적이 고요하여 조웅 모자 없는지라. 금관(禁官)이 돌아와 도망한 사연을 주달(奏達)하니, 황제 서안(書案)을 치며 대로하여 제신을 대책 왈,

 "조웅 모자를 잡지 못하면 조신을 중죄(重罪)할 것이니, 바삐 잡아 짐의 분을 풀게 하라"

한대, 제신이 황황대겁(遑遑大怯)하여 장안을 에워싸고 또한 황성을 삼십 리 겹겹이 싸고 곳곳이 뒤져 본들 벌써 삼천 리 밖에 있는 조웅을 어찌 잡으리요. 종시 잡지 못하니 황제 분기를 참지 못하여 호령 왈,

 "우선 충렬묘에 가 조정인의 화상을 나입하라"

한대, 금관이 영을 듣고 곧바로 충렬묘에 가 화상을 찾으니

---

1) 옛날에는 오른쪽부터 내려쓰기를 했으므로 서명이 왼쪽에 오게 됨을 상기할 것.
2) 곤장을 때려 내쫓음.

또한 없는지라. 금관이 황망히 돌아와 화상도 없는 연유를 주달하니, 황제 서안을 치며 좌불안석(坐不安席)하여 경화문 관원을 다시 나입하라 한대, 시신이 창황분주하여 넋을 잃었더라.

순식간에 경화문 관원을 나입하니, 황제 분두(忿頭)에 불문곡직(不問曲直)하고 내어 소시(燒弑)[1] 하라 하니, 즉시 내어 소시하고 아뢰니, 황제 하령 왈,

"충렬묘와 조웅의 집을 다 소화(燒火)하라"

하고 침식이 불안하니, 제신이 여쭈오되,

"웅은 나이 팔 세요, 기모(其母)는 여인이라. 멀리 못 갔을 것이니, 각 도 열읍에 급히 행관하면 우물에 든 고기 잡듯 하오리다. 폐하는 근심치 마소서."

황제 옳이 여겨 각 도 열읍에 행관하여 "무론조관사서인(毋論朝官士庶人)[2]하고 조웅 모자를 잡아 바치면 천금상(千金賞)에 만호후(萬戶侯)를 봉하리라" 하였더라.

각 도 열읍이 행관을 보고 방곡(坊曲)에 지휘하여 조웅 모자 잡기를 힘쓰더라.

이저에 조웅 모자 배에서 내러 선동 기르치던 대로 한 뫼를 넘어가니, 마을이 즐비(櫛比)하고 송죽이 울밀(鬱密)하니 정결한 일촌이러라.

촌전에 앉아 인물(人物)을 구경하니, 사람의 거동이 유순하고 한가하더라. 우물가의 물 긷는 사람에게 물을 빌어 먹

---

1) 태워 죽임.
2) 벼슬아치나 평민을 막론하고.

고, 모든 사람에게 하룻밤 지내기를 청하니, 그 중의 한 사람이 인도하여 한 집을 가리키거늘 그 집에 들어가니 적요(寂寥)하여 남정(男丁)이 없고, 다만 연만(年滿)한 여노인이 이팔처자(二八處子)를 데리고 있거늘, 나아가 예하고 방안을 둘러 보니 빙정옥결(氷貞玉潔)[1] 같아서 사람이 비치더라.

주인이 문 왈,

"부인은 어디 있으며 어디를 가시나이까?"

부인 왈,

"신수 불길하와 일찍 가군(家君)을 여의고, 또 가화(家禍)를 만나 신명(身命)을 도망하여 어린 자식을 데리고 지처(至處) 없이 다니옵더니, 천우신조(天佑神助)하사 주인을 만났사오니 묻잡나니 이곳은 어디오며 촌명은 무엇이니까?"

주인 왈,

"계양섬 백자촌(百資村)이라 하나이다"

하고, 여아로 하여금 석반(夕飯)을 지어 주거늘, 보니 음식이 소담하고 백효(百肴)가 유향(有香)한지라. 모자 포식하고 주인을 향하여 무수히 치사하니, 주인이 회사(回謝)하여 왈,

"일시(一匙) 염반(鹽飯)[2]에 큰 인사를 받으니 도리어 불안하여이다."

부인이 더욱 치사하고 외주인(外主人) 유무(有無)를 물으니, 길이 탄식 왈,

"명도(命途) 기박하여 가군이 일찍 계양태수(桂陽太守)로

---

1) 아주 깨끗하여 조금도 흠이 없음.
2) 한 숟가락 짠 반찬, 즉 보잘것없는 식사라는 겸손한 표현임.

서 벼슬을 갈고, 이 촌이 유벽(幽僻)하기로 이 집을 짓고 오 십 후에 다만 일 여아를 두고 기세(棄世)하시매, 혈혈단신 (孑孑單身)이 고향으로 돌아가지 못하고, 인하여 이 땅 백성 이 되어 부지(扶持)하나이다."

부인이 차탄(嗟嘆)하고 인하여 그 집에 머무니, 일신은 편하나 고향을 생각하니 수회(愁懷) 망측(罔測)한지라. 일 월이 무정하여 세색(歲色)이 장모(將暮)하여 객리(客里)에 과세(過歲)하니, 층층한 수회와 무한한 분기는 비할 데 없는 지라.

세월이 여류(如流)하여 부인 나이는 오팔(五八)[1]이요, 웅 의 나이는 구 세라. 원래 백자촌은 백 가지 약이 나매 촌민이 약을 팔아 자생(資生)하는 고로 촌명을 백자촌이라 하더라.

일일은 주인이 부인더러 그윽이 이르되,

"꿈 같은 세상에 평초(萍草) 같은 인생이 백 세를 편히 살 아도 여한(餘恨)이 무궁하거든, 부인의 나이 방년(芳年)이요 곤궁이 막심하니, 세상 궁박(窮迫)을 혼자 띠고 어찌 살려 하나이까."

부인이 웃고 왈,

"나도 부유건곤(蜉蝣乾坤)[2]인 줄 알거니와, 내 신세 이러 하고 여년(餘年)이 불원(不遠)하니, 이제 얼마나 살리이까.

자식이 있사오니 후사(後嗣)나 잇사올까 그만 믿고 잔명 을 보전하나이다."

---

1) 사십 세.
2) 하루살이같이 덧없고 허무한 세상.

주인 왈,

"부인의 말씀이 잔잉가긍(殘仍可矜)하도다. 천지 삼기실 제 청탁(淸濁)을 가리어 사람과 만물이 나뉘어 내매, 각각 쌍을 정하여 음양지락(陰陽至樂) 이뤘거늘, 부인은 무슨 일로 인연 끊긴 가군을 생각하여 무정 세월을 재미없이 보내다가, 흐르는 연광이 백발을 재촉하면 후회하여도 믿지 못하고 갱소년(更少年)하기 어려운지라. 다만 내가 청하는 바는 노신(老身)의 사촌이 이 마을에 사옵나니, 방년에 상처하고 마땅한 곳을 정치 못하여 주야 방구(旁求)하옵더니, 하늘이 인연을 보내사 부인을 만나 보니 마음에 마땅하니, 부인은 노신의 말을 욕된다 말으시고 빙설 같은 정절을 잠간 굽히시면, 부귀 극진하고 생전 무궁지락(無窮之樂)을 이룰 것이니, 부인은 깊이 생각하옵소서."

부인이 이 말을 들으매 이마가 서늘하고 분기 충발(衝發)하나, 노인의 말이라 이윽히 진정하여 변색 대 왈,

"이향즉천생(移鄕卽賤生)이라 하온들 어찌 사람의 심정을 모르고 욕설로써 노류장화(路柳墻花)같이 대접하나이까. 천성이 같을망정 집심(執心)이 다르거늘, 욕설이 이러하면 어찌 살기를 바라리까."

노기 등등하니, 주인이 물러앉아 부인 불청(不聽)할 줄 알고 다시 개유(開諭)하여 왈,

"나는 부인의 곤궁한 신세를 가긍히 여겨 이른 말씀이옵

---

1) 널리 찾아서 구함.
2) 고향을 떠나면 곧 천해짐.

더니, 저다지 노하시니 도리어 괴연(愧然)하여이다"
하며 만단 개유하여 노기를 풀게 하나, 부인이 이 말을 들은 후로 행여 무슨 환이 있을까 염려하더니, 그 할미 제 사촌더러 부인과 수작(酬酌)하던 말을 이르고, 그 마음이 빙설 같아서 회심(回心)할 길이 없다 하니, 이 사람은 본래 강포(强暴)한지라 이 말을 듣고 분연(憤然) 대 왈,

"아직 두소서. 그물에 든 고기오니 장차 할 도리 있으리라"
하더라.

일일은 웅이 부인께 여쭈오되,

"우리 온 지 거의 일년이라 황성 소식이 망연하옵고, 또한 이런 심곡(深谷)에 묻혔으면 사람이 우매하옵고 심장이 상하오니, 소자 잠간 나가 두루 다니며 황성 소식도 듣삽고, 선생을 정하와 학업을 공부하여지이다."

부인도 욕설 들은 후로 일시 머물 뜻이 없더니, 이 말을 들으시고 왈,

"내 마음이 설령 편한들 너를 내보내고 어찌 이곳에서 혼자 머물리요. 네 말이 당연하니 한가지로 가자"
하고 이튿날 행장을 수습하고 주인께 하직하여 왈,

"주인의 은혜 하해와 같사오되 조금도 갚지 못하고 떠나옵기 심히 훌훌하오나, 은혜를 한 사람에게 끼치기 어렵사와 떠나옵나이다"
하고 하직하고 불시에 등정(登程)하니, 주인도 망연하여 악수(握手) 상별(相別)하여 못내 애연(哀然)하며 후일 상봉함을 당부하니, 부인이 못내 슬퍼하며 길을 떠나 웅을 데리고 촌촌전진(寸寸前進)하여 수십 리를 행하니, 발이 붓고 기운

이 거북한지라. 웅이 모친의 거동을 보고 짐을 합쳐 모두 지고 앉으며 일며 겨우 십 리를 가 주점을 찾아 쉬고, 또 이튿날 짐을 갈라 지고 반일이 되도록 가되 주점이 없는지라. 가장 배고파 진력(盡力)하여 길가에 앉았더니, 마침 마상객(馬上客)이 오거늘 웅이 반겨 요기를 청하니, 그 사람이 말께 내려 왈,

"내 집이 가직하면 한가지로 감이 좋으되 무가내하(無可奈何)로다"

하고 걸랑의 다과(茶果)를 내어 주거늘, 웅이 치사하고 다과를 가지고 돌아와 모자 요기하니 기갈은 면할러라.

이러구러 삼 일 만에 한 곳에 다다르니 이는 해산현 옥구역이라. 발이 붓고 기운이 피곤하여 일력(日力)[1]은 이르나 머물려 하고 들어가니, 역촌 사람들이 모두 이르되,

"신황제 각 도 열읍에 행관하여, 조웅 모자를 잡아 바치면 천금상 만호후를 봉하리라 하니, 우리도 천행으로 잡으면 벼슬하리로다"

하며 행인을 살피는지라. 웅이 모자 이 말을 들으니 간장이 서늘하고 삼혼칠백(三魂七魄)이 흩어지는지라. 급히 몸을 숨겨 역촌을 떠나 도망하니, 곤하던 기운도 없고 어렵던 발도 아프지 아니한지라. 깊은 산중에 들어가 바위 아래 숨어 붙들고 서로 울며 왈,

"이제는 아무 데로 가도 죽을 것이니 어찌하리요"

하며 무수히 통곡하니, 그 정상을 측량치 못하더라.

---

1) 해가 남아 있는 동안.

인하여 날이 저물고 밤이 되니, 이때는 춘삼월이라 백화만 발하고 수목이 삼렬(森列)한데, 어둔 밤 적막 산중에 어디로 가리요. 바위를 의지하여 밤을 지낼새, 시랑(豺狼)은 우짖고 호표(虎豹)는 왕래하되 일분도 두렵지 아니한지라.

이윽고 삼경에 뜬 달은 수음(樹陰)에 내려와 은은히 비치어 천봉만학(千峯萬壑)을 그림으로 그려 있고, 무심한 잔나비는 슬피 객회(客懷)를 자아내고, 유한(有恨) 두견새는 화총(花叢)에 눈물 뿌려 점점(點點) 맺어 두고 불여귀(不如歸)를 일삼으니, 슬프다 두견이 소리에 심사를 생각하니 우리와 같으도다. 이러한 공산(空山) 중에 아무리 철석 간장인들 아니 울고 어이하리.

부인이 웅을 붙들고 무수히 통곡하니, 청산이 욕렬(欲裂)[1]하고 목석이 다 슬퍼하는지라. 애통으로 밤을 지내니, 하룻밤 사이에 눈이 붓고 얼굴이 대패(大敗)하여 다른 사람 같더라. 날이 샌들 어디로 가리요. 또한 기갈이 심하여 촌보(寸步)를 옮길 길이 없는지라. 기진하여 울울(鬱鬱)한 풀 위에 누웠으니, 웅이 비록 어리나 꽃을 가져다가 부인께 드리거늘, 부인이 왈,

"아무리 배고픈들 이것이 어찌 요기 되리요"
하고 슬퍼하시더니, 마침 들레는 소리 나거늘 일변 반기며 일변 겁하며 살펴보니 여승 오륙 인이 오거늘, 부인이 여승더러 문 왈,

"어느 절에 있으며 어디로 가나이까?"

---

1) 갈라지는 듯함.

하니, 그 중이 문 왈,

"부인은 어디 계시관데 이러한 산중에 외로이 계시니까?"

부인 왈

"길을 잃고 이곳에 들어 기갈이 심하여 진퇴(進退) 없이 앉았나이다."

그 중들이 애연(哀然)히 여겨 각각 가진 다과와 두어 그릇 밥을 주거늘, 부인 모자 감사하여 받고 칭사(稱辭) 왈,

"죽게 된 인생을 구제하시니 은혜 난망(難忘)이어니와, 이곳에서 절이 얼마나 하나이까?"

중들이 대 왈,

"산중에는 절이 없삽고 승 등이 있는 절은 백여 리라. 기구(崎嶇)한 산로에 어찌 혼자 가리이까. 그러나 소승들이 절로 가오면 함께 모시고자 싶으오나, 고을 태수가 새로 도임하였삽기로 문안 가는 길이오매 세무내하(勢無奈何)[1]옵거니와, 이 길로 수십 리를 가오면 마을이 있사오니 그리로 가소서"

하거늘, 부인이 승을 하직하고 돌아와 그 밥을 둘이 먹으니 요기 족한지라. 웅이 일어나 행장을 수습하여 길을 재촉하니, 부인 왈,

"어디로 가자 하느냐? 반드시 관인에게 잡힐 것이니 어찌 남의 손에 죽으리요. 차라리 이 산중에서 주려 죽기만 같지 못하다"

하니, 웅이 여쭈오되,

---

1) 형편이 어쩔 수 없음.

"다 사람의 목숨이 하늘에 있사오니, 하늘이 죽이오면 죽사올 것이요 살리오면 살 것이오니, 어찌 사람을 두려워해 이 산중에서 주려 짐승의 밥이 되리이까. 조금도 염려치 마르시고 촌려(村廬)[1]로 나가사이다"
하고 길을 재촉하니, 부인이 슬퍼 왈,

"너는 종시 큰말 마라. 우리 둘이 길을 가면 결단코 행색(行色)으로 잡힐 것이니 어찌 두렵지 아니하뇨. 내 생각하니 행색을 달리하면 좋을 듯하다. 내 삭발하여 중이 되고, 너는 상좌(上佐) 되면 뉘 알리요."

웅이 왈,

"도명(逃命)[2]도 중하거니와 어찌 유한하온 두발(頭髮)을 없이하오리까."

부인이 달래어 왈,

"삭발한들 본래 중이 아니라 행세에 관계하랴. 너는 추호도 걱정 마라. 나는 결단코 삭발하리라"
하니, 웅이 울며 왈,

"그리하오면 소자도 삭발하사이다."

"너는 답답하도다. 어린아이 삭발하면 소견(所見)이 괴이하여 또한 의심이라. 네 소견이 저러하니 어찌 미련하뇨."

웅이 부인의 뜻이 마지아니하실 줄 알고,

"그러하사이다."

부인이 행장에서 가위를 내어 주며 왈,

---

1) 촌가(村家).
2) 목숨을 구해 도망함.

"머리를 깎으라"

하니, 웅이 가위를 들고 머리를 깎으려 하니 눈물이 솟아나 차마 깎지 못하고 통곡하니, 부인이 대책 왈,

"내 여태 살기는 너를 위함이라. 너는 비회를 없이하고 나를 위로할 것이어늘, 네 먼저 나의 비회를 자아내고 말을 듣지 아니하고 일향(一向)[1] 거역하니, 내 어찌 살리요"

한대, 웅이 저어[2] 울음을 그치고 가위를 잡아 머리를 깎으니, 형용을 차마 보지 못할러라. 가위를 던지고 머리를 안고 통곡하니, 목석(木石) 함루(含淚)하고 일월이 무광(無光)하더라.

부인과 웅이 머리를 만지며 무수히 통곡하니 그 경상이 측량없더라. 부인이 웅의 눈물을 닦고 어루만져 달래어 왈,

"웅아, 울지 마라. 내 심사 둘 데 없다"

하며 옥빈(玉鬢)에 흐르는 눈물을 금치 못하는지라. 웅이 울음을 그치고 모친을 위로 왈,

"너무 슬퍼 마시고 정신을 진정하소서."

부인이 강잉(强仍)하여 정신을 차려 행장의 의복을 내어 장삼을 지어 입고 머리에 일척 포(布)를 쓰니, 웅이 모친의 거동을 보고 엎어져 무수히 통곡하니, 부인이 망극한 마음을 이기지 못하여 웅을 붙들고 무수히 달래어 앞세우고 죽장을 짚고 촌려로 나오니 뉘 능히 알리요. 마을에 나아가 밥을 빌어먹고 가더니, 하루는 한 곳에 장을 보이거늘, 그 장에 들어

---

1) 한결같이.
2) 두려워.

가 행장의 깎은 머리를 내어 웅을 주어 팔아 오니 제오[1] 돈 닷 냥을 받아 왔거늘, 다행하여 더러 요기하고 남은 돈을 행장에 갈마[2] 가지고 잠간 주점에서 머물더니, 밤이 깊은 후 잠결에 들으니 여러 사람이 숫두워리는[3] 소리 나 촌중이 요란하거늘, 괴이히 여겨 내달아 보니 도적이 매를 들고 달려들거늘, 부인이 대겁하여 담을 넘어 도망하다가 생각하니 웅을 버리고 왔는지라. 간장이 떨어지는 듯하여 벌써 촌중에 화광이 충천(冲天)하고 도적 또한 고함하며 길을 덮어 오는지라. 가슴을 두드리며 웅을 부르니, 벌써 도적이 가까이 오는지라. 어두운 밤에 길을 가리지 못하여 하늘을 우러러 통곡하며 "웅아, 웅아" 부르더니, 어디서 무슨 소리 나거늘 내달아 보니 무슨 집이 있거늘, 반겨 들어가니 이는 비각(碑閣)이라. 비 뒤에 몸을 숨겨 도적을 피하더니, 이 날 밤에 웅이 바야흐로 자더니, 도적이 들어와 웅의 발을 잡아 문밖에 내치거늘, 웅이 잠결에 놀래 들어가 부인을 찾으니 없는지라. 황황망극하여 아무리 할 줄을 모르더니, 도적이 또한 짐을 앗아 가지고 가거늘, 웅이 급히 따라가 도적을 붙들고 애걸 왈,

"짐은 가져가도 푼전 싸지 아니하고[4] 짐 속에 돈이 있사오니, 돈만 가져가고 짐은 주소서"
하며 극히 애걸하니, 그 중의 늙은 도적이 잔잉히 여겨 짐을

---

1) 겨우의 사투리.
2) '갋다'는 '감추다'의 옛말.
3) 수떨다, 즉 수다스럽게 떠들다의 옛말.
4) 몇 푼 되지 아니하다.

조웅전

헤쳐 보니 다만 돈 석 냥과 화상이 들었거늘, 그 도적이 돈과 화상을 내고 짐을 주거늘, 웅이 울며 왈,

"나를 죽이고 화상을 가져가소서"
하니, 그 도적이 문 왈,

"화상은 어인 화상인고?"

웅이 왈,

"나는 대사의 상좌라. 우리 대사는 원근 출입에 불상을 가지고 다니옵더니, 오늘날 스승을 모시고 이 주점에 자옵더니, 스승도 잃고 또 불상을 잃사오면 스승을 대면치 못하옵고, 절에도 못 가오면 지처(至處) 없는 어린아이 주려 죽겠사오니, 가져가도 쓸데없는 불상을 주고 가소서"
하며 무수히 애걸하니, 늙은 도적이 여러 도적을 권하여 주거늘 웅이 받아 가지고 나와 짐에 넣고 문 왈,

"이제 어디로 가면 스승을 만나리까?"

그 도적 왈,

"네 스승이 반드시 저 길로 갔을 것이니 그리로 가라."

웅이 사례 왈,

"노인의 은덕으로 살았으니 은혜 백골난망이라. 이후에 혹 만나 뵈올지라도 거주 성명을 알아지이다."

도적 왈,

"도적의 거주 알아 무엇하리요. 빨리 가라."
하거늘, 웅이 다시 하직하고 노인 가리키던 대로 향하여 가며 부인을 부르짖어 통곡하니, 밤은 깊고 인적이 고요한데 지향없이 가더니, 이 날 밤에 부인이 비각에서 잠간 졸더니, 비몽간에 승상이 와 이르되,

"웅이 이 앞으로 지나거늘 부인이 어찌 모르고 잠만 자시나이까"
하거늘, 문득 놀라 깨달으니 남가일몽이라. 비각 밖에 내달으니 슬피 우는 소리 나거늘, 귀를 기울여 들으니 웅의 소리어늘, 어두운 길에 구학(溝壑)[1]을 살피지 못하고 소리를 크게 하여 왈,

"웅이냐?"

웅이 왈,

"웅이로소이다"

하고 달려드니, 부인이 웅을 붙들고 통곡 왈,

"네 도적의 화를 어찌 면했느냐?"

웅이 도적의 화를 면하였으나 돈은 잃고 화상을 찾은 사연과 늙은 도적의 힘을 입어 목숨을 살고 길을 인도하여 찾아온 사연을 낱낱이 아뢰니, 부인이 체읍 왈,

"어찌 행장을 위하여, 네 살아 화상을 찾아왔으니 극히 다행하도다. 나는 도적에게 쫓겨 천지를 모르고 달아나다가 너를 생각하니 분명 죽도다 하여 어두운 밤에 진퇴 없이 자결코자 하더니 마침 비각을 얻어 유하더니, 비몽간에 승상이 와 이러하더라"

하는 말씀을 다하고 비각에서 날 새기를 기다려 발행하려 하더니, 계명성(鷄鳴聲)이 나며 날이 새거늘 조웅 모자 나아가 비문(碑文)을 보니 금자(金字)로 새겼으되, "대국충신(大國忠臣) 병부시랑(兵部侍郎) 겸 각도진무어사(各道鎭撫御史)

---

1) 구렁과 언덕.

조정인의 불망비(不忘碑)"라 하고, 비문에 하였으되,

> 황상(皇上)이 명감(明鑑)하사 위왕(魏王)을 죄 주시니
> 백성은 무슨 죄로 흉년을 만났는고.
> 살기를 도모하여 산지사방(散之四方) 흩어지니,
> 황제가 인명(因命)하사 양신(良臣)을 보내시니,
> 만민의 부모되어 적자(赤子)를 살려 내니,
> 은덕을 비근(比近)컨대 태산이 가비얍다.
> 갚기를 생각하니 여천지무궁(如天地無窮)이라.
> 우매한 창생들아, 만세를 잊을쏘냐.

하였더라.

조웅 모자 비문을 보니 승상을 뵈온 듯하여 비를 붙들고 망극히 애통하니 산천 초목이 다 우는 듯하고 비금주수(飛禽走獸) 눈물을 짓는지라. 웅이 모친을 위로하고 문 왈,

"부친의 비각 어찌 예 와 있나이까?"

부인 왈,

"이 비를 보니 위국지경(魏國之境)이로다. 내 부친 병부시랑 시에 위왕 두침(杜侵)이 포악한 사람으로 걸주(桀紂)[1]와 같은지라. 백성이 다 도탄(塗炭) 중에 들어 서로 동요를 지어 불러 왈, '우리 임금은 여일지해망(如日之偕亡)[2]할까. 일일이 여삼추라. 언제나 망국(亡國)할꼬' 하니, 이 동요 열국

---

1) 하(夏)나라의 걸왕(桀王)과 은(殷)나라의 주왕(紂王). 곧 포악무도(暴惡無道)한 임금.
2) 언제나 망할까.

(列國)에 낭자하였더니, 그 차에 위왕이 역모(逆謀) 뜻을 두고 대국을 탈취하려 하고, 요괴(妖怪)한 도사의 말을 듣고 십오 세 된 남녀 둘을 잡아 각각 포육(脯肉)[1]으로 떠 음양(陰陽)을 응하여 천제(天祭)하고, 기병(起兵)하여 대국을 향하여 나오다가 변양 땅에 다다르니, 하늘이 신병(神兵)을 몰아 위왕을 짓쳐 죽이고, 삼 년을 비 아니 오니 흉년이 자심(滋甚)하여 백성이 산지사방(散之四方)하니, 황제 근심하사 네 부친을 택출(擇出)하시니, 마지못하여 우양(牛羊)을 잡아 천제하여 미우(微雨)[2]를 얻고, 창곡(倉穀)을 흩어 백성을 구휼(救恤)[3] 하고, 돌아올 길에 백성이 비를 세우고 만민이 모여 다투어 하직하더라 하고, 네 부친 생시에 익히 이르시던 일이라 들었더니, 이제 와 볼 줄을 어찌 알리요"
하며 필묵을 내어 비문을 등서(謄書)하여 가지고 통곡하여 하직하고 떠날새, 동서남북에 어디로 향하리요. 슬프다, 표박(漂泊)[4]한 걸음이 행장에 푼전 없어, 주려 죽어도 뉘라서 살려 낼꼬.

웅 왈,

"이제 또 주점을 찾아다니다가 무슨 화를 당할 줄 모르오니 절을 찾아가사이다."

부인의 마음에도 옳이 여겨 절을 찾아가며, 행인을 만나면 절을 물으니 혹자는 왈,

---

1) 얇게 저미어서 양념하여 말린 고기 조각.
2) 보슬보슬 내리는 이슬비.
3) 빈민·이재민 등에게 금품을 주어 구조함.
4) 일정한 주거나 생업이 없이 떠돌아다니며 지냄.

"중이 절을 모르고 속인이 어찌 알리요"
하고, 혹자는 자세히 가리키더라.

슬프다, 세월이 여류하여 작객(作客)한 지 삼 년이요, 웅의 나이 십일 세라. 기골이 웅장하고 힘이 족히 어른을 당할지라. 행로에 혹 강수(江水)를 당하면 부인을 업어 건너는지라.

하루는 종일토록 가되 사람은 보지 못하고 인가 또한 없는지라. 기갈 심하여 길가에 앉았더니, 동남간 산곡 험로로 일대 산승(山僧)이 철죽(鐵竹)을 짚고 나오거늘 웅이 반겨 기다리니, 그 중이 와 반기며 다과를 내어 부인에게 드려 왈,

"행로에 시장하실 것이니 요기하소서"
하거늘, 조웅 모자 다행하여 다과를 먹으니 요기 착실한지라. 부인이 감사 왈,

"과연 행자(行者) 없어 기갈이 심하여 죽게 되었더니, 뜻밖에 활인지불(活人之佛)을 만나 배부르게 먹으니 은혜 백골난망이라"
하니, 그 중이 웃고 왈,

"잠간 요기하신 것을 은혜라 하올진대, 소승은 부인께 천금을 얻어 왔사오니 그 은혜는 어떻다 하리이까?"

부인이 놀라 왈,

"소승은 본디 가난한 중이라. 사방에 걸식을 면치 못하옵거늘 어찌 천금지재를 알리요."

그 중이 웃고 왈,

"대국(大國) 조충공(趙忠公)의 부인이 아니시니까. 일신을 감추어 변형을 굳게 하온들 소승이야 모르리까?"

부인과 웅이 대경실색 왈,

"이제는 우리 종적이 현로하여 예 와 잡히어 원수의 칼에 죽으리로다"

하며, 모자 통곡하여 그 중에게 애걸 왈,

"우리를 잡아 황성에 바치면 천금상에 만호후를 봉하려니와, 부귀는 세상의 일시 변화라. 광풍에 한 조각 구름 같고 물위의 거품 같은지라. 일시 영귀를 생각지 말고 인명을 살려 주소서. 중은 또한 부처 제자라, 어진 도로써 인명을 구제하온즉 후세에 반드시 부처 되올 것이니, 복원 존사(尊師)는 잔명을 구원하소서"

하며 붙들고 애걸하니, 그 중이 웃어 왈,

"부인은 조금도 겁하지 마옵소서. 소승은 부인 잡아갈 중이 아니오니 진정하와 소승의 말씀 자세히 들으소서"

부인이 정신을 차려 듣기를 다하매, 승이 왈,

"부인은 살펴보소서. 어찌 소승을 모르나이까. 소승 부인 댁 승상의 화상 그리던 중 월경(月鏡)이로소이다. 그때 승상의 화상을 그리옵고 부인에게 뵈오니 천금재를 상사하시기로 가졌사오니, 부인은 어찌 소승을 모르시나이까."

그제야 부인이 자세히 보니, 그때 화상 그리던 중과 방불하나 세상사를 어찌 알리요.

"천금재를 줄 시는 적실(的實)하나 분명히 명심한 일이 아니라 이는 기억지 못하니, 존사는 기휘(忌諱)치 말고 바른대로 가르치소서"

하고 긴히 애걸하니, 승이 민망하여 위로 왈,

"부인이 유한한 간장을 객리(客裏)에서 여러 해를 근심하였기로 정신이 이상하여 잊었도소이다. 소승이 또한 명백히 징심(徵尋)[1]한 일이 있사오니 가져온 화상을 내소서."

부인이 더욱 대경실색 왈,

"빌어먹는 사람이 무슨 화상이 있사오리요. 존사는 무지한 인생을 대하여 기휘치 말고 바른대로 하소서. 이제는 조상지육(俎上之肉)[2]이라, 죽고 살기는 존사의 처분이오니 임의로 하소서"

하며 무수히 통곡하니, 중이 절박(切迫) 하여,

"어찌 이대도록 의혹하시나이까. 그때 화상을 그리옵고 부인을 뵈오니 잉태하온 지 칠 삭이옵거늘, 짐작하는 도리 있삽기로 부인의 상을 보옵고 전두고행(前頭苦行)을 기록하여 화상 등에 넣었사오니, 화상을 내어 그 글을 보시면 의혹을 파하고 소승의 허실(虛實)을 쾌히 아오리다"

하니, 부인이 내념(內念)에 극히 괴이히 여겨 그제야 화상을 내어 등에 종이를 떼고 자세히 보니, 과연 글을 지어 등에 넣었는지라. 그 글에 하였으되,

만화여쟁(萬花如爭)[3] 왕 부인은 삭발은 무슨 일인고. 파강산(破江山) 천경파(千頃波)에 거북을 만났도다. 성주(城主)는 뉘시인고. 굴삼려(屈三閭)[4] 충혼이라. 복중(腹中)에 끼친 혈육 활

---

1) 징험을 찾음.
2) 도마에 오른 고기. 곧 어찌할 수 없게 된 운명을 비유함.
3) 온갖 꽃이 다투는 것같이 아름다움.
4) 전국시대(戰國時代) 초(楚)나라의 대부(大夫)이자 문학가인 굴원(屈原). 자(字)는 평(平).

달한 기남자라. 공자(公子)로 상좌(上佐) 삼고 변형(變形)을 굳게 한들 화상이 불변커늘 필법조차 고칠쏘냐.

우서(右書)는 위국 산양 땅 강선암 월경은 근서(謹書)하노라. 경오 추 칠월 십오일 상봉.

이라 하였더라.

부인이 견필(見畢)에 대경대희하여 월경을 붙들고 슬피 통곡 왈,

"어찌 그리 몰라볼쏘냐. 우리는 신명(身命)을 도망하였거니와, 지금 황제 우리를 잡아들이라 하고 열읍에 행관하였다 하매 일심에 겁이 많아서 변형하고 다니더니, 천덕(天德)으로 이곳에 이르러 존사를 만났으니 어찌 즐겁지 아니하며 또 어찌 슬프지 아니하리요"

하고, 그제야 신승(神僧)인 줄 알고 못내 즐겨 전후 고생하던 사연을 다 설화하니, 대사 듣고 자탄 왈,

"대강 아옵거니와 흥망성쇠(興亡盛衰)와 존비귀천(尊卑貴賤)이 무내천수(無奈天數)[1]오니 한한들 어찌 면하오리까. 소승은 오늘날 이리 만날 줄 미리 알았사오니 먼저 와 기다리올 것을, 사중(寺中)에 연고 있사와 늦게 와 뵈오니 극히 황공하여이다"

하고, 부인과 공자를 모셔 기구(崎嶇)한 산로로 들어가니, 중중(重重)한 석벽은 좌우에 병풍 되고 무수한 수목은 밀밀(密密)히 참천(參天)하여 산용(山容)을 가리웠고, 그 사이에

---

1) 타고난 수명 아님이 없음.

잔잔한 시냇물은 굽이굽이 폭포 되고 은은한 석경(石磬) 소리 쟁쟁(錚錚)히 가까우니, 석양에 바쁜 손[客]이 들으매 반갑도다.

단교(斷橋)를 건너 석문에 다다르니, 천봉만학은 사방에 성이 되고, 가운데 광활하여 대택(大澤)이 창일(漲溢)[1]한데, 십여 승이 편주를 타고 기다리는지라. 제승이 배에서 내려 극진 배례하며 반기는 듯하더라.

배에 오르니 좌우에 연화 만발하여 향기는 습의(襲衣)하고 무심한 백구들은 오락가락하는지라. 구경하여 들어가니 표연한 선경(仙境)이더라.

산문(山門)에 배를 매고 형당에 들어가니, 호중천지(壺中天地)[2]요 진개별건곤(眞開別乾坤)이라. 절을 새로 중수하여 정쇄(精灑)하며 극진하더라.

부인 왈,

"오늘날 존사(尊寺)를 구경하니 진실로 선경이라. 지천(至賤)한 세속객(世俗客)이 선경을 더럽히니 마음에 불안하여이다."

제승이 사 왈,

"누가(陋家)에 존객이 오시니 광채 배증(倍增)하나, 중들이 가난하와 수간 암자를 풍우에 퇴락(頹落)하와 전복(顚覆)하게 되었삽더니, 연전에 월경대사 황성에 갔삽다가 부인께 천금재를 얻어 와 이에 중수하였삽거니와, 빈한하온 산승이 부인의 은혜를 어찌 갚사오리까."

---

1) 물이 범람하여 넘침
2) 별천지 또는 선경

제승이 백배 사례하고 송덕(頌德)하니, 부인 왈,

"약간 것을 시주하고 큰 인사를 받으니 도리어 참괴(慙愧)하여이다."

중들이 구면목(舊面目)같이 대접하여 별당에 모셔 침식이 편안하니 불행 중 다행이라.

대사는 웅을 데리고 글도 의논하며 신통한 술법을 가르치니, 백사에 민첩하여 한 일을 가르치면 열 일을 아는지라. 부인이 한가하여 일신이 평안하고 웅이 점점 자라나니 수회(愁懷)를 족히 덜을지라.

세월이 여류하여 웅의 나이 십오 세라. 골격이 웅장하고 기운이 절륜(絶倫)하더라.

일일은 웅이 모친께 청하여 왈,

"소자 즉금 나이 십오 세요. 이곳이 선경이오니 가히 살음직하오나, 남자 처세(處世)함에 한 곳에서 늙을 것이 아니옵고 신선도 두루 놀아 박람(博覽)하옵나니, 소자 슬하를 잠간 떠나 산 밖에 나가 세상을 구경하고 황성 소식도 듣고자 하나이다."

부인이 대경 대책 왈,

"천리 타향에 너는 나만 믿고 나는 너만 믿어 서로 상의하여 부지하거늘, 네 일신들 내 슬하를 떠나며, 내 어찌 너를 내어 보내고 일신들 잊을쏘냐. 네 어디고 갈 양이면 한가지로 할 것이라. 차후는 그런 마음 두지 말라. 가장 활(闊)[1]하도다"

---

1) 사정에 어둡고 주의가 부족함. 오활(迂闊)함.

하니 웅이 다시는 아뢰지 못하여 나와 월경대사더러 의논 왈,

"내 이제 세상에 나가 남에게 화를 아니 볼 것이요, 또한 내 몸이 중이 아니오매 오래 산중에 있사오니 황성 소식도 모르고 저의 심중에 품은 일도 아득하와, 일전에 모친께 사정을 아뢰오니 도리어 꾸중하시기로 다시 거역을 못 하였삽거니와, 대사는 나를 위하여 모친의 마음을 회두(回頭)하여 나의 지기(志氣)를 펴게 함이 어떠하니이까."

대사 왈,

"공자의 말함이 반반한 장부의 말이로다"

하고 부인 전에 나와 고금사(古今事)를 설화하다가, 공자(公子)의 출세코자 하는 말을 여쭈니,

부인 왈,

"말은 당연하나, 만리 타국에 보내고 내 어찌 적막 강산 사고무친척(四顧無親戚)한데 일신들 잊고 있으며, 또한 제 나이 어리고 인사(人事) 미거(未擧)한지라. 분분한 세상에 나가 어찌 될 줄 알리요."

대사 왈,

"부인의 말씀도 그러하여 당당하오이다. 이제 공자를 어리다 하시거니와, 천병만마(千兵萬馬) 시석(矢石)이 비 오듯 하여 살기충천(殺氣衝天)한 중에 넣어도 일점 염려치 아니하올 것이니, 부인은 어찌 사람의 신명을 의심하시나이까. 홍문연(鴻門宴)[1] 살기(殺氣) 중에 패공(沛公)[2]이 살아나고,

---

1) 홍문은 진나라 말엽에 유방(劉邦)과 항우(項羽)가 회견한 곳.
2) 한고조(漢高祖)가 제위(帝位)에 오르기 전의 칭호. 패(沛)에서 기병(起兵)하였으므로 이렇게 이름.

파강산 천경파에 부인이 살았삽거든, 어찌 천명을 근심하리요. 소승 또한 공자의 환란을 짐작지 못하오면 어찌 출세함을 권하며, 공자 나가서도 소승과 한가지로 세상을 보내오면 어찌 외로운 근심을 혼자 하리이까."

여차등설(如此等說)로 만단 개유(開諭)하니 부인이 익히 생각하여 왈,

"만일 존사의 말씀과 같지 못하면 어찌하리요."

월경 왈,

"공자의 평생 영욕을 다 알았사오니 일분(一分)도 염려 마옵소서."

부인이 마지못하여 허락하니, 대사와 웅이 기꺼 이튿날 길을 떠날새 부인께 하직하니 부인이 애련(哀憐)하여 수이 돌아옴을 당부하고, 또 제승에게 하직하니 월경이 사문에 나와 악수상별(握手相別)하고 길을 가리켜 호송하거늘, 길을 떠나 세상에 나오니 심신이 광활하여 안하(眼下)에 두려운 것이 없더라.

이러구러 나온 지 반년이라. 일일은 한 곳에 다다르니 이는 강호 땅이라. 천문만호(千門萬戶)에 인물 번성하고 소견(所見)이 웅장하여 심히 거룩한지라. 시중 대도상에 두루 걸으며 백물(百物)을 구경하더니, 한 곳에 이르니 반백 노인이 추포(麤布)[1]에 흑대(黑帶)를 띠었으니 거동이 조촐하여 세상 사람 아니러라. 삼척검(三尺劍)을 앞에 걸고 단정히 앉았거늘, 웅이 그 칼을 보니 모양이 웅장한지라. 욕심이 간절하

---

1) 발이 굵고 거칠게 짠 베.

되 행장에 푼전이 없고, 또한 팔며 아니 팖을 몰라 멀리 앉아 거동을 보니, 장 사람들이 사기를 청하니 노옹(老翁) 왈,
 "값을 의논컨대 천금이 넘는지라"
하니, 사람들이 웃고 가더라.
 웅이 가장 욕심이 간절하나 천금을 의논하니 묻도 못하고 값은 만큼이라도 사고 싶으나 푼전이 없는지라.
 날이 이미 저물어 장이 파하고 노인이 칼을 소매에 넣고 가거늘 뒤를 좇아 보니 멀리 가매 무가내하(無可奈何)라. 돌아와 주점에 유(留)하고 이튿날 다시 장에 가니 아직 오지 아니하였거늘, 주인더러 문 왈,
 "어제 칼 팔려 하던 노인 어디 있으며, 오늘은 어찌 아니 오나이까?"
 주인 왈,
 "그 노인은 어디 있는지 모르되 칼을 팔려 하고 왕래한 지 일삭 넘었으되 값도 중할 뿐 아리라 혹 사고자 하는 사람이 있어도 즐겨 팔지 아니하더이다"
하거늘, 웅이 멀리 앉아 기다리더니 그 노인이 또 와 소매에 칼을 내어 걸고 앉거늘, 웅이 불만(不滿)하고 주인에게 돌아와 아무리 생각하여도 살 모책이 없는지라. 혼자 돌탄(咄嘆)[1]하고 주인더러 왈,
 "오늘 그 노인의 거주를 물어 보소서"
하거늘 주인이 노옹더러 물어 왈,
 "어떤 아이 노인의 거주와 칼금을 묻더이다"

---

1) 혀를 차며 탄식함.

하니 노옹이 대경 왈,

"그 행색이 어떠하더뇨?"

주인 왈,

"거동이 이러저러하더이다."

노옹 왈,

"그 아이 거주를 아는가?"

주인 왈,

"알지 못하나 기다리소서. 다시 오리이다."

노옹이 민망하여 기다리되, 멀리 앉아 거동만 보는 조웅을 어찌 알리요. 날이 저문 후에 그 노옹이 칼을 끌러 가지고 가며 무수히 돌탄하더라.

웅이 돌아와 주점에 이르러 잠을 이루지 못하고 백이사지(百爾思之)[1]하여도 무가내하라.

이튿날 또 가 보니 그 노옹이 또 칼을 걸고 앉았거늘, 수삼일을 욕심만 낼 따름이라. 그 노인이 주인더러 당부 왈,

"이 칼 임자는 분명 그 아이라. 기다리되 보지 못하니 내일 또 오거든 부디 만류하여 나를 보게 하소서"

하더라.

이때 웅이 생각하되,

'내일은 칼 값을 물어 결단하여 강선암에 가 월경에게 값을 취하여 주리라'

하고 이튿날 그 노옹을 찾아가니, 칼을 걸고 무슨 글귀를 갓귀에 붙였거늘, 나아가 보니 하였으되,

---

[1] 갖가지로 생각해 봄.

華山道士一袖重

月佩江如賣劍士

人人一劍價幾許

翁道三時五有士

紛紛市場幾男子

前過千人不願賣

雄兒消息問誰知

坐則支頤遠視

화산도사 한 소매가 무거우니,

행색이 칼 파는 선비 같도다.

사람마다 칼 값을 물은즉,

노인 왈 내 기다리는 사람이 있노라.

분분한 저자에 몇 남자 모았는고.

앞으로 천인이 지나가되 팔기를 원치 아니하노라.

웅아 소식을 눌더러 물어 알리오.

앉으면 턱을 괴고 서면 멀리 보는지라.

하였더라.

웅이 보기를 다하매 대경대회하여 노인께 극진 배례하고 칼 값을 물으니, 노옹이 익히 보다가 웅의 손을 잡고 크게 기뻐 왈,

"그대 이름이 웅이냐?"

대 왈,

"웅이옵거니와 존공은 어찌 소자의 이름을 알으시나이까?"

노옹 왈,

"자연 알거니와, 하늘이 보검을 주시매 임자를 찾아 전코자 하여 사해팔방을 두루 다니더니, 수월 전에 장성(將星)이 강호에 비쳤거늘 찾아와 수월을 기다리되 종시 만나지 못하매 극히 괴이하여 밤마다 천기를 보니 강호에 떠나지 아니하고, 그대의 형색이 짝없이 곤박하매 분명 유리걸식(流離乞食)¹⁾ 하는 줄 짐작하였거니와, 찾을 길이 없어 방을 써 붙이고 만나기를 기다리나니 그대 만남이 하기만야(何其晚耶)²⁾오"

하며 칼을 내어 주거늘, 웅이 고두사례(叩頭謝禮)하고 칼을 받아 보니, 장(長)이 삼 척이 넘고 칼 가운데 금자로 새겼으되 '조웅검(趙雄劍)'이라 하였거늘, 웅이 다시 절하고 왈,

"중보(重寶)를 거저 주시니 은혜 백골난망이라. 어찌 써 갚사오리까."

노옹 왈,

"그대의 보배라, 나는 전할 따름이니 어찌 은혜라 하리요"

하고 웅을 데리고 수일을 유하고 못내 사랑하다가 이별하여 왈,

"흘흘하거니와 그대 갈 길이 바쁘니 부디 힘써 대명(大名)을 이루게 하라."

웅 왈,

"어디로 가오면 어진 선생을 얻어 보리이까?"

노옹 왈,

---

1) 떠돌아다니며 빌어먹음.
2) 어찌 이리 늦으리.

"이제 남방으로 칠백 리를 가면 관산이란 뫼가 있고 그 산중에 천관도사(天官道士) 있나니, 정성이 지극하면 만나 보려니와 그렇지 아니하면 낭패할 것이니, 각별 근성(謹省)하여 선생을 정하라"

하고, 서로 손을 나누어 이별하고 웅이 허리에 삼척 장검을 차고 남방을 향하여 여러 날 만에 관산을 찾아 들어가니, 산세(山勢) 기이하고 경개 절승(絶勝)한지라. 만장절벽간(萬丈絶壁間) 개벽(開闢)하여 천지를 열어 있고 수간 모옥(茅屋)에 석문(石門)을 열었거늘, 공수(拱手)[1]하고 날호여[2] 들어가니 지당(池塘)에 연화는 만발하고 층계에 국화로 둘렀더라. 외당(外堂)이 적요하고 수개 동자 앉아 바둑을 희롱하거늘, 웅이 나아가 선생 유무를 물으니 동자 일어나 읍하고 왈,

"근간 천렵(川獵)에 골몰하사 벗님을 데리고 나가 계시오니 늦게야 오시리다."

웅이 낙막(落寞)하여 문 왈,

"어느 때에 오시리까?"

동자 답 왈,

"황혼에 달을 띠고 돌아오시리다."

웅이 석양이 되도록 기다리되 형적이 없는지라. 주인 없는 집에 유숙지 못하여 산 밖에 나와 촌려(村閭)에 유숙하고 이튿날 또 가니 초당이 적막하거늘, 동자를 청하여 물으니 답 왈,

---

1) 오른 손을 밑에, 왼손을 위에 두어 두 손을 맞잡아 공경의 뜻을 표하는 예.
2) 천천히, 더디게의 옛말.

"삼경(三更)[1]에 돌아와 계명(鷄鳴)[2]에 나가셨나이다"
하거늘, 웅이 낙담하여 심사를 둘 데 없는지라. 또 반일(半日) 되도록 종적이 없거늘, 도로 촌려에 와 밤을 지내며 삼경에 가니 또 없는지라. 민망하여 동자더러 물으니 대 왈,
"계초명(鷄初鳴)이면 나가시나이다"
하거늘, 웅이 탄식 왈,
"십 년을 정성하여 선생을 찾아왔삽더니 뵈옵지 못하오니, 바라옵건대 동자는 가신 곳을 가르치소서."
동자 웃고 왈,
"초인(樵人)[3]이 기러기를 쏘아 맞히지 못하니 제 공부 부족함을 깨닫지 못하고 궁시(弓矢)를 꺾어 버리니, 그대도 초인과 같도다. 그대 정성 부족한 줄 깨닫지 못하고 도리어 주인 없음을 원망하니 심히 우습도다. 다만 선생이 이 산중에 있건마는, 천봉(千峯)이 높고 만학(萬壑)이 깊었으니 종적을 어찌 알리요"
하거늘, 무료(無聊)하여 다시 묻지 못하고 반일을 기다리되 종적이 망연한지라. 울울한 마음을 이기지 못하여 붓을 잡아 못 보고 가는 뜻으로 글을 쓰고, 동자를 불러 하직하고 나오니 심사를 측량치 못할러라.
이때 천관도사 산중에 그윽이 앉아 그 거동을 보더니, 벽상에 글 쓰고 감을 보고 마음에 척연(戚然)하여 급히 내려와 벽상의 글을 보니 그 글에 하였으되,

---

1) 하룻밤을 다섯 등분한 셋째. 밤 11시~오전 1시.
2) 닭 울 무렵이니 즉 새벽을 말함.
3) 나무꾼.

遞作十年客
迎見萬理外
朦澤龍遊飛
是聲未達也
십 년을 지내온 나그네가
만 리 밖에서 찾아왔네.
흐린 못에 용이 놀라 날아 오르거늘
이 소리가 미치지 못하도다.

 도사 보기를 다하매 대경하여 급히 동자를 산 밖에 보내어 청하니, 웅이 동자를 보고 문 왈,
 "선생이 왔더이까?"
 동자 왈,
 "이제야 와서 청하시나이다."
 웅이 반겨 따라 들어가니 도사 시문(柴門)에 나와 웅의 손을 잡고 흔연 소(笑) 왈,
 "기구 험로에 여러 번 근고(勤苦)하다"
하고 동자로 하여금 석반을 재촉하여 주거늘, 웅이 먹은 후에 치사 왈,
 "여러 날 주린 기장(飢腸)에 선미(善味)를 많이 먹으니 향기 만복(滿腹)하와 감사하여이다."
 "그대 식량(食量)을 어찌 알아 권하였으리요"
하고 책 두 권을 주며,
 "이 글을 보라"
하거늘, 웅이 굴슬(屈膝)하고 편람(遍覽)하니 이는 《성경현

전(聖經賢傳)》[1]이라. 다 본 후에 다른 책을 청하니, 도사 웃고 《육도삼략(六韜三略)》[2]을 주거늘 받아 가지고 고성대독(高聲大讀)하니, 도사 더욱 기특히 여겨 《천문도(天文圖)》 한 권을 주거늘, 받아 보니 기묘한 법이 많은지라. 도사의 가르치는 술법을 배우니 의사 광활하고 안전사(眼前事)를 모를 것이 없더라.

일일은 석양이 이서(移西)하고 숙조(宿鳥) 투림(投林)할 제, 광풍이 대작하며 무슨 소리 벽력 같아서 산악을 스치거늘, 웅이 대경하여 왈,

"이곳에 어찌 짐승이 있나이까"

한대, 도사 왈,

"다름이 아니라 내 집에 심히 노곤한 빈마(牝馬)[3]를 두었으되 수척(瘦瘠)하여 날이 새면 산중에 놓아 방양(放養)하더니, 하루는 천지 진동하여 산중이 요란하거늘 괴이하여 말을 찾아 마장(馬場)에 들어가니, 오운(五雲)이 만산(滿山)하고 지척을 분별치 못하고 말이 없더니, 이윽하여 뇌성 그치고 구름이 걷어 오며 말이 몸을 적시고 정신 없이 섰거늘, 진정하여 이끌고 집에 와 여물과 죽을 먹여 두었더니, 새끼를 배어 낳은 후 일삭이 못하여 어미는 죽고 새끼는 살았으되, 사람이 임의로 이끌지 못하고 점점 자라나매 사람이 근처에 가지 못하고, 날이 새면 산중에 숨고 밤이면 조하(槽下)[4]에 자

---

1) 성인이 지은 책과 이에 준하여 현인이 지은 책.
2) 중국 병법(兵法)의 고전.
3) 암말, 피마.
4) 말구유 아래.

고, 신풍(晨風)에[1] 고함하고 가니 사람이 상할까 염려라"
하거늘, 웅이 다시 보니 천장만장(千丈萬丈)한 층암 절벽으로 나는 듯이 오르고 내리기는 비호(飛虎)라도 당치 못할러라. 이윽하여 들어오거늘 웅이 내달아 소리를 크게 하니 그 말이 이윽히 보다가 머리를 들고 굽을 치며 공순하거늘, 웅이 경계하여 왈,

"인마역동(人馬亦同)이라, 임자를 모르느냐?"

그 말이 고개를 들고 냄새를 맡으며 꼬리를 치며 반겨하는 듯하거늘, 웅이 크게 기꺼 목을 안고 굴레를 갖추어 조하에 매고 도사에게 청하여 왈,

"이 말 값을 의논컨대 얼마나 하나이까?"

도사 왈,

"하늘이 용총(龍驄)을[2] 내시매 반드시 임자 있거늘, 이는 그대의 말이라. 남의 보배를 내 어찌 값을 의논하리요. 임자 없는 말이 사람을 상할까 염려하더니, 오늘날 그대에게 전하니 실로 다행이로다."

웅이 감사 배 왈,

"도덕문(道德門)에 구휼(救恤)하옵신 은덕 망극하옵거늘, 또 천금 준마를 주시니 은혜 더욱 망극이로소이다."

도사 왈,

"궁곤함도 그대의 운수요 영귀함도 그대의 운수라. 어찌 나의 은혜라 하리요."

---

1) 새벽 바람, 즉 새벽에.
2) 용마(龍馬). 썩 잘 달리는 훌륭한 말.

웅이 도사를 더욱 공경하여 도덕을 배우니, 일 년 지내어 신통 묘술을 배워 달통하니 진실로 괄목상대(刮目相對)러라.

일일은 웅이 도사께 고 왈,

"객리(客裏)에 모친을 두옵고 떠나왔사오니, 잠간 가 모친을 보아 근심을 덜고 돌아오리이다."

도사 허락 왈,

"부디 수이 돌아오라"

하니, 웅이 하직하고 말을 이끌어 시문 밖에 나와 타고 채를 들어 한 번 희롱하니, 말은 가는 줄을 모르되 마음에 날개를 얻은 듯하는지라. 순식간에 칠백 리 강호에 이르니 날은 넉넉하나 노곤(勞困)이 자심(滋甚)하여 객점 찾으니, 마침 한 사람이 길가에 있다가 인도하거늘 따라가니 집이 가장 정묘(精妙)하고 경개 가장 거룩하더라.

원래 이 집은 위국(魏國) 장 진사(張進士)의 집이니, 진사는 일찍 죽고 부인이 한 딸을 두었으되 인물이 절색이요 시서(詩書)를 통달하매 아니 칭찬할 이 없는지라.

그 모친 위 부인(魏夫人)이 소저와 같은 배필을 얻고자 하여 객실을 정쇄히 짓고 왕래하는 손을 청하여 인물을 구경하더니, 이날 웅이 초당에 나아가 주인을 청하니 시비 나와 쇄소응대지절(灑掃應對之節)이 비상한지라 마음에 기특히 여겼더니, 이때 부인이 외당에 손이 왔다 하거늘 시비를 불러 손의 거동이 어떠함을 물으니 시비 여쭈오되,

"어떤 아이 과객이더이다."

부인이 탄 왈,

"세월이 여류하여 여아의 연광이 이팔이라, 저와 같은 배필을 볼 길이 없다"
하고 자탄하니, 소저 위로 왈,
"불초녀(不肖女)를 생각지 말으시고 천금 일신을 안보하옵소서"
하며 만단 위로하더라.

조웅이 혼자 초당에서 생각하되,

'이 집에 규중절색(閨中絶色)을 두고 인재를 구한다 하더니, 종시 몰라보는도다. 형산백옥(荊山白玉)이 돌 속에 묻힌 줄을 지식 없는 안목이 어찌 알리요.'

황혼에 명월을 대하여 풍월도 하며 노래도 부르더니, 이윽하여 안에서 쇄락(灑落)한 금성(琴聲)이 들리거늘 반겨 들으니 그 곡조에 하였으되,

초산의 낡[1]을 베어 객실을 지은 뜻은 인걸을 보렸더니, 영웅은 간데 없고 걸객만 흔히 온다. 석상의 오동 베어 금(琴)을 만든 뜻은 원앙(鴛鴦)을 보렸더니, 원앙은 아니 오고 오작(烏鵲)만 지저귄다. 아이야, 잔 잡아 술 부어라. 만단 수회를 지어 볼까 하노라.

웅이 듣고 심신이 쇄락하여 혼자 즐겨 왈,
"이 곡조를 들으니 분명 신통한 사람이로다. 이러한 가운데 내 어찌 노상 걸객이 되어 대(對)를 못 하리요"

---

1) '나무'의 옛말.

하고, 행장의 퉁소를 내어 거문고 그치매 초당에 높이 앉아 월하에 슬피 부니, 위 부인과 소저 퉁소 소리를 듣고 대경하여 급히 중문에 나와 들으니 초당에서 부는지라. 소리 쟁영(崢嶸)하여 구름 속에 나는지라.

그 곡조에 하였으되,

십 년을 공부하여 《천문도》를 배운 뜻은 월궁(月宮)에 솟아올라 항아(姮娥)¹⁾를 보렸더니, 세연(世緣)이 있었더니 은하(銀河)에 오작교(烏鵲橋) 없어 오르기 어렵도다. 소상(瀟湘)²⁾의 대를 베어 퉁소를 만든 뜻은 옥섬(玉蟾)³⁾을 보렸더니, 월하에 슬피 분들 지음(知音)을 뉘 알리요. 두어라, 알 이 없으니 원객(遠客)이 수회를 위로할까 하노라.

부인과 소저 듣기를 다하매 쇄락한 마음이 하늘에 오를 듯하여 문에 빗겨 그 아이 거동을 보니, 얼굴이 관옥(冠玉) 같고 거동이 비범하여 보던 중 처음이라. 부인이 크게 기꺼 왈,
"성인이 나시매 기린(騏驎)⁴⁾이 나고, 경아(瓊兒)⁵⁾ 나매 영웅이 나도다"
하니, 소저 수괴(羞愧)하여 일어 별당에 가 등촉을 밝히고 침금(枕衾)에 의지하여 잠간 졸더니, 비몽간에 부친이 와 이

---

1) 달 속에 있다는 선녀.
2) 중국 호남성 동정호의 남쪽에 있는 소수와 상강. 아롱진 무늬 있는 대가 생산됨.
3) '달'의 딴 이름. 혹은 달 속에 있다는 두꺼비.
4) 하루에 천리를 달린다는 말.
5) 아름다운 아이, 곧 장소저를 일컬음.

르되,

"너의 평생 호구(好逑)[1]를 데려왔으니, 오늘 밤 가연(佳緣)을 잃지 말라. 천지무가객(天地無家客)이라 한 번 가면 만나기 어려울지라"

하고 손을 잡고 나오거늘, 소저 부친에게 이끌리어 초당에 나오니, 황룡이 오운(五雲)에 싸여 칠성(七星)을 희롱하다가 소저를 보고 머리를 들어 보거늘, 소저 놀라 안으로 급히 들어오니 그 용이 따라와 소저의 치마를 물고 방으로 들어와 소저 몸에 감기거늘, 소스라쳐 깨달으니 침상일몽(枕上一夢)이라. 평정(平靜)하여 벽상에 기록하고 풍월을 읊으니라.

이때에 웅이 퉁소를 그치고 월하에 배회하며 무슨 소식이 있을까 바라되 종시 동정이 없는지라. 자탄 왈,

"다만 거문고 곡조만 빌 따름이요 퉁소 곡조는 알지 못하고 예사 행객(行客)의 퉁소로 아는가 싶으니 애닯도다"

하고 차탄(嗟歎)만 하더니, 이윽하여 풍월 읊는 소리 반공에 솟아나거늘 들으니 산호채를 들어 옥반(玉盤)을 깨치는 듯, 활달한 마음을 이기지 못하여 중문을 열고 내정(內庭)에 들어가니 인적은 고요하고 월색은 삼경이라. 후원 별당에 등촉이 영롱한데 풍월 소리 나는지라. 조용히 문을 열고 완연히 들어앉아 사면을 둘러보니 분벽사창(紛壁紗窓)에 병풍을 둘렀는데, 풍월하는 옥녀(玉女) 침금에 빗겼다가 대경하거늘, 웅이 등하에 앉아 예성(禮成) 왈,

"소저는 놀라지 마오. 나는 초당에 유하온 손님이옵더니,

---

1) 좋은 짝.

객리에 월야를 당하여 층층한 수회로 배회하옵더니, 풍월 소리 들리거늘 행여 귀댁 공자신가 하여 시흥(詩興)을 탐하여 들어왔삽더니, 이러한 심규(深閨)에 남녀 봉착(逢着)하였사오니, 바라건대 진퇴 없는 자취를 인도하소서."

소저 침금 속에서 아무리 생각하여도 피할 길이 없는지라. 마지못하여 답 왈,

"천지가 불변하고 예절이 끊이지 아니하였거늘 신명을 불고하고 이렇듯 범죄하니, 바삐 나가 잔명(殘命)을 보존하소서."

웅이 답 왈,

"꽃 본 나비 불인 줄 어찌 알며, 물 본 기러기 어옹(漁翁)을 어찌 두려워하리요. 신명을 아낄진대 이렇듯 방자하리이까. 바라나니 소저는 빙설 같은 정절을 잠간 굽혀 외로운 자취를 이웃삼기 어떠하여이까?"

하며 나아가 앉으니, 소저 형세 가장 급한지라. 이윽히 생각하다가 애걸 왈,

"요조숙녀(窈窕淑女)는 군자의 호구(好逑)라. 첩인들 어찌 공방(空房) 독침(獨枕)을 좋아하리오마는, 선영(先塋)을 생각하니 구대(九代) 진사의 후예라. 부모의 명령 없삽고 육례(六禮)를 행치 못하였사오니 어찌 허신(許身)하여 선영의 죄인이 되고, 문호(門戶)에 욕이 및사오면 어찌 살기를 바라리요. 바라건대 마음을 돌이켜 돌아가 후기(後期)를 정하소서."

웅이 들으니 말이 당연하나, 가득한 사랑이 염치를 가리었으니 예절을 어찌 분별하리요. 답 왈,

"성현 문하에도 유장찬혈지행(逾墻鑽穴之行)[1]이 있삽고, 명령과 육례는 제왕과 부귀인의 호사라. 나의 혈혈단신(孑孑單身)이 어찌 육례를 바라리요. 다만 내 몸이 매파(媒婆) 되고 상봉(相逢)으로 육례 삼아 백 년을 기약하나이다"
하고 침금에 나아 드니, 문부태산지상(蚊負泰山之象)[2]이요 우물에 든 고기라. 원앙비취지락(鴛鴦翡翠之樂)을 뉘라서 금하리요. 인연을 맺었으니 도망키 어렵도다.

소저 탄 왈,

"내 몸이 규중 처자요 사부(士夫)의 후예로, 이렇듯 죄인이 되어 문호에 욕을 끼치오니 살아 쓸데없는지라"
하며 슬피 체읍하거늘, 웅이 위로 왈,

"난들 어찌 죄인이 아니리까. 불고이취처(不告而娶妻)하니 불효막대(不孝莫大)하건마는, 거문고 한 곡조로 퉁소를 화답하니 그 아니 천연(天緣)인가. 하늘이 정하신 바라, 어찌 내 마음으로 왔으리요."

은은한 정으로 밤을 지새고 삼경이 지나 원촌(遠村)의 닭이 우는지라. 웅이 일어나니 소저 왈,

"모친이 낭군을 보려 하시니 오늘 머물러 모친을 보시고 훗날 가소서."

웅이 답 왈,

"내 모친을 천리 밖에 두고 떠난 지 삼 년이라. 일각이 여삼추하니 어찌 일신들 머물리요."

---

1) 담에 구멍을 뚫는다는 뜻. 남의 집 여자에게 탐심을 가지고 몰래 들어가는 행실을 가리킴.
2) 작은 힘으로 큰 세력을 당해 낼 수 없음.

소저 옷을 붙들고 슬피 체읍 왈,

"그대 이번 가면 어찌 소식을 알리요. 사람의 연고를 모르오니 이 앞에 만나는 날에 가고(可考)할 것이 없사오니, 무슨 표를 주어 신(信)을 삼으소서."

웅이 옳이 여기나, 행장에 가진 것이 없고 다만 손에 부채뿐이라. 부채를 펴 글 두어 구를 써 주며 왈,

"이것으로 일후에 신을 삼으소서."

소저 받아 보니 하였으되,

洞簫長和玉女琴
寂寞深閨狂夫知
今夜兒郎誰家兒
長氏芳緣趙雄是
紋帳翠壁掛一袍
奔到華筵弄佳姬
晨風數語掩淚辭
消息茫茫不道時

퉁소로 옥녀의 거문고를 화답하고
적막심규에 미친 흥이 들어갔는지라.
금야 아랑이 뉘집 아이냐.
장씨 꽃다운 인연이 조웅이 분명하도다.
문장취벽에 한 포자를 걸고
분도화연에 가희를 희롱하는도다.
새벽 바람 두어 말에 눈물로 하직하니
소식이 망망하여 아무 때를 의논치 못하리도다.

하였더라.

조웅이 하직하고 말을 채쳐 나오니, 소저 나와 문을 안고 가는 거동을 보니 천리준총(千里駿驄)에 표연히 높이 앉았으니 광풍에 편운(片雲) 같은지라.

이 날 밤에 위 부인이 일몽을 얻으니 청룡이 별당에 들어가 소저를 업고 운중(雲中)에 올라가 뵈거늘, 놀라 발을 구르며 소저를 부르다가 소리에 놀라 깨달으니 남가일몽이라. 급히 창을 열고 보니 날이 이미 밝았는지라. 일어 별당에 가니 소저 잠을 깊이 자거늘, 부인이 깨워 왈.

"날이 밝았거늘 무슨 잠을 자느냐?"

소저 놀래 일어나 묻자오되,

"어찌 기침(起枕)을 일찍 하시나이까?"

부인 왈,

"네 거동을 보니 정신이 없으니 몸이 곤하냐?"

소저 왈,

"간밤에 월색을 구경하고 자오니 자연 곤하여이다."

부인 왈,

"월색을 취하면 병이 아니 되느냐. 가장 미거(未擧)하도다"

하고 시비로 하여금 음식을 권하더니, 시비 왈,

"외당의 손이 벌써 가고 없나이다."

부인이 대경 문 왈,

"어느 때에 갔느뇨?"

시비 고 왈,

"아무 때 간 줄 모르나이다."

부인 왈,

"너희 등이 대접을 잘못하였기로 이르지도 아니하고 갔도다"
하며 종을 불러 왈,
"행여 멀리 아니 갔어도 바삐 나가 데려오라"
하니, 창두(蒼頭)[1] 영을 들은 후 급히 내달아 높이 올라 본들 벌써 천리준총을 탔으니 어찌 중지하였으리오. 호호망망(浩浩茫茫)하여 종적이 망연한지라. 들어와 사연을 아뢰니 부인이 낙심하여 왈,
"나의 팔자 무상하다. 몇 해를 걱정하여 그런 영자(英資)를 만났다가 즉시 잃으니 내 살 마음이 없다"
하고 무수히 슬퍼하시니 소저 위로 왈,
"모친은 근심치 마옵소서. 그 사람이 내 집에 인연이 있사오면 갔사온들 어찌 다시 소식이 없으리오. 세상만사를 임의로 못 하오니 너무 용려(用慮) 마옵소서"
하며 만단으로 위로하더라.
이적에 왕 부인이 웅을 내어 보내고 주야 생각하여 침식이 불안하시니 여러 중들이 위로하여 세월을 보내더니, 일일은 월경대사 부인더러 왈,
"부인은 근심치 마옵소서. 공자 어진 선생을 만나 일신을 의탁하옵고 장신(裝身) 보배를 많이 얻었사오니 어찌 즐겁지 아니하리이까."
부인이 문 왈,
"대사 어찌 아시느뇨?"

---

1) 노복(奴僕)을 일컬음.

월경 왈,

"금야에 일몽을 얻으니 공자를 만나 수작하옵고, 벽상에 무엇이라 기록하옵고 고성대독하는 소리에 깨달으니 한 꿈이라. 극히 신기하와 불전(佛前)에 분향재배(焚香再拜)하옵고 그 풍월을 생각하오니 하였으되, '삼달위수(三達渭水)하고 양득천지(兩得天地)'라. 소승이 약간 지성을 아옵기에 즉시 점괘를 해득하오니, '삼달위수'는 위수[1]에 여상(呂尙)[2] 같은 선생을 만나 활달한 거동이요, 또한 양득천지라 하였사오니 천지는 용마 있는 물이라 응당 용총을 얻었을 것이요, 양득하였사오니 무슨 보배 있사오리까. 금생여수(金生麗水)라 하였사오니 금을 얻을 것이요, 금은 칼이라, 칼과 말을 얻고 어진 선생을 정하였사오니 부인은 소사(小師)의 말씀을 망녕되다 꾸중 마옵시고 일후 공자를 만나오면 증험하오려니와 조금도 근심치 마옵소서."

부인이 기꺼 왈,

"대사의 말씀 같을진대 어찌 염려하리요"

하며 이러구러 세월을 보내더니, 일일은 부인이 한 꿈을 얻으니 범을 안고 있으되 무섭지 아니한지라. 놀라 깨달으니 한 꿈이어늘, 대사를 불러 몽사를 이르니 대사 대희 왈,

"공자 수이 오시나이다"

하거늘, 부인이 그 연고를 물으니 대사 왈,

"흉즉길(凶則吉)이라. 범 호(虎)자는 좋을 호(好)자니 이

---

1) 중국 감숙성(甘肅省) 위원현(渭源縣)에서 발원하여 섬서성(陝西省)을 거쳐 황해(黃海)로 들어가는 강.
2) 강태공(姜太公).

제 부인께 무슨 좋은 일이 있으리요. 분명 공자를 만날 몽사오니 어찌 즐겁지 아니하리까?"

부인이 기꺼 왈,

"언제 만나 보리이까?"

대사 이윽히 생각하다가 크게 기꺼 왈,

"공자의 걸음이 백 리 안에 있사오니 오늘 진시에 만나 보리이다."

부인 왈,

"분명 그러할진대 나와 평생 내기를 정하사이다."

대사 허락하고 부인을 모시고 석문에 나와 기다리더니, 문득 동구 협로(狹路)에 돌소리 분분하며 천리마상에 표연히 선동(仙童)이 앉아 채찍을 들어 구름을 헤치고 들어오거늘, 부인과 대사 보니 과연 공자라. 웅이 반겨 내려 부인께 복지(伏地)하니 부인이 웅을 붙들고 일희일비하여 인사를 수습치 못하거늘, 대사 위로하여 안심하게 하니 웅이 다시 절하고 왈,

"모친은 그 사이 기체(氣體) 일향(一向)하시니까?"

부인이 슬픔을 머금고 왈,

"나는 잘 있거니와, 네 그 사이 어디 가 머물며 저 말과 칼은 어디 가 얻었나뇨?"

웅이 칼과 말은 이리이리하여 얻삽고 유하옵기는 이리이리하온 도사를 만나와 유하던 사연을 차제(次第)로 고하니, 부인과 월경이 듣고 대경대회 왈,

"이는 하늘이 인도하심이로다. 나는 너 나간 후에 일신이 편하나, 다만 너를 생각하니 일 년 삼백육십 일과 일 일 십이

시를 어찌 일신들 잊으리요. 이러구러 지내더니 월전(月前)에 대사 꿈꾸고 작괘(作卦)하더니 내 또한 꿈을 얻어 대사와 내기하여 너 오는 줄 알고 나와 기다리더니, 과연 오늘 만날 줄 어찌 알리요"
하며 못내 즐겨하시니, 웅이 대사와 제승에게 치사 왈,
 "불효막대한 사람의 근심을 여러 해 근고(勤苦)하시니, 막대지은(莫大之恩) 어찌 다 갚사오리까"
하며 무수히 치사하니, 대사 배사 왈,
 "그 사이 지낸 일은 측량없사오나, 공자 일신이 만리 밖에 가 해포를 주유(周遊)하여 평안히 돌아오시니 어찌 즐겁지 아니하리요"
하며, 모두 반겨함이 측량치 못할러라.
 일일은 제승이 대연(大宴)을 배설하고 부인 모자를 상좌에 앉히고 여쭈오되,
 "소자 등이 가난하와 부인의 은혜를 만분지 일도 갚삽지 못하와 한이옵더니, 오늘날 여러 해 그리시던 공자를 만났사오매 이런 경사 없삽기로, 빈승(貧僧) 등이 약간 소산지물(所産之物)로 즐거운 마음을 위로코자 하나이다"
하고 제승이 경쇠[1]를 치며 일어 재배하여 희희낙락하니, 부인과 공자 일어 치사 왈
 "존사의 넓으신 덕으로 지쳐 없는 사람을 여러 해 구휼하신 은혜 망극하온데, 또 이다지 염려하시며 관대하시니 도리어 불평하여 유하기 무렴(無廉)하여이다"

---

1) 부처 앞에 절할 때 흔드는 작은 종.

하니 제승이 더욱 치사하더라.

　세월이 여류하여 웅의 나이 십육 세라. 일일은 부인이 웅을 보고 근심하여 왈,

　"네 장성하였으되 사고무친척하고 만리 타국에 종적이 없는 걸객이라. 뉘 나를 위하여 매자(媒者) 되며 너를 위하여 짝을 지시하리요. 슬프다, 흐르는 연광이 늙은이 죽음을 재촉하나니, 내 생각하니 생전에 네 짝을 못 볼까 근심하노라"

하고 눈물을 흘려 옥면(玉面)에 내리니, 웅이 또한 비회를 감추오고 위로 왈,

　"모친은 슬퍼 마옵소서. 천지간 만물이 혼자 사는 일이 없사오니, 사람이 설마 짝이 없으리까"

하고 복지하여 불효지죄(不孝之罪)를 청하니, 부인이 대경 왈,

　"우리 모자 죄인이라. 마음이 상해 숲에 앉은 새 같거늘, 네 나가 무슨 죄를 지었느뇨?"

　웅이 저어 일어나 위로 왈,

　"어찌 남에게 죄를 지었으리까. 모자지간 불효막대한 일이 있삽나이다. 소자 선생을 떠나 오옵더니……"

　강호에 다다라 장 소저를 취한 곡절을 아뢰니 부인이 대희 왈,

　"죄 지은 자는 살지 못한단 말이 옳도다. 본디 겁한 마음에 무슨 죄를 지었겠느냐. 미리 겁하고 놀랐도다"

하고 다시 문 왈,

　"장 소저를 내 보지 못하였으나 네 말을 들으니 진시 네

짝이로다. 그 역(亦) 하늘이 시키심이라. 어찌 인력으로 취하였으리요. 그러나 우리 사세 이러하니 어찌 예절을 기다리리요. 죄 될 것이 없으니 조금도 저어 말라"
하시며 다시 그간 사정과 장 소저 문호를 물으니 웅이 전 행적과 사정을 일일이 아뢰니, 부인과 제승이 다 듣고 기이히 여겨 칭하(稱賀) 왈,

"하늘이 인도하심이라. 어찌 기특지 아니하리요."

월경대사 왈,

"부인은 전에 소사의 말씀을 이제야 증험하오셔 논단(論斷)하옵소서."

부인이 칭찬 왈,

"무미한 소견이 어찌 대사의 신기함을 알리요"
하고 항복함을 마지아니하더라.

이적에 대사를 데리고 신통한 술법을 의논하더니, 이러구러 삼 년이 되었는지라.

일일은 웅이 부인께 여쭈오되,

"소자 처음에 이리 올 제 선생전에 기약을 정하고 왔사오니, 이제 슬하를 잠간 떠나 선생의 실망지탄(失望之歎)이 없게 하리이다."

부인이 새로이 슬퍼 왈,

"적년(積年) 그리던 마음을 다 펴지 못하고 또 가려 하니 네 말은 당연하나 정리(情理)에 절박하고 또 사람의 일을 알지 못하나니, 네 회환(回還)이 더딜진대 거처를 어디 가 찾으리요?"

월경이 협(狹)[1] 주 왈,

"부인은 추호도 염려치 마옵소서. 공자의 거처는 소사가 알았나이다."

부인이 이미 대사의 신기함을 알았는지라, 부인 왈,

"만일 대사 아니면 객리에 어찌 모자 상의하리요"
하고 왈,

"부디 네 선생을 보고 수이 돌아오라"
당부하시니, 웅이 하직하고 말을 놓아 수일 만에 관산에 이르니 이전에 보던 산천이 반기는 듯하더라. 석문에 다다르니 동자 마주 나와 양수 상읍(兩手相揖)하고 들어가 선생께 뵈오니, 도사 못내 반겨 왈,

"신사(信士)로다. 기약을 잊지 아니하니 기특토다"
하며 왈,

"자당(慈堂) 기후 일향하시더냐?"

웅이 일어 절하고 못내 치사하니, 도사 또 웃고 왈,

"그대 거동을 보니 전과 다른지라, 분명 실내(室內)²⁾를 정한가 싶으니 기쁘도다"
하니 웅이 면괴(面愧)하여 복지 청죄 왈,

"선생 신명지하(神明之下)에 막대히 죄를 지었시오니, 어찌 사제지간 분의(分義)를 안 하리이까"
하며 무수히 고두사죄(叩頭謝罪)하니, 도사 웅의 손을 잡고 위로 왈,

"하늘이 지시하여 인도한 바니 어찌 불효지심(不孝之心)

---

1) 옆에 있다가.
2) 아내를 말함.

이라 하리요. 나는 다 아나니 조금도 부끄러워 말라"
하더라.

웅이 선생을 모시고 신통한 술법을 배우는지라. 도사 왈,
"그대 문필은 족히 행용(行用)에 넉넉하니, 또한 요긴한 책이 있으니 이 글을 공부하라"
하고,《육도삼략》과《지모장략(智謀將略)》을 가르치니 일람첩기(一覽輒記)[1] 라. 모를 것이 없으니 더욱 사랑하여 주야 강론(講論)하다가 웅더러 왈,
"네 저를 아느냐? 천심(天心)은 이러이러하고 장성(將星)은 저러저러하고 아무 별은 이리하니, 대국(大國)이 네 손에 회복하리로다"
하니, 웅이 심독희(心獨喜) 자부(自負)하더라.

익일 신명(晨明)[2]에 도사 웅의 상을 보고 대경 왈,
"그대 상을 보니 전두에 큰 근심이 되리로다."
웅이 대경 문 왈,
"무슨 일이온지 자세 가르치오소서"
하니, 도사 답 왈,
"그대 빙가(聘家)에 사망지환(死亡之患)이 목전에 있으니, 이것을 가지고 바삐 가 구원하라"
하고 환약 세 개를 주니, 웅이 그 약을 받아 가지고 말을 채쳐 강호를 향하니라.

이적에 장 소저 조 공자를 보내고 종적을 모르매 일로 병이 되어 눕고 일지 못하니, 위 부인이 경황(驚惶)하여 의약

---

1) 한 번 보기만 하면 잊지 아니함.
2) 새벽녘.

으로 치료하되 백약이 무효한지라. 부인이 하늘께 축수하여 애걸하되 선약(仙藥)이 없으니 뉘 살려 내리요. 가긍한 목숨이 조석에 있는지라.

이날 웅이 필마로 장 진사 댁에 이르니 은은 곡성이 안에서 나며 비복이 분주하거늘, 웅이 더욱 놀라 시비를 불러 물으니, 시비는 숙면(熟面)이라 경황중이라도 반겨 왈,

"이제 내당 소저의 병환이 극중하와 즉금 사경에 당하였사오니 박정하오나 주인을 달리 정하소서."

웅이 왈,

"네 들어가 부인께 아뢰라. 내 지나는 행객이로되 의약을 아나니 병록(病錄)을 자상히 하여 오면 알 도리 있으니 그대로 아뢰라."

시비 들어가 부인께 아뢰되,

"아무 제 왔던 수재(秀才) 밖에 와 이리이리하나이다."

부인이 울기를 그치고 반겨, 시비로 하여금 객실을 소세하고 대접하라 하고 병록을 적어 보내니, 웅이 병록을 보고 가져온 환약을 내어 주며 왈,

"이 약을 먹으면 차도 있을 것이니, 즉시 음식을 자주 권하라."

시비 약을 드리고 말씀을 아뢰니, 부인이 그 약을 갈아 소저를 흔들어 먹이니, 과연 소리하고 깨어나 부인을 향하여 음식을 청하거늘, 부인이 대희하여 일변 음식을 권하며 일변 초당에 나와 조웅의 손을 잡고 무수히 치하 왈,

"그대 거번(去番) 왔을 제 못 본 것이 지금까지 한이 되었더니, 이렇듯 급한 때를 당하여 죽을 인명을 구원하여 살리

니 그대는 실로 우리 집 은인이라. 공자께 과연 한 말씀 부탁하나니; 과년(瓜年)[1] 여식이 있으되 방년(芳年) 비록 용렬하나 마땅한 배필을 정치 못하였더니, 이제 공자를 만나매 여식의 일생을 부탁코자 하나니 공자는 허락을 아끼지 말고 나의 바라는 마음을 저버리지 말라."

웅이 치하 왈,

"유리걸객을 더럽다 아니하시고 감격한 말씀으로 부탁하시니 감사무지하와 감히 사양하지 못하옵거니와, 북당(北堂)[2] 존명(尊命)이 있사오니 돌아가 즉시 소식을 사뢰리다."

부인이 못내 기꺼하나 그 사이 더딤을 한하더라.

이튿날 웅이 하직하고 떠날새 부인이 못내 아연하여 왈,

"부인 소식을 수이 알게 하라"

하며 계란만한 무공주(無孔珠)[3] 한 쌍을 주며 왈,

"사람의 연고를 알지 못하고 나는 아들이 없으니 나의 일신도 그대에게 믿나니, 이것이 나의 소중지물(所重之物)이니 신물(信物)을 견하여 굳이 간수하라."

웅이 받아 가지고 떠나 관산으로 돌아와 도사에게 뵈오니 도사 반겨 왈,

"그대 곧 아니던들 하마 위태할럿다."

웅이 왈,

"선생 곧 아니오면 소자 어찌 살렸으리요"

하고 무수 치사하더라.

---

1) 여자가 혼인할 나이에 이름.
2) 남의 어머니의 존칭. 자당(慈堂).
3) 구멍이 뚫려 있지 않은 진주.

일일은 도사 웅을 데리고 대암(大巖)에 올라 천기를 보고 크게 놀라 왈,

"네 저를 아느냐? 아무 별은 저러하고 아무 방(方)은 이러하고, 중국은 이러하여 각성(角星)[1] 방위가 두성(斗星)[2]을 정치 못하니 시절이 크게 요란한지라. 즉금 서번(西蕃)이 강성하여 대국을 취하려 하니 네가 대공을 이루되 형세를 보아 위국을 돕고, 인하여 대송을 회복하라."

웅이 이 말을 들으매 마음이 울적하여 왈,

"소자의 재주로 어찌 공을 얻으리요. 시석풍우(矢石風雨) 전장에 어찌 살기를 바라리까."

도사 왈,

"대공을 이룰 것이니 일분도 염려 말고 나가 중원(中原)을 회복하고 평생 원수를 갚으라"

하니, 웅이 즉시 행장을 차려 위국 노정기(路程記)[3]를 받아 가지고 선생께 하직하니, 도사 손을 잡고 못내 연연 왈,

"슬프다. 이별이 오랠지라. 좋이 가되 공을 이루라"

하니, 웅이 하직하고 바로 강선암으로 향하여 수일 만에 이르러 부인께 뵈오니 부인이 웅을 붙들고 못내 기꺼하시니, 웅이 강호 장 소저 병 고친 일을 여쭈오니 부인이 더욱 도사의 신기함을 못내 칭찬하더라.

---

1) 이십팔 수(宿) 중의 하나로 동쪽에 있는 별.
2) 이십팔 수 중의 여덟번째 별.
3) 여행할 길의 이수와 경로를 적은 기록.

2

각설(却說)[1], 웅이 여쭈오되,

"지금 서번이 강성하와 대국을 탈취코자 하오니, 소자 비록 무재(無才)하오나 한번 구경코자 하나이다."

부인 답 왈,

"자식을 낳아 전장에 보내고 어찌 살아 오기를 바라리요. 오활(迂闊)한 말을 말라"

하니, 웅이 다시 여쭈어 왈,

"소잔들 모친을 외로이 두옵고 전장에 가기를 즐기리까마는, 선생의 명령이 이러이러하오니 어찌하오리까."

부인이 이윽히 생각하다가 왈,

"선생의 지휘(指揮) 그러하면 마지 못하려니와, 가되 위왕은 네 부친과 동렬(同列)이요 이름은 신광(申光)이니, 먼저 위왕을 도와 대공을 이루고 돌아와 내 얼굴을 다시 보게

---

[1] 화제를 돌릴 때 첫머리에 쓰는 접속 부사.

하라"

하니, 웅이 하직하고 도사의 가리키던 길로 천리준총 위에 삼 척 장검을 들고 나가니, 안하(鞍下)에 태산이 구름 같은지라. 뉘 능히 당할 자 있으리오.

종일토록 가되 인가 없고 유숙할 곳이 없어 말을 이끌고 의의(椅椅)한 석경(石徑)을 만져 지향 없이 가더니, 개 소리 들리거늘 반겨 찾아가니 수삼 호(戶) 인가에 솔불을 밝히고 농업 말을 의논하거늘, 시문(柴門)을 두드려 주인을 찾으니, 한 노옹이 나와 맞아 객실에 들어가 주객지례(主客之禮)를 하고 그 집을 살펴보니 빈집이어늘, 노옹더러 문 왈,

"이 집이 어찌 비었나이까?"

노옹이 대 왈,

"돌아가는 손이 오면 유숙할 데 없어 이 집을 지어 과객을 머물게 하였나이다"

하고 석반을 재촉하여 올리거늘 밥을 먹고 등촉을 밝히고 병서를 보더니, 삼경이 못하여 한 절대 미인이 녹의홍상(綠衣紅裳)에 월패(月牌)[1]를 차고 들어와 뵈오니 짐짓 절대 가인이라. 문 왈,

"네 어인 계집이 깊은 밤에 남자를 찾아다니느냐?"

그 미인이 답 왈,

"첩은 이 마을에 있삽더니, 장군 행차 적막하옵기로 위로코자 왔나이다"

하거늘, 분명히 귀신인 줄을 알고 축귀문(逐鬼文)을 외니 그

---

1) 달 모양으로 되거나 달을 그린 패.

미인이 과연 울고 나가거늘, 웅이 마음이 산란하여 잠을 이루지 못하여 병서를 외더니, 삼경 후에 광풍이 대작하여 사석(沙石)이 날리며 낚이 부러지며 천지가 뒤눕는 듯하며 문이 절로 닫치락 열치락 하거늘 웅이 마음이 놀라와 진정치 못하더니, 이윽하여 밖에 벽제(辟除) 소리¹⁾ 나며 한 대장이 들어오거늘, 보니 팔 척 장신에 엄심갑(掩心甲)²⁾을 입고 삼척검을 높이 들고 완연히 서안(書案)을 빗겨 앉거늘³⁾, 한 번 보매 다시 보기 어려운지라. 웅이 눈을 부릅뜨고 칼을 빼어 서안을 치며 우레 같은 소리를 벽력같이 질러 왈,

"사불범정(邪不犯正)⁴⁾이어늘 네 어인 흉귀(凶鬼)관데 당돌히 대장부 좌전에 들어오느냐?"

하니, 그 장군이 놀라 일어 멀리 앉거늘, 다시 고함하며 칼을 들고 냅다 치니 그 장군이 대경하여 도망하거늘, 웅이 심신이 산란하여 잠을 이루지 못하여 촉하(燭下)에 앉았더니 이윽하여 한 사람이 정관(正官) 도복에 흑대(黑帶)를 띠고 들어와 뵈거늘, 웅이 답례하고 문 왈,

"어두운 심야에 인신(人神)을 자별(自別)치 못하거니와, 무슨 소회 있어 심야에 왔나이까?"

그 선비 대 왈,

"나는 본디 호연(浩然)한 사람으로, 관서(關西)에서 약간

---

1) 존귀한 이의 행차에 별배(別陪)가 여러 사람의 통행을 금하여 길을 치울 때 "에라, 게 들어섰거라" 하고 외치는 소리.
2) 가슴을 가리는 갑옷.
3) 책상에 기대 앉거늘.
4) 바르지 못한 것이 바른 것을 감히 범하지 못함.

장략(將略)이 있어 전장에 다니옵더니, 마침내 뜻을 이루지 못하고 인하여 황량지객(荒凉之客)[1]이 되었사오니 어찌 원이 없사오리까. 아까 갑옷 입고 뵈옵기는 장군의 장략(將略)을 보려 하였삽거니와, 의외에 장군의 행차를 만나오니 이는 나의 설원지추(雪冤之秋)[2]라. 어찌 즐겁지 아니하리이까. 그 미인은 나의 평생 사랑하는 총첩(寵妾)이라"
하며 문을 열고 미인을 부르니, 그 미인이 갑주(甲胄)와 삼척검을 안고 들어와 앉으니 그 선비 왈,

"이 갑주와 칼로 성공하와 소장의 적년포원(積年抱冤)을 씻어 주시면 은혜 백골난망이라. 돌아오시는 길에 옷과 칼을 무덤 앞에 묻어 주소서"
하고 미인과 한가지로 일어나 하직하고 가거늘, 웅이 괴이히 여겨 날 새기를 기다려 보니, 순금 갑주와 삼척 장검이 놓였거늘 노옹을 불러 문 왈,

"근처에 무슨 무덤이 있느냐?"

노옹이 답 왈,

"촌 뒤에 옛 장수의 무덤이 있나이다"
하거늘, 나아가 보니 무덤 앞에 비를 세웠으되, '관서장군황달지묘(關西將軍黃達之墓)'라 하고 좌하 작은 무덤이 있으되 '위부인월랑지묘(魏夫人月娘之墓)'라 하였거늘, 웅이 마음에 긍측(矜惻)하여 갑주와 칼을 가지고 위국을 향하니 마음에 날개를 얻은 듯하더라.

---

1) 죽어 무덤에 있는 사람. 귀신.
2) 원통함을 풀어 없애야 하는 긴박한 시기.

수일 만에 위국에 이르니 백리 사장에 진을 쳤으되, 서번은 태산(太山)을 등지고 진을 치고 위국은 대강(大江)을 등져 진을 쳤거늘, 서번의 진세를 보니 굳기 철통 같고 장수 많은지라. 대진(對陣) 일삭에 날마다 서번이 승전하고 위국은 대패하여 존망이 조석에 있는지라.

 진전(陣前)에 안개 자욱하며 양진이 합전하거늘, 보니 용이 여의주를 다투는 듯 십여 합에 번장(蕃將)의 칼이 번득하며 위장(魏將)의 머리 떨어지니, 번장이 승승(乘勝)하여 진전에 횡행(橫行)하며 외쳐 왈,

 "위장은 빨리 나와 칼을 받으라"
하는 소리 양진중에 진동하니, 위진 형세 가장 급하여 장수 하나도 없고 군사 진력(盡力)하여 당할 자 없는지라.

 위왕이 통곡하며 항서(降書)를 써 후군장(後軍將)을 주어 보내니, 번장이 진전에 횡행하다가 후군장을 보고 달려드니 후군장이 황겁하여 항서를 급히 올리니, 번장이 항서를 보고 대로 왈,

 "네 왕이 앉아서 당돌히 항서를 보내고 목을 들이지 아니하니 가장 절통하니 우선 네 머리를 베어 분을 씻으리라"
하고 칼을 날려 한 번 빛나며 후군장의 머리 마하(馬下)에 내려지니, 번장이 칼로 꿰어 들고 춤추며 진전에 횡행하니, 위왕이 아무리 할 줄 몰라 자결코자 하는지라.

 조웅이 보다가 분기충천하여 갑주를 갖추고 삼척검을 빗겨 들고 천리준총 위에 표연히 앉아, 나는 듯이 진중에 들어가 우레 같은 소리를 벽력같이 외쳐 왈,

 "번장은 빨리 나와 내 칼을 받으라"

하는 소리 천지 진동하니, 양진 장졸이 황겁하여 수족을 놀리지 못하는지라.

바로 번진을 향하여 대전하니, 수합이 못 하여 조웅의 칼이 공중에 빛나며 번장의 머리 마하에 떨어지거늘 머리를 꿰어 들고 춤추며 위진으로 나는 듯이 오니, 위왕이 장대(將臺)에서 보다가 뜻밖에 난데없는 장군이 나타나 번장의 머리를 베어 들고 나는 듯이 본진으로 들어오거늘, 실로 꿈 같은지라.

극히 괴이하여 바삐 나와 맞아 장대에 올려 앉히고 황망히 치하를 무수히 하는지라. 웅이 대하(臺下)에 내려 복지 청죄 왈,

"소장이 영외지인(營外之人)으로 당돌히 진중에 와 불고참장(不告斬將)하였사오니 이 죄를 당하여지이다."

위왕이 치사 왈,

"과인이 지각이 없사와 장군을 멀리 맞아 오지 못하고 과인의 잔명(殘命)이 오늘날 진(盡)하게 되었더니 천만 몽외에 장군이 와 목숨을 보전하오니, 바라옵건대 장군의 거주와 존호를 알아지이다."

웅이 다시 복지하여 자초 근본을 자상히 주달하니, 왕이 대경실색하여 웅의 손을 잡고 자탄 왈,

"장군의 부친은 곧 과인의 죽마고우(竹馬故友)라. 이제 그대를 보니 벗을 대면한 듯, 일변 반갑고 일변은 어찌 슬프지 아니하리요"

하고 다시 문 왈,

"대국 소식을 모른 지 오랜지라. 어디서 이리 오며 대국

소식을 대강 설화하라."

 웅이 눈물을 흘리며, 이두병이 송을 명하고 천자 되어 송 태자 태산부 계량도에 안치한 사연과 모자 망명하여 다니는 곡절 아뢰니, 위왕이 듣고 기색(氣塞)하여 엎어지니 좌우 제신이 구하매, 왕이 진정하여 대국을 향하여 사배 통곡하니, 그 충성이 본디 거룩한지라.

 웅이 위로 왈,

"아직 대사를 당하와 도적을 패치 못하였사오니, 평국(平國)하온 후에 종차(從此)하올 사정이 많으오니 너무 슬퍼 말으소서."

 위왕이 정신을 진정하여 승전할 모책을 의논하더라.

 이적 번왕이 대경 왈,

"그 장수 어떠한 사람이뇨? 창법을 보니 실로 범상한 인물이 아니라, 어찌 근심치 아니하리요."

 맹상이 출반하여 크게 소리하여 왈,

"그 장수의 머리는 소장의 칼 끝에 달렸사오니 전하는 용려(用慮)치 말으소서"

하고, 언파(言罷)에 정창출마(挺槍出馬)하여 진 밖에 내달아 외쳐 왈,

"적장은 빨리 나와 나의 날랜 칼을 받으라"

하니 웅이 즉시 말에 올라 칼을 들고 접전하니, 이는 맹호출림지상(猛虎出林之象)이라. 십 합이 못 하여 조웅의 칼이 번득하며 번장의 머리 마하에 떨어지거늘, 칼을 춤추며 진전에 횡행하며 대호(大呼) 왈,

"번왕은 바삐 나와 항복하라. 만일 더디면 네 머리를 베어

천하를 평정하리라"

하는 소리 우레 같으니, 번진 장졸이 황겁하여 아무리 할 줄을 모르더라.

웅이 본진으로 돌아오니 위왕이 못내 사랑하여 행여 상할까 염려하더라.

이적에 번왕 대경실색 왈,

"저 장수를 어찌하여야 사로잡으리요?"

미필(未畢)[1]에 좌장군 이황이 출반 주 왈,

"명일은 소장이 나가 적장을 사로잡아 오리이다"

하더라.

이때에 위왕이 조웅을 봉하여 대원수(大元帥)를 삼고 대장기(大將旗)를 고쳐 금자로 '대국충신위국대원수(大國忠臣魏國大元帥)'라 쓰더라.

명일에 원수 대장기를 진 밖에 세우고 정창출마하여 번진을 향하여 외쳐 왈,

"번장은 빨리 나와 목을 늘이라"

하는 소리 천지 진동하는지라.

번장 이황이 응성(應聲) 출마하여 합전할새, 사서이 날리며 안개 자욱하여 양진을 분별치 못하더니, 뒤에서 또 한 장수 고함을 지르고 내달으니 이는 동두철액(銅頭鐵額)[2]이라. 뉘 능히 당하리요. 말을 놓아 합세하여 접전할새, 쌍룡이 여의주를 다툼 같아서 삼 장(三將)을 분별치 못하더라.

---

1) 말이 다 끝나기도 전에.
2) 성질이 모질고 거만한 사람. 동두철신(銅頭鐵身).

수십여 합에 승부를 결단치 못하더니, 칼이 중천(中天)에 빛나며 한 장수 머리 공중에 떨어지거늘, 양진이 다투어 보니 이는 번장 이황이라. 위진이 승승하여 짓쳐 들어가니 고각(鼓角)과 함성(喊聲) 천지 진동하며, 또 칼이 번듯하며 한 장수 머리 마하에 떨어지거늘, 보니 또한 번장의 머리라. 위진이 더욱 승세하여 승전고를 울리며 쳐들어가니 뉘 능히 당하리요. 원수 양장의 머리를 베매 승승하여 삼척검을 높이 들고 번진을 향하여 말을 놓아 무인지경(無人之境)같이 번진으로 가서 수문장을 베어 문기(門旗)에 달고, 좌충우돌(左衝右突)하는 이는 사람이 아니요 천신(天神) 같아서 주검이 뫼같이 쌓이고 서로 밟혀 죽는 자 무수한지라. 번진 장졸이 견디지 못하여 다 도망하고 번왕이 또한 변복(變服)하고 도망거늘, 남은 장수를 결박하여 본진으로 돌아오니 위왕이 진문에 나와 원수의 손을 잡고 장대에 올라 무수히 칭찬하니, 원수 복지 주 왈,

　"이는 다 전하의 넓으신 덕이로소이다"

위로하고 물러와 중군에 와 분부하여 번진에 가 군량 군기를 다 거두어 오라 하고, 결박한 번장 십사 인을 나입(拿入)하여 수죄(數罪)하고 분부 왈,

　"너희를 다 죽일 것이로되 살려 보내니, 돌아가 네 왕더러 일후는 범람(汎濫)한 뜻을 생각도 말라 하라"

하고 분부 왈,

　"돌아가라"

하고 이마에 '패군장(敗軍將)'이라 새겨 방출(放出)하니, 십사 인이 살아 감을 치사하고 울며 돌아가더라.

위장이 중군에 분부하여 대연을 배설하고 군사를 제제(第
第)이 앉히고 호궤(犒饋)¹⁾할새, 왕이 자탄 왈,

"원수를 일찍 만났던들 장수 하나도 죽이지 아니하였을
것을, 먼저 팔 장을 죽였으니 그 혼백이 불쌍하도다"
하니 원수 위로 왈,

"막비운수(莫非運數)¹⁾라. 하온들 어찌하리이까. 팔 장의
혼백이나 위로하사이다"
하고, 등신(等神)³⁾을 만들어 좌차(坐次)에 앉히고 승전고를
울리며 등신 앞에 술을 부어 차례로 위로하니, 술잔이 절로
마르고 좌차가 움직이는지라. 일진 장졸이 주육을 포식하고
취하여 혹 춤추며 노래도 부르며 원수께 치하를 무수히 하
니, 팔 장의 등신도 몸을 움직여 즐기는 듯하더라.

잔치를 파하고 원수 위왕을 모시고 행군하여 본국으로 돌
아올새, 위엄이 추상 같고 승기(勝氣) 등등하더라.

번양 땅에 이르러 태산을 등지고 유진(留陣)하고 중군에
분부하여 군사를 편히 쉬라 하고, 경개 절승하거늘 원수 총
독장(總督將)과 유진장(留陣將)을 데리고 산중에 들어 구경
하여 한 곳에 이르니 날이 황혼이라. 화광이 등천하고 여러
사람의 들레는 소리 들리거늘, 원수 양장이 놀라 가만히 수
풀에 의지하여 살펴보니 이는 번진 장졸이 각각 도망하였다
가 이곳에 와 모였는지라. 번왕이 왈,

"군중은 들레지 마라. 위진이 산하에 유진하였으니 알면

---

1) 음식을 베풀어 군사를 위로함.
2) 모든 게 다 운수에 달려 있음.
3) 쇠·돌·풀·흙·나무 같은 것으로 만든 사람의 형상.

대환을 당할 것이오. 위군이 곤비(困憊)하여 마음을 놓고 반드시 잠을 깊이 잘 것이니, 밤든 후 바로 장대에 들어가면 위왕과 조 원수 잡기는 우물에 든 고기라"
하고 암령(暗令)으로 군중에 지휘하되,
"만일 위명(違命)하는 자는 군법으로 시행하리라"
하거늘, 원수가 그 거동을 보니 일변 가소롭고 일변 분하여 데려온 양장에게 분부하여 이리이리 하라 하니, 양장이 영을 듣고 진중에 돌아와 신(信)을 전하고 원수께 보(報)하니, 원수 갑주를 갖추고 칼을 들고 말에 올라 방포일성(放砲一聲)에 좌우 복병이 일시에 달려들어 번진을 둘러싸고 호령하여 바삐 번왕을 묶으라 하는 소리 진동하니, 번왕이 실색하여 피치 못하여 사로잡히고 제장은 결박당하니, 군사들은 도망하여 서로 밟히어 죽는 자 태반이라.

　원수 번왕과 번장을 마두(馬頭)에 세우고 본진으로 돌아오니, 십만 군졸이 다 놀라고 위왕이 또한 잠을 깊이 들었다가 훤화(喧譁)[1]하는 소리에 놀라 깨어 원수를 부르니, 원수 들어와 복지하니 왕이 문 왈,

"군중이 어찌 요란하뇨?"

원수 주 왈,

"달이 밝삽고 일기 서늘하오니 군사들이 밥을 지어 먹는 소리옵고, 아까 이리이리하와 번왕과 번장 십사 인을 잡아 밖에 대령하였나이다."

위왕이 대경대희 왈,

---

1) 지껄여 떠듦.

"이런 신기하고 장한 일이 어디 있으리요."

칭찬 불이(不已)하여 천명(天命)의 위엄을 베풀고 번왕과 번장을 잡아 군중에 효시(梟示)[1] 하고 영을 내려 번왕을 소시(燒弑)하라 하니, 번왕이 울며 애걸 왈,

"이두병이 대국을 찬역(簒逆)하여 천자 되었사오니, 공분지심(公憤之心)은 온 천하 일반이오매, 소신도 과연 이두병을 쳐 멸하고 대국을 회복코자 하였사온데 오늘날 대왕께서 중원을 회복코자 하니, 소신을 살려 주옵시면 다시 군사를 정제하와 일면(一面)을 돕사와 대국을 회복하옴을 천만 바라나이다"

하고 개개 애걸하니, 위왕과 원수 번왕의 거동을 보니 일이 그러할 듯하여 특별히 관서(寬恕)하여 항서를 받고 분부 왈,

"너를 응당 죽일 것이로되 십분 참작하여 특방(特放)하는 것이니, 네 돌아가 위국을 저버리지 말라"

하고 방출하니, 번왕이 고두백배 치사하고 가니라.

이때 위왕이 환궁하시니 장안 백성이 백 리 밖에 나와 만세를 부르며 각각 친척을 찾아 즐기는 소리 원근에 진동하더라.

환궁 삼 일에 대연(大宴)을 정서문에 배설하고 장졸 호궤와 상벌을 원수 자단(自斷)하여 하라 하시니, 원수 정서문에 좌기(坐起)하여 군위(軍威)를 정제하고 호궤와 상벌을 고르게 하니, 한 사람도 원망할 이 없고 다 송덕(頌德)을 하는 소리 자자한지라. 잔치를 파하매 방포 일성에 금고(金鼓)를 울

---

1) 목을 베어 경계하는 뜻으로 뭇사람에게 보임.

려 군사를 놓을새, 원수 분부 왈,

"너희 군졸들아, 각각 돌아가 잘 쉬라"

하니, 삼만 군사 일시에 일어나 가기를 잊고 고두하여 원수의 공덕을 무수히 치하하고, 혹 춤추며 뛰놀아 즐겨 돌아가더라.

원수 위왕께 아뢰니 왕이 문무 제신과 더불어 원수의 공을 의논하여 왈,

"나라는 한 사람의 나라가 아니요 과인의 연광이 늙어 정신이 점쇠하니, 이제 위국 옥새를 원수에게 전코자 하노라"

한대, 원수 황공 복지 왈,

"신은 이곳에 있을 터가 못 되오니, 어찌 부귀를 탐하여 고국을 배반하리이까. 신의 공은 의논치 말으소서"

하고 인하여 하직하여 왈,

"소장이 재둔질박(才鈍質樸)하오니 천우신조하옵고, 대왕의 덕택으로 다행히 승전하옵고 망친(亡親)의 고우(故友)를 만났사오니 부형을 뵈온 듯이 즐거우나, 편모를 객지에 두옵고 존망을 알지 못하오니 인자 도리에 어찌 일신들 잊으리요. 이제 태자 적소(謫所)로 가와 태자를 모시고 편모를 뵈오려 하오니, 다시 뵈올 기약을 정치 못하리로소이다."

왕이 더욱 놀라 왈,

"과인이 또한 한(恨)이 있도다. 함께 가 태자를 모셔 이리로 오리라"

하신대, 제신과 원수 주 왈,

"국내를 어찌 일신들 비우리까."

왕이 그러하와 원수더러 왈,

"사세(事勢)로 동행치 못하니 생전에 태자를 뵈오면 죽어 지하에 가 문제(文帝)께 군신지의(君臣之義)로 뵈오려니와, 그렇지 아니하면 어찌 신하라 하리요. 슬프다, 과인이 어찌 황명을 받고도 군신지의를 모르고 지내는가?"
하시고 태자 적소를 향하여 통곡하니, 원수와 제신이 위로 왈,
"진정하옵소서. 대국 소식이 없사오니 천만 보중하소서"
하고 만단 위로하니, 왕이 다시 원수에게 부탁 왈,
"태자 이제 가실 곳이 없삽는지라, 모시고 이리 와 대국을 흥복(興復)할 의논을 할 것이니, 부디 기약을 저버리지 말고 과인의 천지간 용납치 못할 불충지적(不忠之迹)을 면케 하라"
하고 입직(入直)한 정병 일천과 명장 수십 원(員)을 주어 왈,
"원로(遠路)에 연고를 알지 못하니 약간 장졸을 거느려 가라"
하니 원수 다행하여 치사 하직하고, 이 날 떠나 행군하여 송 태자 적소로 향하더라.

이때 장 진사 댁이 조웅을 이별한 후에 소식이 망연하니, 주야 근신하여 병이 되었는지라. 갈수록 위국 병란 소식을 들으며 병란에 죽어 소식이 없는가 더욱 민망하더니, 또 서번을 평정하였사오니 변방 백성들이 요동치 말라 하고 관자(關子)[1] 하였거늘, 부인과 소저 듣고 기꺼 왈,
"서번을 평정하였으면 행여 살아 소식이 있을까"

---

1) 상관(上官)이 하관(下官)에게, 또는 상급 관청이 하급 관청에게 보내는 공문서. 관문(關文).

하며 주야 기다리더니, 이적에 강호자사(江湖刺使) 상처하고 후취를 정치 못하였는지라. 강호는 위국 동방 변지(邊地)라 관자를 보고 성문을 통개(洞開)하여 수성(守城)하던 군사를 놓아 보내고 장차 구혼하더니, 장 소저의 부덕(婦德)과 자색(姿色)이 용타(聳他)[1]함을 듣고 유모를 보내어 장 소저 선부(善否)를 자상히 탐지하려 하고, 유모 장 진사 댁에 가 부인께 뵈옵고 여쭈오되,

"듣자오니 귀댁 규중의 숙녀 색덕을 포문(飽聞)하고 왔사오니 구경함을 바라나이다."

부인 왈,

"그릇 들었도다. 나는 미거한 여식을 두었으나 재둔질박한 중에 일생 포병(抱病)하여 호정행보(戶庭行步)를 못 하니 볼 것이 무엇 있으리요."

유모 대 왈,

"첩은 높이 들었사오니 잠간 구경하여이다."

부인이 마지못하여 시비를 불러 소저에게 언통(言通)하니, 소저 듣고 놀라 왈,

"병든 사람을 보자 하기 괴이하고 자리 여의치 못하니 어찌 대객하리요."

시비 나와 그대로 전하니 유모 구태여 보기를 청하거늘, 부인이 뇌각(牢却)[2]지 못하여 시비를 명하여 유모를 데리고 별당에 가라 하시니 시녀 유모를 인도하여 들어가니, 소저

---

1) 남보다 뛰어나게 빼어남.
2) 아주 물리침.

누워 글을 보다가 시비 유모 데리고 옴을 보고 놀라 왈,

"저는 어떠한 사람인고?"

시비 왈,

"아까 뵈오려 하던 손이로소이다."

소저 대로 왈,

"네 나를 볼 손이 있으면 통기(通寄)를 아니하고 불의에 데리고 들어오니 그런 도리 어디 있느뇨?"

종을 불러 시비를 잡아내어 달초(撻楚)[1]하여 물리치고 즉시 침금에 누우며 왈,

"나는 포병지인(抱病之人)이라, 오래 앉아 접객을 못 하나니 허물치 말라"

하고 침금으로 일신을 무릅쓰고 누워 있으니, 유모 한 말도 못 하고 무료(無聊)하나, 소저의 거동과 얼굴을 보니 진시 절대가인이요, 소리를 들으니 옥을 깨치는지라. 유모 대경하여 나와 부인께 무료한 사연을 여쭈오니, 부인이 왈,

"아이 미거하여 이미 망녕되기로 당초에 못 보게 함이니 허물치 말라"

하고, 시비를 명하여 약간 주찬(酒饌)을 대접하여 보내더라.

유모 돌아와 자사께 아뢰되,

"장 소저는 진실로 요조숙녀요 만고절색이요, 거동과 위의(威儀) 백태(百態) 구비하여이다."

자사 이 말을 듣고 크게 기꺼 즉시 청혼하니, 부인이 대경 왈,

"이를 어찌할꼬?"

---

1) 회초리로 볼기나 종아리를 침.

하니 소저 위로 왈,

"염려 말으시고 다른 데 벌써 정혼한 줄로 뇌각하소서."

부인 그 말대로 기별하니 자사 낙망하더니 유모 왈,

"저의 말이 정혼하였노라 하오니, 납폐(納幣)를 받았는가 아니 받았는가 그를 알아 보소서."

자사 옳이 여겨 납폐 여부를 물은대, 부인과 소저 더욱 놀라 기별하되, '납폐는 모일(某日)이요 길일(吉日)은 모일이라' 속여 기별하니, 자사 듣고 기꺼 왈,

"아직 납폐를 아니하였다 하니 납폐를 먼저 하면 임자로다"

하고 다시 기별하니,

"아직 납폐 전이라 하니, 납폐 전 규수는 임자 없으니 내 먼저 납폐하노라"

하고, '아무 날 납폐하고 길일은 아무 날이라' 하였거늘 부인이 경황하여 아무리 할 줄을 모르고, 소저는 분연(忿然)하여 대책 왈,

남녀간에 각각 정한 임자 있거늘, 납폐 전 규수는 임자 없다 하니, 이는 금수(禽獸)에 비치 못할 말이라. 형세(形勢)로 혼인을 겁탈하려 할 양이면, 세상에 무세(無勢)한 사람은 정한 배필을 얻지 못하랴. 세상에 이러한 일이 없으니 다시는 번거한 말을 말라.

하였거늘, 자사 견필(見畢)에 대로하여 잡아다가 죽이려 하더니, 유모의 말을 들어 소저를 사모하여 이 날 납폐를 갖추

어 보내어 왈,

"만일 혼인을 일향(一向) 거역하면 모녀를 잡아다가 장하(杖下)[1]에 죽이라"

하였거늘, 부인과 소저 대경실색하여 상사 난 집 같더라.

부인이 왈,

"이 일을 어찌하리요. 아마도 조 공자의 존망을 알지 못하고, 또한 자사의 형세를 어찌 당하리요. 이때 납폐를 퇴송(退送)하면 우리 모녀를 분명 죽일 것이니, 죽어도 아깝지 아니하거니와 무죄한 네 목숨 죽는 양을 내 죽은들 어찌 잊으리요"

하며 모녀 붙들고 통곡하니, 경상이 가련하여 일월이 무광하고 조수(鳥獸) 다 우는 듯하더라. 마지못하여 시비 매향으로 하여금 폐백(幣帛)을 가져다가 네 방에 두라 하고 주야 통곡하는지라.

세월이 무정하여 어느 사이에 혼일이 하룻밤을 지격(至隔)하였는지라. 자사 하인을 보내어서 진사 댁 문밖에 대연을 배설하고 명일에 행례(行禮)할 거동과 위의를 차리는지라.

이 날 밤에 소저 자결하려 하고 하늘을 우러러 통곡하다가, 홀연히 생각하니 부친 임종 시에 유서를 하여 소저를 주어 왈, "전두에 급한 일이 있을 것이니 그때를 당하거든 떼어 보고 그대로 하라" 하였거늘 즉시 유서를 떼어 보니 그 글에 하였으되;

---

1) 장형(杖刑)을 하는 자리.

네 분명 강호자사의 형세를 당치 못할 것이니 서강으로 가면 배 있을 것이니, 그 배를 타고 산양 땅 강선암으로 가면 구원할 사람이 있으리라.

하였더라.
　장소저 부친의 명감(明鑑)은 비할 데 없으나, 차소위(此所謂) 호사(好事)에 다마(多魔)로다.
　화설(話說)[1], 소저 견필에 일희일비하여 시비 가애를 불러 행장을 차려 급히 서강으로 나가, 값을 후히 주고 비선(飛船)을 잡아타고 이 날 밤 수로 삼백 리를 행하여, 날이 새매 배에서 내려 촌촌 전진하여 강선암을 찾아가니, 청산 기암은 첩첩이 둘러 있고 간수(澗水)[2]는 잔잔하여 골골에 흐르나니, 진시 절승 강산이요 각별한 천지라.
　문득 석경(石磬) 소리 들리거늘 절인 줄 알고 반겨 석문에 다다르니, 법당은 규연(巋然)하고[3] 좌우에 익랑(翼廊)[4]을 웅장히 지어 단청이 황홀한지라.
　석경을 높이 치니 중들이 모여 석반(夕飯)이 방장(方將)[5] 이어늘, 모양과 거동을 살펴보니 성용(聲容)이 단정하고 위의가 헌앙(軒昻)하며 모양이 순박하여 세상 범승(凡僧)과 크게 다른지라. 객탑(客榻)[6]에 앉아 경물(景物)을 구경하니 마

---

1) 중국식 소설에서 이야기를 시작할 때 쓰는 말.
2) 골짜기에서 흐르는 물.
3) 높이 솟아 우뚝함.
4) 문의 좌우편에 잇대어 지은 행랑.
5) 방금.
6) 손님을 위한 자리.

음이 쇄락(灑落)¹⁾ 한지라.

제승이 나와 소저의 거동과 인물을 보고 놀래어 왈,

"어디 계시며, 이곳이 산고곡심(山高谷深)하와 행인이 임의로 출입치 못하옵는데, 저렇듯 약하신 기질로 어찌 찾아오시니까?"

소저 대 왈,

"가화(家禍) 공참(孔慘)²⁾ 하와 위국 강호 땅에 사옵더니, 병란에 부모를 잃삽고 지처 없이 다니옵다가 천행으로 이곳에 왔사오니, 바라옵건대 존승(尊僧) 등은 잔명을 구제하옵소서."

중들이 잔잉히 여겨 대사와 부인께 여쭈오되,

"위국 강호 땅에 있노라 하고 여인들이 왔사오니, 얼굴과 자태 만고절색이라. 소승들이 열국으로 두루 다니며 여러 천만 인을 보았사온데 이러한 인물은 처음이로소이다."

부인이 왈,

"이리 데려오라."

그 중이 즉시 데려왔거늘, 보니 과연 경국지색(傾國之色)³⁾이요 형용이 범상한 사람이 아니어늘, 마음에 극히 사랑하여 나아가 손을 잡고 위로 왈,

"이런 연소 행색(行色)이 어찌 이곳을 찾아왔는고. 바삐 묻나니 위국 땅에 있다 하니 이번 병란 승패를 아는가?"

---

1) 기분이 시원하고 깨끗함.
2) 매우 참혹함.
3) 나라 으뜸의 미인. 임금이 혹하여 나라가 뒤집혀져도 모를 만큼 뛰어난 미인.

소저 일어 절하고 염용(斂容)[1] 대 왈,

"오다가 듣사오니 서번이 패하고 위국이 승전하였다 하여이다."

부인과 월경대사 이 말을 듣고 기꺼 공자 살아올까 적이 근심을 덜고 기다리는지라. 장 소저 왈,

"이곳을 보니 세상 사람이 졸연(卒然)히 출입키 어렵사오되 부인은 어찌 홀로 계시니까?"

왕 부인이 탄 왈,

"나는 가화로 피접(避接)하여 있노라."

월경대사 소저를 자세히 보다가 문 왈,

"소저의 모양을 보오니 가취(嫁娶)를 하신가 싶으오니 아지 못게라. 어떠하신 문벌에 출가하시며 가문도 난중에 잃어 계시니까?"

소저 대 왈,

"아직 음양을 알지 못하오니 어찌 낭군이 있사오리까?"

월경이 내념(內念)에 괴이히 여기나, 소저 기이기[2]로 다시는 묻지 못하고 부인더러 왈,

"그 처자를 보오니 세상에는 다시 없을 듯하와, 강호 장 소저를 보지 못하였삽거니와 어찌 이에 미치리까. 그러하오나 문명(門名)[3]을 정한가 싶으오되 종내 기정(欺情)[4]함이 이렇

---

1) 몸가짐을 단정히 함.
2) 속이다.
3) 혼인을 정한 여자의 장래 운수를 점칠 때 그 어머니의 이름을 물음. 여기서는 '혼인'의 뜻으로 쓰임.
4) 겉으로만 꾸미고 속은 드러내지 않음

듯 하오니, 혹 창녀(娼女)인가 하와 살펴보온즉 창녀 아니요, 풍우에 놀란 옥섬(玉蟾)이 계수낡을 찾아온 거동이라 이 아니 장 소전가. 장 소저 아니면 다시 저런 절색이 없사올 것이니, 벅벅이 장 소전가 하오이다."

부인이 왈,

"장소저는 보지 못하였거니와, 저렇게 다닐 사람이 아닌가 하나이다."

대사 소(笑) 왈,

"사람의 팔자를 어찌 알리요. 부인은 어찌 이리 와 계시나이까?"

부인이 역시 미소하더라.

이 날부터 소저 부인과 한가지로 머물새, 시시로 나와 멀리 바라보며 체읍하거늘, 부인이 위로하여 왈,

"이 또한 운수니 너무 슬퍼 말라"

하며 이렇듯 세월을 보내더니, 일일은 부인이 소저와 월경을 데리고 한가지로 말씀하다가 왈,

"내 들으니 강호 장 소저는 절대가인이라 하되, 내 소견에는 아마도 그대에게 지나지 못할까 하노라."

소저 내념에 공경(恐驚) 왈,

"어찌 장 소저를 알으시나이까?"

부인 왈,

"내 일찍 들었거니와, 소저는 장 소저를 아느냐?"

소저 대 왈,

"규중 여자 어찌 남의 집 처자를 알리이까"

하며 내념에 괴이히 여기고, 부인도 소저의 진적(眞迹)을 몰

라 호의(狐疑)[1]하더니, 일일은 장 소저 명월을 대하여 수회를 이기지 못하여 행장의 무엇을 내어 물전(物前)에 놓고 이윽히 축원하거늘, 부인이 가만히 들으니 소저 불전(佛前)에 분향 재배하고 축원하여 왈,

"부모와 낭군을 이리 만나 보옵게 산령지하(山靈之下)에 아뢰나이다"

하고, 무수히 발원하며 슬퍼하다가 흔적을 감추고 나오거늘, 부인이 괴이히 여겨 월경더러 그 일을 설화하니, 월경 왈,

"그 여자 분명 낭군이 있으되 일양(一樣) 기정하니, 그 행장을 보면 가고(可考)할 것이 있으리이다"

하고 의논하더라.

일일은 소저 시비를 데리고 목욕탕에 가 목욕하거늘, 부인과 월경이 소저의 행장을 펴 보니 다른 것은 고사하고 한 자루 부채 있거늘, 자세히 보니 과연 공자의 부채라. 부채에 풍월을 썼으되, '장 소저를 신물(信物)로 주노라' 하고 '조웅은 서(書)하노라' 하였으니 다시 의심이 없어, 부인과 월경이 대희하여 부인이 월경대사더러 치사 왈,

"대사의 명감은 귀신도 측량치 못할 것이오이다. 이 사람이 무슨 연고로 행색이 이러한고. 기이한 일이나이다"

하며 둘이 수작하더니, 소저 들어와 부인을 보니 희색이 만안(滿顏)하거늘, 소저 문 왈,

"희색이 상안(上顏)에 천연히 나타나오니 무슨 즐거운 일이 있나이까?"

---

1) 깊이 의심함.

부인 왈,

"자식을 난중에 보내고 사생을 알지 못하더니, 아까 대사를 모시고 불전에 정성으로 발원하여 소식을 들으니 과연 즐거운 마음이 있도다."

소저 역시 자식을 난중에 보냈단 말을 듣고 일변 괴이히 여기고 일변 반가운 마음이 중심에 나는지라, 소저 문 왈,

"어찌 소식을 알았나이까?"

부인이 왈,

"이 절 불상은 각별 신령하여 정성이 지극하면 소원을 다 가르치나니, 소저도 무슨 소원이 있거든 정성으로 대사를 모시고 불전에 가 발원하라."

소저 즉시 기꺼 행장을 내어 무엇을 찾다가 대경실색하거늘, 부인이 거짓 놀래어 문 왈,

"무엇이 없느냐?"

소저 정색 대 왈,

"행장에 신물을 두었삽더니 없사오매 가장 괴이하여이다."

부인이 왈,

"잃은 것이 부모의 신물이냐?"

소저 묵묵부답(默默不答)하고 눈물이 솟아 옥면에 흐르는지라. 시비 곁에 있다가 종시 속이지 못하여 여쭈어 가로되,

"과연 소저 낭군을 처음 만나와 즉시 이별하올 제, 낭군이 주고 가신 신물이로소이다"

하거늘, 부인이 그제야 비회를 이기지 못하여 소저의 손을 잡고 가로되,

"네 분명 장 소저면 장 소저는 나의 자부(子婦)라"
하시며 부채를 내어 주며 왈,

"이 부채는 자식 웅의 부채라. 연전에 강호 왕래할 때에 장 진사 댁 아랑(兒郞)이 되었노라 하고 네 말을 하되, 생전에 보지 못하고 죽을까 주야 한이 되었더니, 오늘날 이리 만날 줄이야 꿈에나 뜻하였으리요"
하며, 반갑고 사랑하온 마음을 어찌 다 측량하리요.

소저도 내념에 절로 의혹이 있다가, 그제야 쾌이 파혹(破惑)하고 일어나 재배 왈,

"객리에 모친을 두시단 말씀을 들었삽더니, 이곳에 계신 줄을 어찌 알았으리까"
하며 비회를 이기지 못하거늘, 부인이 다시 문 왈,

"나는 팔자 기박하여 이리 와 머물거니와, 너는 무슨 연고로 이곳에 이르렀느뇨?"

소저 비회를 그치고 처음 공자 만나던 말씀이며, 중간에 병 고치던 사연과, 여차여차하여 도망하여 나오던 말씀을 자세히 여쭈오니, 부인과 제승들이 듣고 못내 기특히 여겨, 이 날부터 고부지례(姑婦之禮)를 차려 부인 섬기기를 지성으로 하니 그 효행은 비할 데 없더라.

각설이라. 이적에 조 원수 태자 적소로 향할새 관서로 선문(先文)[1]을 놓고 가니, 소경(少頃)[2] 열읍(列邑)이 경동(驚動)치 아니할 이 없어, 자사(刺史)며 수령(守令)들이 길에

---

1) 벼슬아치가 지방 출장할 때에 도착할 날짜를 그곳에 미리 통지하는 공문.
2) 잠시 지나는 동안.

나열하여 영송(迎送)하더라.

관서에 다다라 성중에 숙소를 정하라 하고, 황 장군(黃將軍) 분묘를 정히 소쇄하고,

"제물을 정비하여 산하로 대령하라."

본관에 분부하고 원수 친히 제문 지어 제할새, 기치(旗幟)와 창검(槍劍)은 방위(方位)에 나열하고 향촉을 배설하여 삼경 일점(一點)에 제할새, 갑주와 칼을 묘하에 묻으려 하니 석함(石函)이 있거늘 함에 넣고 묻고, 일성방포에 고각함성과 승전고를 울리며 궁시를 방사(放射)하니, 이윽하여 찬바람이 일어나며 오방기치(五方旗幟) 아래 난데없는 신장(神將)이 엄심갑을 입고 손에 삼척검을 들고 언연(偃然)히 섰으니, 위풍이 늠름하고 기상이 설상(雪霜) 같아서 기치·검극(劍戟)을 굽히는 듯하며, 제주(祭酒) 수삼 배 없는지라.

제를 파한 후에 중군에 분부하여 군사를 호궤(犒饋)하라 하고, 숙소에 나와 등촉을 밝히고 병서를 보더니, 삼경이 지난 후에 황 장군이 문밖에 납명(納名)하고 들어와 뵈거늘, 원수 일어나 답배하고 왈,

"유명(幽冥)이 비록 다르나 정의야 어찌 범연(泛然)하리요. 장군의 신기하심을 힘입어 위국을 승전하였으니, 어찌 신령하심이 장(壯)치 아니하리까."

신장이 배사 왈,

"장군의 위덕으로 생전사후(生前死後) 적체지원(積滯之怨)을 갚아 주시니 상쾌하온 은혜 백골난망이요, 묘하에 군위(軍威)를 베풀어 나의 혼백을 위로하시고 또 주육(酒肉)으로 제하시기로 포식하와 기갈을 면하오니 더욱 감격무지오

며, 소장의 분묘를 소쇄(掃灑)하여 주시니 역려건곤(逆旅乾坤)[1]이라 잠신들 어찌 잊사오리까. 떠나옵기 훌훌하오나 유명이 현수(懸殊)[2]하여 진세(塵世)에 오래 머물지 못하와 하직하오니, 대송(大宋)을 회복하옵셔 빛난 이름을 천추에 유전하옵소서"
하고 나가거늘, 원수 마음에 항복하고 이튿날 벽촌 백성을 불러 분부 왈,
"저 분묘를 착실히 수호하라. 이 앞에 춘추로 제향(祭享)하리라"
하고, 이 날 길을 떠나 여러 날 만에 관산에 이르니, 산하에 유진(留陣)하고 필마로 산중에 들어가니 경물은 의잔(依殘)하고 석문이 열렸거늘 들어가니 초당이 적막하여 인적이 없거늘, 괴이히 여겨 두루 살펴보니 예 보던 것이 없고 집이 다 퇴락(頹落)하여 빈 지 오랜지라. 마음이 낙막하여 처량함을 측량치 못할러라.

무심한 백운은 석상에 은은하고 유정한 잔나비는 슬피 울어 객회를 돕는지라. 슬픈 마음을 이기지 못하여 공중을 향하여 무수히 탄식하며 대암(大巖)에 올라가니, 벽상에 예 없던 글이 있거늘, 마음에 괴이히 여겨 내려가 보니 기서(其書)에 하였으되,

　　華山道士適期返

---

1) 마치 여관과 같은 이 세상.
2) 현격히 다름.

從今江湖滿關山
汶汶天地未盡笑
快傑相逢有何間
화산도사는 언제나 돌아오려나
아침에 금강호요, 저녁에 관산이라.
이 세상 천지에 웃음이 다했으니.
즐거이 만날 날 그 어느 때리요.

　원수 보기를 다하매 대경실색하여 무수히 체읍 탄식하고 내려와 제군을 거느려, "강호로 선문 놓고 장 진사 댁에 사처(私處)[1]하라" 하니라.
　이적에 강호자사 선문을 보고 대경황겁하여 아무리 할 줄을 몰라, 진사 댁 일을 엄적(掩迹)할 길이 없어 하인을 시켜 이리저리하라 하니, 하인이 마주 나가 원수께 아뢰되,
　"장 진사 댁이 살인을 하와 소저는 도망하옵고 부인은 수금(囚禁)하였삽기로, 그 댁에 사처를 못 하와 객사에 사처를 하였나이다"
아뢰니, 원수 대경하여 급히 객사(客舍)에 좌기(坐起)하고 즉시 분부하여 "옥수(獄囚)를 물론죄기경중(勿論罪其輕重)[2]하고 다 올리라" 하니, 강호 부중이 경황하여 물 끓듯 하는지라.
　죄인을 다 올리니 백여 인이라. 원수 차례로 죄목을 다 물

---

1) 사사로이 지낼 곳을 마련함.
2) 그 죄의 무겁고 가벼움을 따지지 말고.

으니, 다 지극 원통한 중에 부인이 연연약질(軟軟弱質)에 큰 칼을 쓰고 앉았으니, 그 잔잉한 거동을 차마 보지 못할러라. 가까이 앉히고 죄목을 물은즉 말을 못 하고 품에서 원정(原情)을 내어 올리거늘, 보니 놀라운 마음이 울적하여 정신이 아득한지라. 급히 분부하여 해가(解枷)[1]하여 부인 댁 노복을 불러 "부인을 댁으로 모시라" 하고, 그 남은 죄인은 "다 무죄하니 방송하라" 하니, 백여 명 죄인이 다 일어나 고두사례하고 춤추며 즐겨하는 소리 진동하더라.

원수 군사를 호령하여 "강호자사를 결박 나입하라." 재촉이 성화 같은지라. 군사 일시에 고함하고 내달아 좌사를 결박하여 족불리지(足不履地)[2] 하게 잡아들이니, 원수 대로하여 낱낱이 수죄하여 왈,

"네 국록지신(國祿之臣)으로 불측한 죄를 지었으니 내 아무리 살리고자 하여도 무가내하라"

하고 군중에 회시(回示)한 후에 처참(處斬)하고, 그 도 자사는 송(宋) 병장(兵將) 소연태(蘇連泰)로 하고 차의(此意)를 위왕께 주달하고 원수 진사 댁에 나아가니, 장원(牆垣)이 다 퇴락하고 가사소조(家舍蕭條)하여 볼 것이 없는지라. 부인께 뵈온대, 부인이 황공 감격하여 왈,

"대원수는 뉘시니까? 옥석(玉石)을 가리어 주시고 미천한 목숨을 살려 보내시니 감격하여이다."

원수 왈,

---

1) 칼을 풀어 줌.
2) 발이 땅에 닿지 않을 정도로 급히.

"부인이 옥중에 오래 고생하시매 정신이 없어 몰라보시도소이다. 소생은 부인 댁 은혜 끼친 조웅이로소이다."

부인이 그제야 그윽이 보다가 실색하여 원수의 손을 잡고 통곡하며 말을 못 하거늘, 원수 위로하며 전후 사정을 자세히 묻자오니, 부인이 정신을 진정하여 전후사를 설화하고,

"여아는 모월 모일에 시비가 에워 어디로 가온지 지금까지 거처를 몰라 사생을 알지 못하니, 이런 답답하고 서러운 일이 어디 있사오리까"
하며 무수히 통곡하니, 정상을 차마 보지 못할러라.

원수 이 말을 듣고 정신이 삭막한지라. 이윽이 진정하여 부인을 위로 왈,

"인명이 재천(在天)하고 생사는 유수(有數)하오니, 비록 종적이 없사오나 설마 죽사오리까"
하며,

"만나 보올 날이 있사올 것이니 너무 용려(用慮)치 말으소서. 소생이 아무쪼록 찾아 부인의 원을 풀게 하올 것이니, 소생과 한가지로 모친 계신 강선암으로 가사이다"
하고, 부인의 가정을 다 거느리고 이 날 선문 놓고 강선암으로 향할새 그 선문에 하였으되,

　　대국충신위국대원수(大國忠臣魏國大元帥) 겸 각도안찰어사 (各道按察御史) 조웅(趙雄)이라.

하였더라.

이적에 왕 부인이 소저와 월경대사와 그 선문을 보고 일경

일희(一驚一喜)하여 부인을 모시고 산정에 높이 올라 오는 양을 구경하더니, 이윽고 동구에 천병만마 덮어 들어오는데, 그 가운데 일원 소년 대장이 황금 갑주에 삼척검을 빗겨 들고 금안준마(錦鞍駿馬)에 뚜렷이 앉았으니, 황룡이 오운에 싸여 일월광(日月光)을 앗음 같은지라.

석문 밖에 유진하고 암당(庵堂)에 들어가니 제승이 부인을 모시고 원수를 맞을새, 부인이 원수를 붙들고 일희일비 왈,
"꿈이냐 생시냐, 네가 분명 웅이냐 아니냐?"
하며 여광여취(如狂如醉)하여 실성함 같은지라. 원수 위로 왈,
"모친은 정신을 수습하옵소서"
하며 붙들고 앉히며 위로하니, 부인이 정신을 진정하여 왈,
"너를 난중에 보내고 소식이 적조하니, 살아 돌아옴을 일신들 잊으리요. 대체 그때 일을 대강 설화하라"
한대 원수 다시 복지 주하되, 서번을 쳐 항복받고 위국을 도와 평정한 말씀이며, 대원수 되어 오는 길에 강호에 들렀더니 진사 댁이 환란을 만나 이러이러하옵거늘, 다른 옥수들도 통개옥문(通開獄門)하여 놓삽고 자사는 죄상이 거중(居重)하옵기로 처참하고, 장 소저는 도망하여 부지거처(不知居處)하옵기로 위 부인을 모셔오는 사연을 자상히 아뢰니, 부인과 월경이며 제승이 다 듣고 기꺼 칭찬하며 즐거워하더라.

부인이 왈,
"혈혈단신이 이렇듯이 귀히 와 나의 목전에 영화를 뵈니 귀함을 어찌 다 측량하며, 장 진사 댁 소식은 먼저 들었노라. 모월 모일에 장 소저 도망하여 이리 왔기로 내 서로 수회를

저겨 있고 서로 의지하여 있더니, 네 오늘날 사부인(査夫人)
을 모셔오니 이런 즐거움이 어디 있으리요"
하며 소저를 청하니, 소저 나가 위 부인 오심을 듣고 급급히
나오니, 위 부인이 소저를 안고 뒹굴며 통곡하니 즐거운 암
당이 도리어 비창한지라. 부인이 또한 위로 왈,

"모녀 상봉하였으니 이제야 무슨 근심이 있사오리까. 너
무 슬퍼 마옵소서."

위 부인이 정신을 차려 왈,

"경아, 네 죽어 혼이 왔느냐, 살아 육신이 왔느냐?"
하며, 보고 다시 보며 아마도 꿈인가 싶으다 하고 하 반겨하
며 하 슬퍼하니, 보는 사람이 뉘 아니 울리요.

소저 울음을 그치고 부인을 붙들고 위로 왈,

"모친은 천금귀체를 진중하소서. 천지간 불효막대하온 자
식을 위하여 이렇듯 슬퍼하시니 어찌 자식이라 하오리까마
는, 천우신조하와 오늘날 이리 만났사오니 복망 모친은 잠간
진중(鎭重)하옵소서"
하며 무수히 위로하니 부인이 진정하거늘, 원수 두 부인과
소저를 별당에로 모셔 그리던 정회(情懷)와 고생하던 말씀
을 밤이 맞도록 수작하며 못내 반기더라.

이튿날 원수 중군에 분부하여 군사를 편히 쉬이고, 각 도
열읍에서 받은 예단(禮緞)과 보화(寶貨)를 들이라 하니, 일
시에 실어 들이거늘 열두 수레라. 암당에 뫼같이 쌓고 원수
월경대사와 제승을 불러 왈,

"대사와 모든 존사의 은혜 실로 하해 같사오니, 공을 다
갚사올 길이 없는지라. 우선 약간 것으로 성(誠)을 표하나니

사중(寺中)에 두고 쓰소서"
하고 보화를 다 주니, 제승이 황감(惶感)하여 무수히 치사하더라.

 원수 두 부인과 소저를 강선암에 안류(安留)하고 송 태자 적소로 향하려 할새, 태산부 계양도로 작로(作路)하니 서번국을 지나가는지라. 제장 왈,

 "번국은 위국과 구수지간(仇讐之間)이오니 염려하나이다."

 원수 대책 왈,

 "저러한 것이 어찌 장수라 하리요. 두렵거든 따르지 말라"
하니, 제장이 무료하여 한 말도 못 하거늘, 원수 위로 왈,

 "그대 등이 작은 일을 근심하니 어찌 장수라 하리요. 번국으로 가면 번왕이 분명 나를 유인할 것이니 어찌 염려 있으리요"
하더라.

 이 날 원수 두 부인과 소저와 월경이며 제승에게 하직하고 떠날새, 서로 이별하는 정은 비할 데 없더라.

 원수 전로(前路)에 노문(路文) 놓고 군사를 거느려 발행하니, 소경(少頃) 각 읍이 지경대후(地境待候)하여 무사할까 바라더라.

 이적에 번왕이 원수 온단 말을 듣고 제장과 의논 왈,

 "어찌하여야 조 원수를 달래리요?"

 제신이 주 왈,

 "조 원수는 탐재호색(貪財好色)하다 하오니 대접을 잘하옵고, 일색(一色) 방비(房婢)를 보내어 '천금지재(千金之財)로 만호후(萬戶侯)를 봉하마' 하옵고 유인하옵소서."

번왕이 옳이 여겨 원수 오기를 기다리더라.

이때 조 원수 번국에 이르니 번왕이 사신을 전로에 보내어 문후(問候)하고 천금 단자(單子)를 드리거늘, 원수 받아 군중에 상사하니 번국 제신이 다 즐겨하더라. 번성에 들어가 유진하고 중군에 분부 왈,

"군사를 호궤하고 편히 쉬라"

하고 유할새, 번왕이 백미 일백 석과 우양(牛羊)을 잡아 군중에 보내고 원수께 뵈온대, 원수 치사 왈,

"지난 일은 각각 그 나라를 위함이라. 어찌 혐의(嫌疑)하리요."

원수 웃고 왈,

"한 번 이별하고 다시 뵈오니, 이에 반갑소이다."

번왕이 더욱 기꺼 왈,

"원수는 본디 위국 사람이 아니오. 과인의 소원이 있사와 감히 청하나니 저버리지 말으사이다. 번국이 수소(雖小)하오나 지방은 천 리요, 대갑(帶甲)[1]이 백만 리요, 또한 양읍(兩邑)은 명승지지(名勝之地)요, 하수(河水) 만렬이라. 앙남후를 봉할 것이니, 노(怒)타 말으시고 한때 유히여 폐국을 회복하여 주심을 바라나이다."

원수 마음에 울렁하오나 강잉(强仍)하여[2] 대 왈,

"복(僕)이 지극 용둔지재(傭鈍之才)로 소욕지심(所欲之心)을 어찌 감당하오며, 또한 고국으로 돌아가오니 일시 민

---

1) 갑옷을 입은 병사.
2) 마지못하여

망하온지라. 극히 난처하여이다."

번왕이 낙심하여 제신더러 의논 왈,

"원수의 뜻이 도도하니 어찌하리요?"

제신이 주 왈,

"처음에 어찌 허락하리이까. 오늘 밤에 절대가인으로 방수(房守)를 주시고 달래오면 어찌 듣지 아니하오리까."

왕이 옳이 여겨 궁중의 인물이 절색이요, 노래 명창이요, 춤이 명무라, 천하 명기 월대를 불러 왈,

"네 오늘 밤에 조 원수를 달래어 호심(好心)케 하면 중상(重賞)을 주어 원수를 섬기게 할 것이니, 재주를 다하여 정성으로 도모하라."

월대 수명(受命)하고 물러나와 온갖 채복(彩服)으로 단장을 차리고 원수께 뵈온대, 본즉 과연 절대가인이라. 원수 문 왈,

"네 어찌 왔느뇨?"

월대 대 왈,

"장군 행차 적막하기로 위로코자 하와 소인이 국왕의 명을 받자와 모시려 하옵고 왔나이다."

원수 월대와 더불어 수작으로 객회를 거짓 잊는지라. 원수 왈,

"네 가무(歌舞)를 아느냐?"

대 왈,

"잘은 못 하여도 비양(備樣)은 하나이다."

원수 가장 기특히 여겨 노래를 청하니, 월대 단순(丹脣)을 반개(半開)하여 청가(淸歌) 일곡을 쇄옥성(碎玉聲)으로 읊

으니, 소리 가장 청아하여 소상강 저문 날 백학이 우짖는 듯한지라. 그 곡조에 하였으되,

　　산사(山寺)는 가련지(可憐地)요
　　낭군(郞君)은 제왕취(帝王趣)라.
　　의의(猗猗)한 궁궐은
　　뉘를 위하여 비었느냐.
　　아마도 임자 되고자 하니
　　천생 연분인가 하노라.

　원수 그 노래를 들으매 마음에 분하고 그 궁녀의 간교함을 아나, 짐짓 노래를 칭찬하며 또 한 곡조를 청하니, 월대 즐겨 또 한 곡을 읊으니 노래에 하였으되,

　　천금 재상 만호후를
　　노(怒)타 하여 가지 마오.
　　오강(烏江) 연월(烟月)에
　　초패왕을 생각하면,
　　평생의 적취지한(積聚之恨)을
　　못 잊을까 하노라.

　원수 듣기를 다하매 분기 참지 못하여 크게 꾸짖어 왈,
　"네 간사한 년이로다. 음흉한 뜻을 가져 장부의 마음을 굽히고자 하니 어찌 절통치 아니하리요"
하고, 언파(言罷)에 칼을 빼어 궁녀의 머리를 베어 문 밖에

내치고 분기를 이기지 못하는지라.

　번왕이 소식을 듣고 대경 왈,

　"요망한 년이 수작을 잘못하였도다"

하고 궁녀를 다 불러 왈,

　"너희 중 뉘 능히 원수 마음을 회심(回心)케 하리요?"

　궁녀 다 겁하여 울며 도망가며 묵묵부답하되, 한 계집이 거문고를 안고 청하여 왈,

　"신첩(臣妾)이 가 원수를 달래어 회심케 하오리다"

한대, 번왕이 대희하여 보니 이는 금련이라. 번왕이 왈,

　"진심 성사케 하라"

한대, 금련이 수명하고 나와 원수께 현신(現身)한대, 원수 보니 진시 절대가인이어늘, 원수 문 왈,

　"네 나이 얼마나 되뇨?"

　금련이 대 왈,

　"십구 세로소이다."

　원수 기특히 여겨 가까이 앉히고, 금련 거문고를 안고 섬섬옥수(纖纖玉手)로 한 곡조를 희롱하니 그 소리 크게 청아하여 산호채를 들어 옥반을 깨치듯 한지라.

　　월대 월대 만월대(滿月臺)야.
　　일월같이 빛난 충(忠)을
　　청가(淸歌) 일곡으로
　　네가 어찌 굽힐쏘냐.
　　미재(美哉)[1]라, 송실지보혜(宋室之寶兮)[2]여,
　　송실지보혜로다.

금련이 거문고를 놓고 눈물을 흘려 왈,

"소첩이 본디 번국 사람이 아니옵고 위국 서강 땅의 유성의 여식이옵더니, 일찍 아비 죽삽고 노모를 데리고 근근히 자생(資生)하옵더니, 서번 난중에 피란하옵다가 어미를 잃삽고 첩은 번진에 잡혀왔사오니, 원명(怨命)이 일시에 죽지 못하옵고 노모의 사생을 몰라 주야 설워하옵더니, 천우신조하사 장군을 만났사오니 어찌 즐겁지 아니하오리까. 복원 장군은 위국 대원수라, 첩이 함께 따라가 어미 존망 여부를 알게 하옵심을 바라나이다"

하고 애걸하거늘, 원수 들으매 긍측(矜惻)하고 인물이 비범한지라. "그리하라" 하고, 저의 문벌과 위국 사적을 들은 후에 인하여 동침하고, 이튿날 금련을 데리고 행군할새 번왕께 기별하여 왈,

"대왕의 관대하심을 입사오니 지극 감사하옵거니와, 보내신 궁녀는 위국 사람이라. 또한 제 어미를 보리라 하기로 데려가오니 허물 말으소서."

번왕이 듣고 분하여 왈,

"수다한 재물과 천하에 드문 궁녀를 잃으니 어찌 절통치 아니하리요."

분을 이기지 못하여 제신과 의논 왈,

"원수 다시 이리 올 것이니 올 때에 잡으리라"

하고 모계(謀計)를 의논하더라.

---

1) 아름답도다.
2) 송나라 왕실의 보배.

이적에 원수 여러 날 만에 태산부 지경에 이르니 날이 저물거늘, 한 곳에 유진하고 계양도 소식을 들으니 태산부 자사 송 태자를 사약(賜藥)하여 죽이러 갔다 하거늘, 원수 대경실색하여 자세히 물은즉 모두 이르되,

"황제 약을 보내어 태자를 죽이고 도중에 머물고 있는 전조(前朝) 충신을 다 나거(拿去)하다"

하거늘, 원수 황망하여 계양도의 원근(遠近)을 물으니 칠십 리라 하거늘, 중군 분부하여 유진하고 "나 돌아오기를 기다리라" 하고, 원수 필마로 계양도로 들어가니 사방에 창검이 서리 같고 장 밖에 군사 수직(守直)하니, 나는 제비라도 들어갈 길이 없는지라. 몸을 숨겨 동정을 살펴보니 등촉이 영롱하고 노소 충신이 만당(滿堂)하온 가운데, 한 미인이 거문고를 안고 상별곡(相別曲)을 타거늘, 그 곡조를 들으니 노래에 하였으되,

  옥도끼 금도끼
  양풍(凉風) 날 들게 갈아
  베이도다 월궁(月宮) 계수(桂樹) 베이도다.
  모이나니 계양도라.
  모시도다 모시도다
  우리 황제 모셨도다.
  설리매(雪裏梅) 한 가지에
  춘풍 불어 꽃 피도다.
  모이도다 모이도다
  송조 충신 모이도다.

이 년(二年)에 성읍(成邑)하고

삼 년(三年)에 성(城) 되려니.

어쩌다 걸주(桀紂)[1] 풍악(風樂)

다 쓸어 버리도다.

비나이다 비나이다

하느님께 비나이다.

오늘 밤 오경시(五更時)를

함지(咸池)[2]에 머무소서.

묻노라 야(夜) 하시(何時)요[3]

소슬(蕭瑟) 한풍(寒風)이 일어나며

열○○[4] 부여잡고

눈물로 하직하니

미귀혼(未歸魂)[5]이 아니신가.

바라나니 청산 매화

묘하(墓下)에 숨겨 주오.

  미인이 타기를 그치고 눈물을 비 오듯 흘리니, 만조제신이 또한 비창하여 일시에 일어나 사배하고 물러 돌아가거늘, 원수 몸을 솟구쳐 나는 듯이 들어가 태자 앞에 나아가 복지 사배하고 주 왈,

  "소신이 전조 충신 조정인의 아들이옵더니, 태자 옥체 안

---

1) 같은 책 144면. 1)번 주 참조.
2) 해가 진다고 하는 큰 못.
3) 이 밤이 몇 시더냐?
4) 탈락된 곳은 '늙은 충신' 정도로 보고 있음.
5) 돌아올 수 없는 넋.

녕하옵시니이까?"

태자 대경실색 왈,

"이것이 꿈이냐, 생시냐? 귀신이냐, 사람이냐? 귀신이 아니면 어찌 이곳을 왔으리요?"

붙들고 눈물 흘리며 말씀을 못 하거늘, 원수 붙잡고 위로 왈,

"잠깐 진정하옵소서."

태자 눈물을 거두며 왈,

"어찌 사지(死地)에 왔느뇨? 과인은 신운(身運)이 불길하여 명재금일(命在今日)이라. 생전에 다시 만나기 꿈밖이요, 옛일을 생각하니 또한 꿈이라. 팔 세에 상면하고 이제야 대면하니 반갑기 예사요, 슬픔이 측량없도다."

원수 문 왈,

"저 여인은 뉘라 하나이까?"

태자 왈,

"이 도중(都中) 관비라. 이 도 별장(別將)이 보내매 저로 더불어 세월을 보내노라."

원수 또 문 왈,

"이 도 별장의 성명은 무엇이라 하더이까?"

태자 왈,

"백성취라 하되 또한 충신이라. 이리 온 후 별장의 관대함을 힘입어 편히 유하니 실로 난망(難望)이라."

또한 절로 방비(房婢)를 정하여 주매 데리고 수회를 위로하며, 또한 고국 충신이 따라와 있는 일이며 명일 진시에 사약하는 일과, 도중에 충신들을 다 내일 나거하는 일이 다 태산부 자사의 장문(狀聞) 드리어 이리 된 말을 설화하고 통곡

하니, 원수 또한 슬픔이 측량없으나 위로하여 왈,

"지금 일이 급하옵고 소신이 백 리 안에 둔병(屯兵)하옵고 태자의 존망을 모르와 들어왔삽더니, 소신이 이제 급히 나아가 군병을 거느려 와 태자를 모시올 것이니 옥체를 보중하옵소서."

즉시 하직하고 나오니라.

이 날 밤 오경에 계명성(鷄鳴聲)이 나니 모든 충신들이 각각 처소로 돌아가 잠을 이루지 못하고, 일시에 나아와 태자전에 하직차로 들어가니, 태자 등촉을 밝히고 희색이 만안(滿顔)하시거늘, 모든 충신들이 복지 주 왈,

"태자의 천안(天顔)에 희색이 있사오니 알지 못커니와, 무슨 좋은 일이 있삽나이까?"

태자 왈,

"나의 즐거운 일은 매화가 아느니라"

하니 제신이 반겨 나와 매화더러 물은대, 매화 웃고 단순을 잠간 열어 청가 일곡을 울리니 그 노래에 하였으되,

　　산중 작야우(昨夜雨)에
　　봄소식 들어 보랴.
　　오며 아니 옴은
　　설매(雪梅) 네 알리라.
　　매화야 알건마는
　　양류(楊柳) 알까 하노라.

모든 충신이 그 노래를 듣고 대희하여 원수를 고대하더라.

이 날 밤에 원수 진에 돌아와 제장을 불러 왈,
"그대 등은 이리이리하라."
약속을 정하고 군사를 몰아 급히 계양도로 가니 벌써 밝아 진시를 당하였는지라. 원수 마음이 바빠 칼을 들고 몸을 날려 별궁에 다다라 들어가니, 벌써 봉명(奉命) 사신이 약기(藥器)를 들고 나아오고 모든 충신들을 다 결박하였거늘, 원수 분기충천하여 약기를 빨리 물리치고 칼을 들어 봉명 사신을 치니 머리 땅에 떨어지거늘, 원수 군사를 재촉하여 "모든 충신을 다 끌러 놓으라" 하고 태자전에 복지사배하니, 태자 정신을 겨우 차려 원수 손을 잡으시고 비회를 이기지 못하여 왈,
"꿈인들 이러하랴. 행여 꿈을 깰까 염려하노라"
하거늘, 원수 위로 왈,
"안심하옵소서"
하고 충신을 다 당상에 올려 영접하니, 총망지간(恩忙之間)에 혼을 잃어 실성한 사람들 같은지라.
이때 중군장(中軍將) 원충이 군사를 거느려 들어오니, 고각함성이 천지를 몰아 도중을 에워싸고 자사와 구읍(舊邑) 수령을 다 결박하여 원수께 드리거늘, 원수 다 나입하여 수죄하고 군중에 회시하여 다 처참하고 태자께 아뢰니, 태자와 충신들이 즐겁고 상쾌함을 이기지 못하여 원수께 치하를 무수히 하여 왈,
"원수 공덕은 여천여해(如天如海)하여 만고에 어찌 이런 충신이 있으리요. 원수 한 걸음에 태자 존명(尊命)을 구원하고 백여 인명을 살리니 그 은혜를 어찌 다 갚으리요"

하며 즐거함이 측량 없더라.

 원수 중군장에게 분부하여 태평연(太平宴)을 배설하고 모두 즐길새, 백여 인 충신이 다 일어나 춤추니 그 장함을 어찌 다 형언하리요. 그 중에 팔십 되온 충신이 백수(白首)를 휘날리며 춤추니, 이는 이태·서황 등 육십여 인이요, 그 남은 소년 충신은 측량치 못하고, 도중 백성들도 다 즐겨 취포(醉飽)하여 혹 춤추며 혹 노래하며 즐기는 소리 천지 진동하는지라.

 태자 즐거움을 이기지 못하여 취흥차 매를 불러 좌중에 앉히고 분부 왈,

 "이런 태평연에 네 어찌 홀로 즐기지 아니하리요. 이제 원수를 위하여 오늘 거동으로 태평곡(太平曲)을 지어 만진중(滿陣中)을 위로하라"

하니, 매화 고두수명하고 거문고를 안고 좌에 단좌(端坐)하여 줄을 골라 섬섬옥수로 줄을 희롱하며 단순을 반개하여 청가 일곡을 거문고에 창화(唱和)하니, 그 소리 청아하여 옥을 깨치는 듯하고 학이 쌍을 부르는 듯하여 좌중 마음이 처량하고 정신이 쇄락하여 새로이 즐거운지라. 그 곡조에 하였으되,

　　반갑도다 반갑도다
　　설리(雪裏) 춘풍 반갑도다.
　　더디도다 더디도다
　　천리마 타 온 행차
　　어이 그리 더디던고.

태고적 시절인가,

청탁을 가리던가.

오색 돌 고이 갈아

기보(寄報) 전하시던가.

염제(炎帝)[1] 세서(歲序) 오래거든

이정 불행하시던가.

상백초(嘗百草)[2] 약을 지어

인생을 구하더냐.

구년수상(九年水上)[3] 곤(鯤)[4] 되어

고궐성공(告厥成功)[5] 하시던가.

태한칠년(太旱七年)[6] 가뭄되어

은왕(殷王) 성탕(成湯) 구하던가.

경궁요대(瓊宮瑤臺)[7] 이윤(伊尹)[8] 되어

걸주(桀紂)를 베던가.

대순(大舜)[9] 증삼(曾參)[10] 효행(孝行) 가져

---

1) 여름을 맡은 신(神).
2) 염제 신농씨(神農氏)가 백 가지 풀을 맛보고 의약을 정했다고 함.
3) 중국의 상고 요임금 때 9년간이나 계속되었다고 하는 홍수.
4) 중국 우(禹)임금의 아버지 이름. 치수(治水) 사업에 실패하여 벌을 받았는데, 그 아들 우가 치수에 성공하고 순임금으로부터 제위를 물려받았다고 함.
5) 그 성취했던 공을 천자에게 아룀.
6) 은나라 탕왕 때에 7년간이나 계속되었다는 가뭄.
7) 옥을 장식한 어전과 옥을 새긴 고전(高殿). 곧 훌륭한 궁궐.
8) 중국 고대 전설상의 인물. 상나라 명상(名相)으로 탕왕을 보좌하여 하나라의 걸왕을 멸망시키고 선정하였음.
9) 중국 상고 전설상의 임금. 효덕이 알려져 요임금으로부터 선위(禪位)받았음. 선정한 후 우(禹)에게 선위함.

근친봉양(近親奉養) 하시던가.

위수(渭水)의 여상(呂尙)[1] 되어

야윈 고기 밥 주던가.

수양산(首陽山)[2] 깊은 골에

채기미(采其薇)[3] 하시던가.

오다가 굴원(屈原)[4] 만나

충효를 부르던가.

아녀자의 무덤 찾아

조객(弔客) 되어 있었던가.

개산(介山) 의 자추(子推)[5] 되어

한식(寒食) 지어 권하던가.

칠신위라(漆身爲癩)[6] 예양(豫讓)[7] 되어

장하수(漳河水)에 칼 갈던가.

면지상(澠池上) 대연석(大宴席)에

진왕(秦王) 격부(擊缶) 전하던가.

---

10) 춘추 시대 노나라의 사상가. 증자(曾子)라 함.
1) 같은 책 172면 2)번 주 참조.
2) 중국 산서성 서남쪽에 있는 산.
3) 중국 주나라 말 절개 높은 백이 숙제(伯夷叔齊)가 수양산에 들어가 고사리를 캐어 먹었다는 고사에서 유래한 말.
4) 같은 책 148면 4)번 주 참조.
5) 개자추(介子推). 중국 춘추 시대 사람. 진나라 문공(文公)이 공자(公子)로써 망명할 때 함께 가 19년을 모셨는데, 문공이 귀국 후 봉록을 주지 않았으므로 면산에 숨으니, 문공이 잘못을 뉘우치고 그 산을 불질러 나오게 했으나 자추는 나오지 않고 타죽었다 함.
6) 몸에 옻칠을 하여 병을 가장함.
7) 중국 전국 시대 진나라의 의사.

일중불결(日中不決) 진초회(秦楚會)

　판결사(判決師) 되었던가

　소슬 한풍 역수상(易水上)에

　형가(荊軻)[1]를 비웃던가.

　진시황 사슴 되어

　임자를 찾았던가.

　홍문연[2] 높은 잔치

　패공[3]을 구하던가.

　계명산(鷄鳴山) 퉁소 불어

　팔천병(八千兵) 흩었던가.

　회음성하(淮陰城下) 표모(漂母) 만나

　주린 식량 채우던가.[4]

　기신(紀信)[5] 장군 넋을 만나

　축문 지어 제하던가.

　이십팔수(二十八宿)[6] 기린각(麒麟閣)[7]에

　제일충(第一忠)에 게명(揭名)턴가.

―――――――――――

1) 전국시대 제(齊)나라 사람.
2), 3) 같은 책 152면 주 참조.
4) 한신(韓信)이 불우했을 때 회음에서 빨래하는 노인에게 기식(寄食)하였음.
5) 중국 한나라 국초의 무장(武將). 초나라 군사가 한왕을 포위하였을 때, 거짓 한왕인 체하고 항복하여 한왕을 도망하게 하고 자기가 초왕에게 잡혀가 죽었음.
6) 옛날 인도, 페르시아, 중국 등에서 하늘의 별자리를 밝히기 위해 황도(黃道)에 따라 천구(天球)를 스물여덟으로 구분한 것.
7) 전한 무제가 기린을 잡았을 때 기념으로 지은 누각. 선제(宣帝) 때 이르러 소무(蘇武) 등 열한 사람의 상(像)을 그려 붙였음.

설산(雪山)에 봄비 되어

만물을 자생(資生)턴가.

한천(旱天)의 빗발 되어

만민을 구하던가.

곤륜산(崑崙山) 대화(大火) 중에

옥석(玉石)을 구하던가.

만리 장성 두루 다녀

지형을 엿보던가.

어이 그리 더디던고,

천리마 타 온 행차.

어이 그리 더디던고,

망지여운(望之如雲) 하신 중에[1]

취지여일(就之如日) 하옵소서.[2]

오호라, 우리 황명(皇命)

서기[3]를 다투는 듯,

약기(藥器)를 나아오고

백발 충신 결박하니,

일월이 무광하고

창해가 뒤눕는 듯,

묘시 말 진시 초에

삼혼(三魂)이 흩어지고

칠백(七魄)이 욕비(欲飛)할 제,

---

1) 구름 가득한 중에.
2) 햇빛처럼 비추소서. 즉 천자를 사모해 일컬음.
3) 시각.

조웅전 229

일진 광풍 일어나며
천리마상(千里馬上) 반갑도다.
두우성(斗牛星)에 쏘인 보검
오지(吳地) 안에 든단 말가.[1]
염라대왕 행차던가.
배달직입(排闥直入)[2] 한 걸음에
사생을 바꾸오니,
약기도 간데 없고
결박 충신 춤추거니,
어와 백성들아,
창해로 태평주(太平酒) 빚어
여군동취(與君同醉)하여
만세동락(萬歲同樂)하오리라.
만세 만세 억만세에
공덕을 쌓으리라.

하였더라.

 이 날 노소 충신이 곡조를 외며 춤추어 즐겨할새, 삼 일 대연(大宴)하시고 창곡(倉穀)을 흩어 도민을 구휼하시니 백성이 치하하여 주야 송덕하더라.

 원수 태자께 주 왈,

 "태산부 자사와 구읍(舊邑) 수령을 다 없앴사오니, 고을을

---

1) 진나라 장화(張華)가 오(吳) 땅에 두우성의 정기가 쐬는 것을 보고 찾아가 용천검과 태아검을 얻었다 함.
2) 주인 승낙 없이 문을 밀어젖히고 곧장 들어감.

비우지 못하올 것이니 따라온 신하 중에 각각 제수(除授)하와 지키게 하사이다"

하고 원수 태자와 여러 충신을 모시고 날을 가리어 발행할새, 이때는 춘삼월 망일(望日)이라. 원문을 지나 양무에 이르러 군사를 호궤하고 번국으로 향하니라.

이때에 번왕이 원수 돌아오기를 기다려 잡고자 하더니 문득 체탐(逮探)이 보화되, "조 원수 송 태자를 모시고 온다" 하거늘, 번왕이 기꺼 제신을 모아 의논 왈,

"먼저 재물을 많이 허비하고 또 절대가인을 잃고 일을 이루지 못하였으니, 그 분함을 어찌 다 형언하리요. 어찌 하여야 과인의 분을 덜꼬?"

한대, 제신이 주 왈,

"송 태자와 한가지로 온다 하오니, 태자를 먼저 유인하여 궐내에 두옵고 달리 번국과 합세하여 대국을 회복하자 하오면 응당 들을 듯하옵고, 그러하와 결여치 못하오면 위국으로 가는 길의 촌려(村廬)와 행막(行幕)을 없게 하옵고 일이경(一二境)에 관을 둘씩 지어 말마관(抹馬館)[1]과 숙소관(宿所館)을 지어 성을 벌여 쌓고, 성안에 군사를 매복하였다가 이리이리 하오면 불과 삼 일 이내에 조 원수를 잡을 것이니 염려 마옵소서"

한대, 번왕이 옳이 여겨 그대로 설(設)케 하니라.

이적에 원수 여러 날 만에 번국에 다다르니 번왕이 십 리 밖에 나와 영접하거늘, 원수 왈,

---

1) 역마에게 먹이를 주기 위해 만든 집.

"대왕이 옛일을 생각지 아니하고 왕래간에 이렇듯이 희대(喜待)하시니 미안하여이다."

번왕이 왈,

"병가지분(兵家之憤)은 일시 전장(戰場)뿐이라. 내 집에 오신 손님을 어찌 박대하오리까. 원수 치하치 마옵소서. 또한 구차하온 것이 있삽거든 청하옵소서. 번국이 비록 가난하오나 족히 당하올 듯하옵고, 군병지강(軍兵之强)은 열국지최상(列國之最上)이라 무슨 염려 하시나이까. 일이 있삽거든 번국과 합세하오면 어찌 성사치 못하오리까. 복원 원수는 관후하옵신 마음에 깊이 생각하와 과인의 원을 풀게 하옵소서."

원수 대소 왈,

"대왕의 욕심이 과하도다. 일월(日月)도 영측(盈昃)이라. 과한즉 감하나니 왕은 과망(過望)치 말으소서. 왕래간에 번국 성세를 보니 지방이 수소(雖小)나 부국강병지방(富國强兵之邦)이라. 대왕의 평생은 족하옵고 인국지해(隣國之害) 간대로[1] 있지 아니할 것을, 무엇이 부족하여 무리의 말씀을 하시나이까. 소장이 홀로 애닯아 하나이다."

번왕이 잠소(潛笑)[2] 왈,

"원수의 말씀이 당연하오나 자고로 나라를 위하여 전쟁이 있삽거늘 원수 말씀 같사올진대 병과 군기를 어느 때에 쓰오리요."

---

1) 함부로, 망녕되이.
2) 속으로 몰래 웃음.

원수 소 왈,

"대왕의 말씀을 듣사오니 욕심이 가득하와 일을 화목지못 하는도다. 자고로 나라가 불행하여 역적이 난을 지으매 전쟁이 있거늘, 대왕 같으신 이는 부국강병의 세를 믿고 임자 있는 나라를 탈취코자 하니 극히 애닯아 하나이다."

번왕이 왈,

"번국지빈(蕃國之貧)은 비금비석(非今非昔)이라. 포원(抱冤)도 적년(積年)이요, 적년도 적년이라. 군사 장졸이 다 포원이로소이다."

원수 대 왈,

"국지빈부(國之貧富)와 기기장단(機器長短)을 정제(整齊)하여 각각 임자를 두었삽거늘, 이제 대왕은 불측지위(不測地位)하고 국지빈부와 기기장단을 힘대로 하려 하시니 천운(天運)이 불회(不回)하니 임의로 할 바 아니로되, 또한 홍문연 잔치에 역발산 기개세(力拔山氣蓋勢)와 범증(范增)의 힘으로도 패공을 못 죽이고 천하를 잃었거든, 어찌 번왕은 불의지사(不義之事)를 하려 하오며 나를 대하여 누순공찬(累旬空譖)하오니, 내 역시 번왕 같으신 이를 없애고자 하는 사람이라. 그런 불의지사를 나의 이목(耳目)에 들리지 말라"

한대, 번왕이 심괴(甚愧) 왈,

"소왕의 소원은 그리 범람(汎濫)¹⁾치 아니하온지라. 번국이 편소(偏小)하기로 약간 지형이나 얻어 장단(長短)을 잇고자 함이로소이다."

---

1) 제 분수에 넘침.

원수 소 왈,

"나의 대답이 역시 번거하나, 학경지장(鶴脛之長)을 속기하보야(續其何補也)[1]라. 본디 긴 것을 이으면 어찌 이(利)할 묘책이 있으리요. 번왕의 토지 장단을 내 어찌 알 바 있으리요"

하니, 번왕이 다시 할 말이 없는지라.

원수 중군에 분부 왈,

"오늘 예서 유할 것이니 군사를 편히 쉬이라"

하고 태자전에 들어가 문안하고 번왕과 수작하던 말씀을 고하니, 태자 들으시고 웃어 왈,

"그러한 반적의 말을 어찌 취사(取捨)하리요."

원수 노곤하여 막사에 나와 쉬는지라.

번왕이 제신과 의논 왈,

"원수와 조용히 말씀하니, 그 마음이 송죽(松竹) 같아서 종시 듣지 아니하니 어찌 유인하리요?"

우복야(右僕射) 장간이 여쭈오되,

"방금 천하에 조 원수 같은 장수 없사오니, 이때를 타 없애여지이다"

하고 또 아뢰되,

"들사오니 근간(近間)에 한 도사 있사오되 제갈량(諸葛亮)을 대한다 하오니, 이제 예단(禮緞)을 정비하와 충신을 가리어 그 도사를 청하여 지모(智謀)를 들어지이다"

---

1) 사물에는 각각 특성이 있으므로 인력(人力)으로써 함부로 손익가감(損益加減)해서는 안 된다는 뜻.

하니, 번왕이 옳이 여겨 좌복야(左僕射) 주춘달로 하여금 보내니라.

이 날 밤에 번왕이 잔치를 배설하고, 우복야 장간으로 하여금 거짓 조 원수 말도 태자께 고 왈,

"번왕이 잔치를 배설하옵고 소신을 청하였사오매 빈주(賓主)간의 관대함을 괄세치 못하여 잔치에 참여하였사오나, 대왕을 모시오면 좋을 듯하와 감달(敢達)하나이다."

또 번왕의 사신이 태자전에 복지 주 왈,

"소신의 국왕이 전송지물(餞送之物)로 조 원수를 하였삽더니, 원수 잔치에 참여하와 대왕을 생각하옵고 음식의 하저(下箸)[1]를 아니하시매, 소신의 국왕이 당돌히 청하나이다" 하고 또 문밖에서 번왕이 와 영접하거늘, 태자 피치 못하여 번왕을 따라 번국에 들어가니, 번왕의 후궁 별당 깊은 곳에 화촉이 영롱하고 절대미인과 풍악을 갖추고 태자를 모시니, 태자 들어가 좌정하여 보시고 음식과 거동이 일대 장관이라. 태자 문 왈,

"원수는 어디 갔느뇨?"

번왕이 왈,

"밖에 있나이다"

하거늘, 태자 괴이히 여겨 원수를 자주 청한들 사처에서 자는 조 원수 어찌 알리요.

번왕이 태자전에 주 왈,

"소왕이 대왕을 모신 바는 한 말씀을 바치고자 하나이다"

---

1) 음식을 먹음.

하고,

"소왕이 다만 한 여아를 두었으되 인물이 절색이요 시서 능통하옵나니, 이제 태자를 드리와 기취(箕箒)[1]하심을 바라나이다. 대왕은 소왕의 말씀을 그르다 마옵시고 특별히 허하옵소서"

한대, 태자 이 말을 들으매 번왕의 꾀에 속은 줄을 아나 분기를 참지 못하여 대질(大叱) 왈,

"번왕은 왕명이 가히 아깝도다. 국왕이라 하며 자식을 노류장화(路柳墻花)같이 하니 어찌 더럽지 아니하리요."

자주 "나출(拿出)하라" 하시고 원수 부른들 어찌 알아들어 오리요. 번왕이 무료히 나와 문을 봉하고 제신과 의논하니, 혹 죽여 없애자고도 하며 혹 내어 보내자 하여 유예미결(猶豫未決)하던 차에, 조 원수 잠을 깨니 마음에 태자를 보고 싶은지라. 급히 태자 사처에 들어가니 과연 태자 없거늘 대경실색하여 매화더러 물으니,

"아까 번왕이 와 이리이리 하고 모셔갔나이다."

원수 분기를 참지 못하여 칼을 빼어 들고 나는 듯이 번국에 달려드니, 번왕이 제신을 데리고 방장 의논하거늘, 원수 칼을 날려 방문을 깨치고 칼을 높이 들어 번왕의 서안을 쳐 문밖에 내치고 대질 왈,

"벌써 죽일 놈을 이때까지 살렸도다"

하고 칼을 들어 번왕의 목을 겨누며 치려 하니, 번왕은 기절하여 엎어지고 좌우 제신은 다 도망하는지라. 번왕이 대겁중

---

[1] 원뜻은 쓰레받기와 비. 아내의 비칭(卑稱)으로 사용함.

에 애걸 왈

"무슨 일이온지 들어지이다"

하거늘, 원수 노기등등하여 번창(鐇槍) 대질 왈,

"대왕을 어디로 모셨느냐? 바삐 이르라"

하는 소리 궁궐을 흔드는 듯 뇌성벽력이 번국을 진동하니 번왕이 황겁하여 일어나 복지 애걸하거늘, 원수 칼을 들어 번왕을 치려 한대, 번왕이 애걸하여 왈,

"소장은 소원이 있사오니, 잠간 만류하오와 듣기를 바라나이다."

이때에 야색(夜色)이 삼경이라. 월침침(月沈沈) 칠야(漆夜)에 번왕의 흉계를 모르고 대책 왈,

"잡말 말고 계신 곳을 가리키라"

하니, 번왕이 거짓 모르는 체하고 지동지서(指東指西)하다가 꿇어 빌어 왈,

"아까 들어와 위엄을 베풀어 태자 거처를 묻잡거늘, 엄위지하(嚴威之下)에 아무리 대답하올 줄을 모르옵거니와 아지 못게라. 태자의 거처를 번왕이 어찌 알리요."

원수 분기등등하여 칼을 날려 번왕의 목을 치니 번왕이 횡겁하여 엎어지니 상투가 맞아 뒹구는지라. 번왕이 기절하여 분명 목을 베었도다 사생간에 만져 보니 목은 성하고 상투 없는지라. 황망(遑忙) 실색하여 태자 계신 곳을 가리키니 원수 급히 별궁(別宮)에 달려 들어가니, 태자 여러 미색을 데리고 앉았거늘, 원수 태자전에 복지 주 왈,

"이 어인 일이온지 알아지이다."

태자 들어온 곡절을 전하니, 원수 듣고 분기등천(憤氣騰

天)하여 태자를 모시고 사처로 나오니라.

번국 제신이 다 모여 번왕을 위로할새 번왕 몸에 유혈이 낭자하거늘, 놀라 보니 손가락이 칼에 맞아 간데 없고 피 흘러 용포(龍袍)를 적시는지라, 이 분함을 어찌하리요 하더라.

이튿날 원수 중군에 분부하여 왈,

"군사를 재촉하여 발행하고 서지(書旨)를 보하라"

하니, 중군장이 들어와 아뢰되,

"밤을 지내오니 군사 장졸이 노곤을 이기지 못해 죽도록 앓는 자 사십여 명이라. 헌공(獻供)한 약물로 구하되 아직 차효(差效) 없사오니 어찌하올지 아뢰나이다."

원수 근심하여 태자전에 주 왈,

"장졸이 노독(路毒)으로 앓는 자 많다 하오니 예서 유하여 병든 장졸을 잘 치료하여 가사이다"

한대, 태자 들으시고 근심하여 왈,

"번왕의 흉계를 알지 못하니 심히 두렵도다."

원수 왈,

"그는 염려치 마옵소서. 신이 알아 당하오리다"

하고 중군에 분부하여,

"각별 구병(救病)하라"

하고 유하더니, 번국 좌복야 주춘달이 도사께 뵈온대,

"내 사일 전에 천기(天氣)를 보니 장성(將星)이 번국에 비치었거늘 '분명 명장이 있도다' 하였더니, 분명 조웅의 장성이로다. 이 장수를 간대로 잡지 못할 것이니 이제 다른 모책이 없는지라. 연주 땅 함곡은 골이 깊고 산악이 험한지라. 비조(飛鳥)라도 임의로 출입치 못하나니 그 앞을 검각 철산이라 하는지라. 모일 모야에 함곡에 유진할 것이니 미리 양편 물 밖에 성을 쌓고, 골 안에 시초(柴草)를 무수히 쌓고 좌우에 군사를 복병하였다가 이리이리 거행하라. 비록 나는 사람이라도 제 어이 벗어나리요. 부디 조심하여 거행하라. 이 장수를 없앤 후에 나가 도우리라"
하니, 좌복야 돌아와 번왕께 뵈옵고 도사 하던 말을 주달(奏達)하니 번왕이 급히 거행하니라.

좌복야 급히 일어 복지 사배 왈,

"전하 이렇듯이 옥체를 상하였사오니, 신자(臣者) 정리에 어찌 앉았사오리까"

하며 못내 분연(忿然)하는지라.

이적에 원수 수일을 유하며 발행할새, 병든 군사 오히려 쾌치 못한지라. '말을 태워 가리라' 하고 원수 분부 왈,

"번국 말 삼십 필을 들이라"

하니, 번국이 종시 일향 거역하고 말을 들이지 아니하거늘, 원수 분노하여 무사를 명하여 "번왕을 급히 나입하라" 하는 소리 천지에 진동하니 번국 제신이 황겁하여 그제야 전마(戰馬) 삼십 필을 들이는지라. 원수 들이는 말을 받아 병든 군사를 태워 데리고 발행하여 가되, 길가에 행막이 없고 전에 없던 성 쌓고 성안에 관사를 지었거늘, 성문에 다다르니 문을 굳이 닫고 열지 아니하거늘, 선봉장 위홍창이 대질 왈,

"수문장은 바삐 문을 열라. 대원수 태자 행차를 모셔오는지라"

한대, 수문장이 답 왈,

"군중(軍中)은 문장군지령(聞將軍之令)이요, 불문천자지

조(不聞天子之詔)라[1] 하였사오니, 어떠한 도적이 나의 성문을 임의로 열라 하느냐?"

하니, 원수 대로하여 "군병으로 하여금 성문을 파하라" 하니, 제장 군졸이 일시에 달려들어 성문을 파하고 성중에 달려드니 번국 장졸이 길을 막고 진을 치는지라. 원수 태자를 문루에 모시고 필마 단창으로 수문장을 베어 깃대에 달고 좌충우돌하니, 번진 장졸이 황망하여 동문을 열고 일시에 달아나는지라. 태자 문루 위에 올라 원수의 용맹을 보고 마음에 자연 항복하는지라.

잠간 말마(抹馬)하고 성중 군량을 거두어 군중에 호궤하고 발행하니라. 원수 발행하며 생각하되,

'분명 나를 잡으려 하는 설계(設計)로다'

하고 전로(前路)를 살피는지라. 숙소참(宿所站)에 다다르니 또 한 성을 쌓고 성안에 진을 쳤으되, 한 장수 번창 출마하여 대로 왈,

"반적 조웅아, 목을 늘이어 내 칼을 받으라. 작일 패한 분을 금일 씻으리라"

하며 성문 밖에 횡행하니, 원수 왈,

"저 반적아, 몸을 모르느냐? 부질없이 장담 말고 잔명 보존하여 돌아가라"

한대 번장이 달려들거늘, 원수 말을 달려 대전할새 불과 수합이 못 하여 번장의 머리를 베어 던져 왈,

"번진 중에 만일 나를 당할 자 있거든 일시에 달려오라"

---

[1] 군대 내에서는 천자의 명령보다는 장군의 명령을 따름.

한대, 또 한 장수 황금 투구에 엄심갑을 입고 장창 대검을 높이 들고 비신상마(飛身上馬)하여 내닫거늘, 원수 달려들어 일합이 못 하여 원수 칼이 빛나며 번장의 머리 말 아래 뒹구는지라. 원수 크게 외쳐 왈,

"너희 진중에 장수 얼마나 하뇨? 일시에 내달아 죽기를 재촉하라"

한대, 번진 장졸이 다 황겁하여 진문을 굳이 닫고 나지 아니하거늘, 원수 군사를 몰아 성중에 달려들어 장졸을 짓치니, 주검이 뫼 같고 피 흘러 성천(成川)하니 뉘 능히 당하리요. 일검(一劍)이 능당백만(能當百萬)이라.

이튿날 발행할새 석참(石站)에 다다르니 또 한 성을 싸 진을 치고 길을 막거늘, 원수 선봉을 베어 길을 헤치고 달려드니 장수 십여 인이 재주를 자랑하거늘, 원수 칼을 들어 십여 장수의 머리를 베어 성밖에 내치니, 번진 장졸이 일시에 흩어 도망하는지라.

이러구러 제오관(第五關)을 파하고 제육관(第六關)에 다다르니, 성문을 통개(通開)하고 성중이 고요한지라. 원수 괴이히 여겨 생각하되,

'분명 나의 용맹을 보고 다시 접전치 아니하는도다'

하고, 성중에 유진하여 군사를 쉬이더니, 삼경 후에 성중이 요란하며 고각함성은 천지 진동하며 성상(城上)으로 선봉이 내닫거늘, 원수 황망하여 내달아 보니 무수한 번졸이 충돌하거늘, 원수 대경하여 태자와 군사를 북문으로 보내어 그윽이 숨기고 원수는 북문에 올라 살펴보니, 적진 장졸들이 불을 들고 바로 장대로 들어가 어두운 심야에 피차를 분별치 못하

고 서로 치며 작란하니 밟혀 죽는 자 무수하더라. 이윽하여 승전했다 하고 불을 밝히어 장졸을 점고한즉 상한 자도 번졸이요 죽은 자도 번졸이라. 원수의 장졸이야 어찌 다 얼어 보리요. 번진 장졸 다 실색하더라.

원수 문 위에서 기를 들어 군사를 호령하니 장졸이 일시에 달려들어 뇌고(擂鼓)[1] 함성하니, 번진 장졸이 두미(頭尾)를 잃어 아무리 할 줄을 모르는지라. 원수 장창을 높이 날려 성중을 횡행하니 주검이 뫼 같고 혈류 성천하니 일시에 다 도망하는지라. 원수 태자를 모셔올새, 충신들이 치하 분분 왈,

"번국 강병을 원수 곧 아니면 어찌 퇴진퇴적(退陣退敵)하리요"

하며 서로 위로하더라.

관에서 도망한 장졸이 돌아가 번왕께 죽기를 청하여 왈,

"소장 등이 육관 내에 조웅을 잡지 못하고 육관이 다 패하였사오니, 하면목(何面目)으로 전하를 뵈오며 군졸지장(軍卒之將)이라 하오리까"

하며 죽기를 청하거늘, 번왕이 왈,

"승패는 병가(兵家)의 상사(常事)라. 혐의(嫌疑)하리요"

하며 분을 참지 못하여 연주자사께 발관(發關) 놓아 조 원수 거래(去來) 유숙과 함곡 소식을 연속 고달(告達)하며, 또 하였으되,

원수 또 떠날 제 번국 전마 삼십 필을 취하여 갔으되 종시 보

---

1) 북을 쉴 사이 없이 자주 침.

내지 아니하니, 연주에 들거든 '그 말을 달라' 하여 만일 아니 주거든 앗아 보내라.

하였더라.

이적에 원수 여러 날 만에 연주에 득달하여 군마를 다 쉬이고 원수도 노곤하여 사관(舍館)에 쉬더니, 일쌍 호접(胡蝶)이 침상(枕上)에 날아들거늘 원수 언연히 날개를 얻어 그 나비를 따라 공중에 날아 한 곳에 이르니, 첩첩한 산중에 수목이 밀밀(密密)한 곳을 깊이 들어가니 그 가운데 광활하여 완연한 별세계라. 또 한 곳을 들어가니 외외(巍巍)[1]한 궁궐이 하늘에 닿았거늘, 나아가 보니 문에 현판(懸板)을 붙였으되 '만고충렬문(萬古忠烈門)' 이라 뚜렷이 썼거늘, 전상(殿上)을 바라보니 한 노인이 앉았으되 얼굴은 관옥 같고 머리에 황금관을 쓰고 몸에 용포를 입고 상에 높이 앉았는데, 무수한 사람들이 열좌하여 대연을 배설하고 주효가 낭자한 중에 절대가인이 차례로 앉았으니, 그 아름다움이 측량 없더라. 만좌 제인이 제왕의 흥망성쇠와 만고역대를 역력히 이르는지라. 상좌 제왕은 아무런 줄을 모르되 분부 왈,

"그대 등은 각각 소공(訴功)[2]하여 올리라"

하니, 만좌 제인이 각각 소공을 지어 올리니 그 공에 왈,

　　복지(伏地) 본은 한신(韓信)이라. 근본 한(漢)나라 사람이라

---

1) 우뚝 솟은 모양.
2) 공을 밝힘.

심정이 불리로다. 집힌 뜻이 많지 아니하리로다. 즉령공자(卽令公子)하니 복찬(福燦)이로다. 옛일을 살펴 상고하니 복이 두일(斗日)[1]에 찬란하리로다.

또 한 공에 왈,

진제안검(秦帝按檢)하니 제후서(諸侯瑞)로다. 칼을 잡아 흉적을 소멸하니 제후 될 징조로다. 색성천하(塞城天下)하니 동문공주로다. 천하를 성처럼 막았으니 문호 세상에 진동하는도다.

하였더라.
그 남은 공은 어찌 다 기록하리요. 좌중 제인이 각각 소회를 다하고, 혹 노기등천하며 혹 발검격앙(發劍激昂)하고 혹 도혹비(或蹈或飛)와 혹가혹무(或歌或舞)하는지라. 이러한 상관(賞觀)을 소소히 구경할새 한 사람이 좌중에 나앉으며 왈,

"우리 각각 소회는 어고지사(於古之事)라. 한하여도 및지 못하려니와 아지 못게라. 대송(大宋)이 역적에 망하니 인하여 멸송(滅宋)이 되오면 언제 회복이 되오리까?"
하니, 한 사람이,
"송실 복조(福祚) 아직 장원(長遠)한지라, 어찌 회복이 없사오리까?"
한대, 또 한 사람이 왈,

---

1) 북두칠성과 일월.

"그대 등은 알지 못하는도다. 하늘이 송실을 회복코자 하사 조웅을 명하였더니, 불쌍하도다 조웅이여, 일시가 극난(極難)하여 명일 미명(未明)에 서번적의 간계에 들어 죽을 듯하니 불쌍하도다. 조웅의 일도 우리와 같을지라. 정령(定齡)을 못 마치고 패란지혼(敗亂之魂)이 될 듯하니 불쌍코 가련하다."

이러할 제 수문(守門) 군사 급히 고 왈,

"송 문황제(文皇帝) 들어오시나이다"

하니, 제인이 일시에 하당 영접하여 상좌한 후에 제인이 여쭈오되,

"오늘날 기회(期會)를 정하옵고 어찌 만도(晚到)하시나이까?"

문제 왈,

"송실 회복지신(回復之臣)은 조웅이라. 오다가 한 곳에 보니 불측 서번이 조웅을 잡으려 하고 이러저러 하였거늘, 행여 그러할까 하여 시운일수(時運日數)를 통치 못하여 죽을 듯하매, 선생을 찾아가 구하라 하고 부탁하고 오노라"

하신대, 좌중이 외쳐 왈,

"우리는 분명 조웅이 죽으리로다 하고 불쌍한 공혼을 하였삽더니, 대운(大運)이 막히지 아니하였사오니 천수를 어찌하오리까."

원수 깨달으니 남가일몽이라.

3

 각설, 조 원수 잠을 깨어 앉았더니 문밖에 천병만마 요란하며 고각함성이 진동하거늘, 원수 괴이히 여겨 중군장 원충을 불러 문 왈,
 "군중이 요란하뇨?"
 원충이 대 왈,
 "연주자사 말하기를 '번국 전마 삼십 필을 탈취하여 왔다' 하고 내라 하거늘 주지 아니하온즉, 연주자사 장졸을 무수히 보내어 진중에 들어와 군마를 탈취하오매 일변 결박하였나이다"
하고 연주자사는 군문소시(軍門燒弒) 후에 이 연유를 태자께 고하고 다시 주 왈,
 "소신이 일몽을 얻사오니 이러이러 하옵기로 연유를 감달(敢達)하옵나이다."

---

1) 곤장을 친 후 쫓아 보냄.

태자 들으시고 대경실색하여 공중을 향하여 통곡하시고 인하여 장졸을 각별 신칙(申飭)[1]하여 행군할새, 원수 몽사를 생각하니 자연 마음이 비창하여 슬픔을 머금고 종일 가되 염려 무궁하더니, 이 날 함곡에 득달하매 일락서산(日落西山)하고 월출동령(月出東嶺)하니, 무심한 잔나비는 월하에 슬피 울고 유유한 두견성은 불여귀(不如歸)를 일삼고 갈 길은 험악한데, 동에는 산악이요 서에는 검각이라. 중중(重重)한 극악봉은 가슴을 찌르는 듯하고 야광(夜光)이 희미한지라.

선봉을 재촉하여 함곡으로 들어갈새, 문득 바라보니 동편 작은 골에서 갈건야복(葛巾野服)한 노인이 청려(靑驢)[2]를 재촉하며 백우선(白羽扇)으로 원수를 만류하거늘, 원수 보매 정신이 황홀한지라. 말을 머무르고 잠간 기다리더니 그 노옹이 문 왈,

"연주로부터 오시나이까?"

원수 답 왈,

"그러하여이다."

노옹이 왈,

"위국으로 가는 조 원수를 혹 보시니까? 바삐 이르소서."

원수 내념에 일변 의심하고 일변 괴이히 여겨 대 왈,

"내 과연 조웅이옵거니와 무슨 일로 긴히 찾나이까?"

도사 대희 왈,

"나는 천지 무가객(無家客)이라. 성품이 남과 달라 준수한

---

1) 단단히 타일러서 경계함.
2) 푸른 당나귀.

산천과 명승지지를 완경(玩景)하고 두루 다니옵더니 오르봉에 들어갔다가 천명도사를 만나 수삼 일을 유하옵더니, 임발(臨發)에 한 서찰을 주며 왈, '그대께 전하라' 하며 '오늘 오시(午時)[1]에 전하라' 하매, 말을 바삐 채쳐 진시에 맞자 하오되 곤마(困馬) 과시(過時)하였으매 행여 못 만날까 염려하였더니, 이곳에 만나오니 어찌 즐겁지 아니하리요"
하며 소매에서 일봉서(一封書)를 내어 주고 인하여 팔을 들어 하직하거늘, 원수 다시 보니 행색이 망망한지라. 속마음에 신기히 여겨 그 서를 급히 떼어 보니 다른 말은 없고 대강하였으되,

"불입함곡(不入函谷) 선입성중(先入城中)하여 방포일성(放砲一聲)하라"

하였거늘, 편지 보고 대경실색하여 좌장군 위홍창을 불러 왈,

"장졸을 불입함곡하라"

하니, 홍창이 급고(急告) 왈,

"선봉이 선입함곡(先入函谷) 하였는지라"

하거늘, 원수 대경 왈,

"급히 들어가서 선봉을 데려오라. 조금도 번거히 말고 그곳에 유진(留陣)하는 체하고 한둘씩 숨어 나오되 즉각내(卽刻內)로 달려오라."

홍창이 청령(聽令)하고 급히 가 전하니 선봉이 군사를 물려 돌아오니, 원수 기꺼 평지를 얻어 유진하고 군중에 분부 왈,

---

1) 오전 11시 ~ 오후 1시.

"장졸은 조금도 요동치 말고 기치검극(旗幟劍戟)을 다 눕히고 훤화(喧譁)를 엄금하라."

중군장 오원충을 불러 왈,

"그대는 선봉 장졸을 거느려 성문 좌우에 복병하였다가 이리이리 하라"

하고, 밤을 기다려 삼경 일점(一點)에 우군장 유연태를 불러 왈,

"그대는 가만히 함곡 성중에 들어 방포일성하고 급히 도망하여 오라"

한대, 연태 청령 후에 가만히 성중에 들어가 방포일성하고 도망하여 오니, 이윽고 성중에서 함성 소리 진동하며 성중에서 무수한 번졸이 고함치고 내닫거늘, 중군장 원충이 내달아 결박하니 삼백여 명이러라.

원수 휘하에 올리니 원수 대희하여 승전고를 울리며 군사는 방송(放送)하고 장수 이십여 인을 수죄(數罪)하며 분부 왈,

"내가 너희를 다 죽일 것이로되 특별히 관서(寬恕)하여 살려 보내나니 돌아가 빈욍디러 이르라. 연주자사는 심술이 네 왕과 같기로 군문소시하였노라"

하고 방송하다.

이 날 밤에 화광이 만학천봉을 다 소화(燒火)하고 장수와 군사 다 화광에 쏘이어 견디지 못하여 진을 옮겨 멀리 유진하고 밤을 지낼새 화광이 비치어 환진(還陣)하는 장졸이 다 한출첨배(汗出沾背)[1] 하는지라.

이 날 밤 함곡을 지날새 산악이 무너지고 좌우 암석이 다

불에 타고 땅에 발을 디디지 못하는지라. 골짝에 어찌 들어 가리요. 할 수 없이 회군하여 연주 땅 한 민촌(民村)을 들어가니 촌민이 다 겁하여 도망하는지라. 그 촌에서 삼 일 유하여 발행할새 함곡을 지나는지라. 훈기(薰氣)¹⁾ 오히려 장한지라. 골을 지날새 인(人)마다 한출첨배하는지라.

여러 날 만에 위국 계양 땅에 다다르니 계양태수 마주 나와 위왕의 서찰을 받들어 드리거늘, 원수 대희하여,

"실로 부모 서찰 본 듯하도다"

하고 급히 떼어 보니 하였으되,

모월 모일에 위왕은 일자 음신(音信)을 원수께 부치나니 이별이 오랜지라. 수만 리 경도(經道)를 무사히 득달하며 태자 존후는 일향 만복하시더니까. 구구(區區) 사념(思念)을 대강 앙달(仰達)이라. 노왕(老王)은 성 위 분수지후(分手之後)²⁾에 성음(聲音) 적조(積阻)하여 주이사지(晝而思之)하고 야이사지(夜而思之)하고 참상에 이차위환(以此爲患)하니, 사정(思情)이 병이 되어 백약이 무효로다. 또한 그대 근심을 위하여 부인을 모셔왔으나 기후(氣候)는 일향 만안한지라. 원로(遠路) 객창(客窓)에 근심치 마옵시고 수이 행달(行達)하와 북당의려지정(北堂倚閭之情)³⁾과 과인의 울도지정(鬱陶之情)⁴⁾을 덜게 하소서.

---

1) 땀이 흘러 등을 적심.
1) 훈훈한 기운.
2) 이별한 후.
3) 자녀가 돌아오기를 기다리는 어머니의 마음.
4) 깊이 생각에 잠기는 마음.

하였더라.

원수와 태자 편지를 보고 희희낙락하여 왈,

"이제는 무슨 염려 있사오리까?"

태자와 모든 충신이 다 즐겨 왈,

"위국 땅에 들었으니 무슨 염려 있으리요."

당화 작작(綽綽)하더라. 제장 군졸이 태자와 원수께 모면한 치사 분분하더라.

이때에 원수 위국으로 선문(先文)을 놓으니 그 선문에 하였으되,

대국 충신 위국 대원수 송실 대왕을 모셔 모월 모일에 계양 땅에서 차차 발행하다.

하였더라.

위왕이 선문 보고 대희하여 제신을 명하여 일일 대후(待候)하고 각도 각읍에 행관하여 왈,

"거행지절(擧行之節)을 연송[1] 치개(治開)[2]하고 치행등절(治行等節)을 연위(連爲) 가별 치개하라."

원수 발행할새 자사·수령이 다 낙역부절(絡繹不絶)[3] 하더라. 여러 날 만에 위국에 득달하니 위왕과 만조 제신이 변경(邊境)에 나와 대후(待候)하사 위왕 태자께 복지 사배하고 통곡 왈,

---

1) 연방, 잇따라의 사투리.
2) 다스림.
3) 연락이 끊이지 않음.

"소왕(小王)이 앉아 보오니 지하에 가온들 하면목(何面目)으로 뵈오리까. 불충지죄(不忠之罪)를 어찌 면하오며……."

무수히 고두 사죄하니 태자 위로 왈,

"내 살아 옴은 도시 위왕의 덕이라. 어찌 감사치 아니하리요"

하시고, 못내 위로하시더라.

위왕이 또 여러 충신들을 데리고 통곡 왈,

"살아 이리 만날 줄을 몽매간에 어찌 뜻하였으리요"

하고, 못내 반겨하더라.

위왕이 대하에 내려 제장 군졸을 위로 왈,

"너희들이 수만 리 행로를 무사히 돌아오니 과인이 위로하노라"

하니, 모든 장졸이 일시에 사배하고 축수 왈,

"성상(聖上) 덕택으로 잔명을 보존하와 무사히 돌아오니 덕은(德恩)을 어찌 갚사오리까"

하며 하례(賀禮) 분분하더라.

왕이 태자와 원수를 다 모시고 환궁하실새 장안 대소 인민이 성덕을 치하하더라.

원수 대부인과 두 부인이 원수 옴을 듣고 즐거움을 측량치 못하더라. 원수 들어와 두 부인께 뵈온대 부인이 각각 원수의 손을 잡고 희희낙락 왈,

"너를 보니 이제 죽다 한들 무슨 여한이 있으리요. 또한 태자를 모셔왔다 하니 더욱 즐겁도다."

원수 위로하고 장씨를 돌아보아 왈,

"은혜를 어찌 갚으리요."

이리 즐긴 후에 왕 부인이 태자전에 들어가 복지 사배하고 통곡 왈,

"대왕은 기체 안녕하시니까? 대왕 살아 다시 만나 뵈오니 이제 죽사온들 무슨 한이 있사오리까"

하며 무수히 통곡하니 태자 또한 옥루(玉淚)를 흘리시며 왈,

"나는 재생지인(再生之人)[1]이라. 원수의 덕으로 잔명을 보존하여 이리 와 부인을 뵈오니 어찌 기쁘지 아니하리까"

하며 위로하시더라.

차시에 위왕이 태자께 뵈오니 원수 고국 충신을 다 청하여 대연을 배설하고 일일쾌락(日日快樂)하더라. 원수 위왕께 고 왈,

"소장이 데려갔삽던 제장 군졸이 원정(遠征)에 근고(勤苦)하였사오니 복원 전하는 각별히 쓰옵소서."

위왕이 왈,

"임의로 할 것이어늘 어찌 나더러 의논하느뇨. 종시 과객으로 생각하시고 과인의 말을 그르다 하여 사사(事事)이 사양하니 과하도다. 남의 조정이라 하거니와 위국 사직과 규신 백성이 보존함은 다 원수의 덕이라. 이제 원수는 빈주지례(賓主之禮)[2]를 행하니 어찌 가련치 아니하리요."

원수 복지 주 왈,

"소장이 추호나 빈주지례를 행하오리까. 지금 소장으로

---

1) 죽을 지경을 겪은 사람.
2) 손님과 주인 간에 지켜야 할 예의.

하여금 조정 처단을 임의로 하라 하옵시나, 본디 벼슬이 승강(陞降)하옵는 직임(職任)이 아니옵거든 하교(下敎)를 봉행(奉行)하오리까. 책문결옥(責問決獄)인댄 책정위(責廷尉)하고 문전곡(問錢穀)인댄 책치속내사(責治粟內史)¹⁾란 말이 있사오니 어찌 하교를 봉행하리까."

왕이 들으시고 왈,

"이체(理體) 당연하도다. 원수 노왕의 말씀을 허물치 마소서"

하고 제도(諸道)에 갔던 장졸을 불러 왈,

"너희 등이 과인의 뜻을 위하여 만리 행정(行程)에 무사히 돌아오니 그 공이 적지 아니한지라"

하시고 차례로 벼슬을 돋우고 군사를 천금상에 상당직(相當職)을 제수하시니 모두 성은을 축수하더라.

이적에 서관장(西關將)이 보하되 서번왕이 등창이 대발하여 죽삽고 장자 달로 즉위하였다 하거늘 위왕과 원수 듣고 왈,

"응당 죽을 듯하니라"

하시다.

각설, 위왕이 원수와 모든 충신과 더불어 담화하시더니 위왕 왈,

"좌중에 하올 말씀 있사오니 행여 망령일까 염려하는지라."

---

1) 옥사(獄事)를 다스리는 일은 정위에게 물어서 하고, 전곡에 관한 일은 치속내사에게 물어서 한다는 말.

좌중이 대 왈,

"무슨 말씀이온지 들어지이다."

왕이 왈,

"방금 태자를 모셨사오니 그 즐겁기 무궁하오나, 한하옵는 바는 태자 춘추 성덕하시나 고국에 돌아가셔도 결혼처 없사온지라. 노왕이 다만 여식 둘을 두었사오되, 장녀의 나이는 십육 세요, 차녀의 나이는 십사 세라. 여러 해를 간택(揀擇)하온데 지금까지 정치 못하였사오니, 이제 태자 미혼이옵고 원수 또한 정하였사오나 육례를 갖추지 못하였사오니, 노왕 마음은 장녀는 태자께 부탁하옵고 차녀는 원수께 부탁코자 하오나 소견이 어찌하시니까?"

모두 이르되,

"위왕 말씀이 지극 감격하온지라. 대왕이 어찌 허치 아니하오며 원수 또한 사양하오리까?"

하니 원수 대 왈,

"소장은 이미 취처(娶妻)하였사오니 의논치 말으시고 대왕의 혼인이나 정하옵소서"

하온대, 좌중 또한 옳다 하시고 위왕의 충성을 치사하며 모두 태자전에 들어가 차의(此意)를 주달하니, 태자 쾌히 허락하더라.

차일 원수 돌아와 모 부인께 차의를 여쭈오니, 부인은 즐겨 아니하시고 위 부인은 대로 왈,

"위왕은 가장 무례하도다"

하며 분심을 이기지 못하거늘 장씨 위로 왈,

"위왕 말씀이 불시이사(不是異事)[1]라 어찌 심(心)에 두리

이까. 노를 참으소서, 조금도 괘념치 마옵소서"
하고 원수를 돌아보아 왈,

"상공이 처첩 두기를 첩을 위하여 꺼리거니와 대장부 처세함에 유처무첩(有妻無妾) 하오리까"
하며,

"이같이 간절하오니 어찌 버리오며, 또한 좋은 인연을 버리오리까. 위왕 여자를 첩이 친히 보아 정하오리다"
하고, 흔연히 일어나 시비를 데리고 위국 궁중에 들어가 두 공주를 보니 화려함과 덕행이 사람에 지나는지라. 진시 요조숙녀(窈窕淑女)라. 또한 충효지기(忠孝之氣)가 얼굴에 나타나매 내념(內念)에 칭찬하고 돌아와 두 부인께 그 용모 재덕을 못내 치하하며, 또 원수께 치하하며 왈,

"요조숙녀는 군자의 호구(好逑)라. 이는 원수 배필이오니 어찌 아름답지 아니하리요."

죽기로써 권하니 부인은 잠잠하시며, 원수 왈,

"내 본디 처첩의 뜻이 없더니 부인 강권이 이렇듯 심하오니 뜻을 굽혀 듣지 아니하오리까."

인하여 허락하고 나와 차의를 위왕께 고하니 위왕이 대회하여 즉시 택일하여 태자와 원수 한날에 성례할새, 궐내에 대연을 배설하고 화촉이 주궁패궐(珠宮貝闕)[2]에 광채 영롱하고 월패(月佩) 궁녀는 좌우에 시위하고 두 부인 광채 일월에 빛나더라.

---

1) 괴이한 일이 아님.
2) 금은보석으로 호화 찬란하게 꾸민 궁궐.

교배석(交拜席)에 나아가 전안(奠雁)[1]을 파하고 각각 동방(洞房)에 연금(聯衾)하니 그 정이 어찌 범(凡) 사람과 같으리요. 십 일 만에 왕 부인께 예로써 뵈온대 부인과 장씨 공주의 손을 잡고 못내 사랑하더라.

태자와 공주는 비록 성혼하였으나 나가 뵈올 곳이 없으니 그 비창함을 금치 못할러라. 태자는 일처 이첩이요, 원수는 이처 일첩이라.

하루는 금련이 울며 여쭈오되,

"소첩이 원수의 하늘 같사온 덕택으로 살아 고국에 돌아와 일신이 편안하오니 죽어 한이 없사오리요마는, 다만 어미 존망을 모르니 원수 덕택에 어미 사생존망(死生存亡)을 알아 주옵소서."

원수 깨닫고 위왕께 고달(告達)하고 용모를 그려 각도 각 관에 행관하여 찾더니, 금련의 모친 양씨 금련을 난중에 잃고 주야 통곡하더니 급히 위국에 들어가 원정(原情)[2]을 써 들여 왈,

소인이 자식을 번진에 잃삽고 혈혈단신이 찾아가들 못 하와 주야 설워하옵더니, 원수 번국에로 오신다 하오니 번국 일을 아올지라. 자식의 생사를 알으실까 바라옵나이다.

원수 이 원정을 보고 대경하여 급히 청하여 두씨에게 보내

---

1) 혼인 때 신랑이 기러기를 갖고 신부 집에 가, 상 위에 놓고 절하는 예.
2) 사정을 하소연함.

니 두씨 모친을 보고 대경 통곡 왈,

"모친은 살아 육신이 오시니까, 죽어 혼백이 오시니까? 죄녀(罪女)는 불효막대하온 금련이로소이다"

하며 서로 붙들고 방성대곡하다가 양씨 또한 기절하거늘, 시비 등이 구하매 비로소 정신을 진정하여 서로 그리던 정회를 설화하고 못내 즐기더라.

각설, 원수 부인께 고 왈,

"소자 잠간 나아가 선생을 찾아 보옵고 대국 소식을 아온 후에 돌아오리라"

하니, 모든 부인이 아연 당부 왈,

"부디 수이 돌아옴을 바라나이다"

하거늘, 원수 하직하고,

"소자 잠간 나아가 본국 소식을 탐지하옵고 돌아오리이다"

하며 위왕과 여러 충신께 하직하고, 차일 필마 단창으로 여러 날 만에 강선암에 득달하니 산중이 고요하고 인적이 없거늘, 심사 낙막하여 아무리 할 줄을 모르더니 문득 살펴보니 층암 절벽상에 한 여동(女童)이 채약(採藥)하며 무슨 노래를 부르거늘, 원수 들으매 소리 쟁쟁(錚錚)하여 산악을 깨치는 듯한지라. 원수 마음에 경아(驚訝)하여 들으니 그 곡조에 하였으되,

석경(石徑) 쫓는 손이 속객(俗客)일시 분명하다.
팔천 병 어디 두고 독행천리(獨行千里)하시는가.
구은(舊恩)을 생각하고 선생을 찾아온들

은대(慇待) 보필(輔弼)하니 백운을 잡아타고 소행(所行)이 망망하다.
　암상에 저 장군은 갈 길이 바쁜지라
　학산(鶴山)에 유사(有事)하니 그리로 갈지어다.

　이적에 원수 듣기를 다하매 여광여취(如狂如醉)하여 급히 가 물으려 한즉 벌써 간데 없거늘, 마음에 애연하여 촌려(村閭)에 나와 학산을 물으니 대국 변양 땅이라 하거늘, 찾아가더니 한 곳에 다다르니 한 사람이 척검(尺劍)을 요하(腰下)에 차고 필마 단기로 급히 오거늘, 원수 나아가 마상에 읍하고 문 왈,
　"예서 변양이 얼마나 하오니까?"
　그 사람이 답 왈,
　"이 길로 수백 리를 가면 변양으로 가나이다."
　원수 왈,
　"그대는 어디를 행하시나이까?"
　대 왈,
　"나는 대국에 있삽더니 왕명을 받자와 태산부 계양도로 급히 가나이다"
하거늘 원수 대경하여 왈,
　"무슨 일로 가나이까?"
　"계양도 적거(謫居)한 송 태자에게 사약 보낸 사신이 간지 사오 삭이로되 소식이 없사오매, 천자 노하사 나로 하여금 봉명(奉命)하여 태자 사약하고 사신은 나래(拿來)하라 하시매 가나이다."

원수 대로하여 왈,

"나는 전조 충신 조공지자(趙公之子) 웅이라. 역적 이두병과 간신 당류(黨類)를 어찌 살려 두리요."

언파에 칼을 들어 천사(天使)[1]의 목을 치니 번신낙마(翻身落馬)하거늘 말에 달고 말을 채쳐 순식(瞬息)에 변양 땅에 득달하여 한 사람을 만나 문 왈,

"학산을 어디로 가나이까?"

그 노옹이 답 왈,

"학산은 듣지 못하였삽거니와, 저 산이 천수동이요 골 안에 학산이 있다 하되 보지 못하였삽거니와 속담에 그러하더이다."

원수 묻기를 다하고 그 산중으로 갈새 석경은 반공에 솟아 있고 녹수는 의의한데, 슬피 우는 두견성과 일려(逸麗)[2]한 산은 길고 험악하여 첩첩이 쌓였는지라. 깊이 들어가니 길가 반석상 반송(盤松) 아래에 한 노승이 고깔을 벗어 송정(松頂)에 걸고 구절죽장(九節竹杖)을 암상에 세우고 단정히 앉아 무슨 책을 보다가 원수를 보고 놀라며 모르는 체하거늘, 원수 괴이히 여겨 크게 소리하여 물은즉 들은 체 아니하거늘, 원수 대로하여 칼을 빼어 그 중을 치려 하니 그 중이 겁하여 무슨 글 두 귀를 던지고 층암 절벽상으로 나는 듯이 달아나거늘, 원수 급히 쫓아간즉 당연(懂然)[3]하거늘 마음에 아연하여 돌아와 그 글을 보니,

---

1) 천자의 사신.
2) 뛰어나게 아름다움.
3) 실망한 모습.

청산 아득한 데 뛰어오는 저 객아.
흰구름 깊은 이곳 선경이어라.
옥황상제 그대를 이끄나니
그 위에 한 집이 있어라.

원수 그 글을 보매 그 안에 무슨 집이 있다 하였거늘, 집에 들어가 주인을 찾으니 동자 나와 시문(柴門)을 열어 인도하거늘 원수 문 왈,
"주인은 뉘시며 어디 계시뇨?"
동자 답 왈,
"이 집은 천명도사(天命道士) 왕래하시는 집이라. 아까 도사 말하시기를 '오늘 손님이 오실 것이니 이를 두었다가 전하라' 하시고 가더이다"
하며 일봉서를 내어 주거늘 받아 보니 하였으되,

급히 학산에 가 이두병의 머리를 베라.

하였거늘, 원수 견필에 일경일희(一驚一喜)하여 분기를 참지 못하여 동자더러 문 왈,
"어디로 가면 학산으로 가며, 도사는 어디로 가셨느냐?"
동자 대 왈,
"이 길로 가시면 선생 계신 데로 가고, 저 길로 가시면 학산으로 가나이다."
원수 도사를 보려 하고 층암 절벽상으로 올라가니 불과 수리지내(數里之內)에 출처 없는 백호들이 내달아 고함하고

급히 쫓거늘, 형세 급하여 전도(顚倒)히 도망하니 그 범들이 다시 달려들거늘 원수 형세 점점 위태한지라. 가져갔던 천사의 머리를 던지니 그 범이 천사의 머리를 물고 무수히 궁글리며 즐겨하다가 먹고 가거늘, 할 수 없어 학산으로 향하여 근근히 찾아가니 좌우 산천은 하늘에 닿은 듯하고 가운데 광활하여 열렸는데 수천 병마 진을 치고 위엄이 추상 같거늘, 원수 괴이히 여겨 은신하고 살펴보니 남대(南臺)로부터 한 사람을 결박하여 대하에 꿇리고 크게 꾸짖어 왈,

"너는 송실지교목(宋室之喬木)[1]이요, 세대식록지신(世代食祿之臣)[2]이라. 속적여산(粟積如山)[3]하고 직거일품(職居一品)하여 이목지소호(耳目之所好)와 심지지소락(心之志所樂)[4]을 네 혼자 즐겨하니, 너 부족타 하고 억하심정(抑何心情)으로 역적이 된단 말가. 태자는 무슨 죄로 만리 밖에 적거하였으며 천고지후(天高地厚) 모르신들 사약은 무슨 일고. 광대한 천지간 용납 없는 네 죄목을 조조(條條)이 생각하니 살지무석(殺之無惜)[5]이라. 무지한 백성들도 네 고기를 구하는지라"

하며 수레 위에 높이 달고 명패를 완연히 달았으되, '역적 이두병' 이라 대서특자(大書特字)하여 북으로 나오거늘, 원수 칼을 들고 소리를 우레같이 하며 달려들어 대로 왈,

---

1) 송나라 기둥이 되는 신하.
2) 대대로 황제로부터 녹을 받은 신하.
3) 곡식을 산같이 쌓아 두고.
4) 네 좋아하는 일과 마음 내키는 일.
5) 죽여도 아깝지 않음.

"역적 이두병아, 목을 늘이어 내 칼을 받으라"
하고 치니 목이 마하에 내려지거늘 배를 헤치니 과연 사람은 아니요 우인(偶人)¹⁾을 만들어 형용을 그렸는지라. 비록 우인이라도 쾌락한지라. 장전(帳前)²⁾에 나아가며 왈,

"소장은 전조 충신 아무의 아들이옵더니 국외지인(國外之人)으로 불고이참석(不告而參席)하였으니 죄사무석(罪死無惜)이로소이다."

진중 제인이 차언을 듣고 일시에 대경실색하여 원수를 붙들어 당상에 앉히고,

"그대 어찌 잔명을 보존하였으며 태자 존망과 소식을 아느냐?"

원수 답 왈,

"이두병의 화를 면하시고 시방(時方) 기체 안녕하시니이다"

하니, 만좌 제인이 대경실색하고 일시에 하당하여 공중을 향하여 복지 사배 왈,

"황천(皇天)이 명감(明鑑)하니 오늘날 우리 대왕의 안녕하신 소식을 듣사오니, 이제 죽는디 힌들 무슨 한이 있시오리까"

하며 무수히 즐겨하거늘, 원수 문 왈,

"좌중 제공을 알지 못하옵거니와 이곳에 기회(期會)는 무슨 일이니까?"

---

1) 허수아비.
2) 임금이 임어(臨御)한 장막 앞.

한대, 한 백수(白首) 노인 원수의 손을 잡고 눈물을 흘려 왈,

"너는 나를 알지 못하느냐? 나는 네 모친의 사촌이요, 나의 성명은 왕태수(王太秀)라. 네 어려서 이별하였으니 어찌 알리요. 우리는 두병의 난을 만나 각각 도망하였더니, 수월 전에 이리 기회할새 피란하던 인민이 우리 소식을 듣고 불기회자(不期會者)[1] 오천 인이라. 옛적에 주무왕(周武王)이 벌주(伐紂)할 때에서 다름이 없는지라, 어찌 반갑지 아니하리요. 연이나 아직 용병지장(用兵之將)도 만나지 못하고 천시(天時)만 기다리더니, 금일 차사(此事)는 모든 충신이 주야 분을 이기지 못하여 거짓 두병 형용을 그려 우인을 만들어 우선 분을 덜고자 함이라. 다시 묻나니 너는 어디 가 장성하며 태자와 네 모친은 어디 계시며 두병의 포기(暴棄)[2]를 어찌 면하였으며 태자를 어찌 구원하였느뇨?"

원수 다시 복지 통곡 왈,

"소질(小姪)이 살아 다시 보오니 이제 죽다 한들 여한(餘恨)이 있사오리까."

처음에 모친을 모시고 환란을 피하와 한 곳에 유하여 천명만 기다리더니, 우연히 천명도사를 만나 술법 배우던 말씀이며, 위국에 들어가 서번을 쳐 승전하와 대원수 된 말씀이며, 계양도에 들어가오니 천사 내려가 태자를 사약하라 하고 모든 충신을 다 결박하였거늘 천사를 베고 태자를 구하와 모시고 오옵는 길에 번국에서 죽게 된 말씀이며, 인하여 위왕의

---

1) 뜻하지 않은 기회에 우연히 서로 만남.
2) 행동을 마음대로 마구 취하고 스스로 자신을 돌보지 않음. 자포자기(自暴自棄).

부마(駙馬) 된 말씀이며 필마로 오옵다가 선생을 보고 학산을 찾아오옵다가 천사를 만나 죽인 사연을 차례로 고하니, 좌중 제인이 이 말을 듣고 대경실색하여 원수를 붙들고 설화하여 칭찬 왈,

"고금에 이런 상쾌한 일이 어디 있으리요"
하고 못내 사랑하며 즐거움을 측량치 못하더라. 또한,

"명천이 감동하사 이러한 영웅을 내사 송실을 회복케 하고 흉적을 잡게 되었으니 어찌 쾌락지 아니하리요"
하더라.

이적에 능주 땅에서 죽은 천사의 하졸이 황성에 들어가 천사 죽은 사연을 주달하니, 황제 들으시고 대경대로하여 서안을 치며 조신을 크게 꾸짖어 왈,

"불과 수백 리 밖에 있는 조웅을 잡지 못하고, 또한 황사(皇使)를 임의로 죽였으니 어찌 분치 아니하리요. 이제도 조웅을 잡지 못하면 조신을 다 처참할지라"
한대, 조신 중 뉘 아니 겁하리요. 좌승상 최식이 주 왈,

"복원 폐하는 괘념치 마옵소서. 조그마한 조웅 잡기를 어찌 근심하리이까. 이세 용맹 있는 무사를 택취(擇取)하여 조웅을 잡게 하옵소서."

황제 옳이 여겨 중랑장 이황을 명하여 일천 병을 주어 보내니라.

이적에 학산 모든 충신이 조웅을 배하여 대사마(大司馬) 대원수(大元帥)를 봉하고 택일 행군하여 대국을 행할새, 원수 머리에 봉천(奉天) 투구를 쓰고 몸에 쇄금전포(鏁金戰袍)[1]를 입고 허리에 보조궁(寶彫弓)을 차고 천리용총마를

타고 좌수에 비수를 들고 우수에 장창을 들어 선봉을 재촉하니, 선봉군이 북을 울리며 풀어 내매 기치창검은 일월을 가리고 검극병마는 청천에 닿는 듯하니 호령과 위엄이 추상 같더라.

노소 충신이 대찬 왈,

"원수의 행군하는 법은 한신(韓信)[1]·팽월(彭越) 같도다"
하며 칭찬하더라.

원수 제장을 호령하며 동관을 짓쳐 들어가니 지내는 바 기봉(機鋒)을 당치 못하여 소리를 응하여 항복 아니할 이 없더라.

변양 땅에 득달하니 태수 태원이 대경하여 군사를 조발(調發)하여 길을 막거늘, 원수 대로하여 왈,

"태수 태원은 빨리 나와 나의 날랜 칼을 받으라. 나는 송조 충신 조웅이러니 역적 이두병을 치러 가노라."

태수 그제야 대경대희하여 칼을 버리고 말에서 내려 복지청죄 왈,

"소장이 과연 아옵지 못하옵고 그릇 대군을 항거하였사오니 관심(寬心)하옵소서. 죄를 용서하옵고 진중에 두시면 힘을 다하여 원수의 뒤를 따르리라"
하고 복지 애걸하거늘, 원수 대로하여 고성 대질(大叱) 왈,

"너는 음흉한 흉적이라. 두병으로 더불어 다름이 없는지

---

1) 쇳조각을 붙여 만든 갑옷.
1) 중국 한고조의 장신(將臣)으로 한나라 창업 삼 걸(三傑)의 하나. 회음 사람. 고조의 통일 대업을 도와서 초왕(楚王)에 봉함을 받았으나, 후에 열후억멸책(列侯抑滅策)에 의하여 피살되었음.

라 내 어찌 두병의 조신(朝臣)을 살려 남겨 두리요"
하고 언파에 칼을 내어 태수를 찔러 말에서 내려치고 군기와 군량을 취하여 호군하고 발행하여 장안을 향할새, 초야 인민이 조 원수 기병함을 듣고 오는 자 부지기수(不知其數)라. 행군 재촉하여 한 곳에 이르니 군사 천여 명이 길을 막아 진을 치거늘, 원수 괴이히 여겨 탐지한즉 또한 제도로 가는 사신이라 하거늘 원수 대로 왈,

"빨리 목을 늘이어 내 칼을 받으라. 나는 송조 충신 조웅이라"
하니, 군사는 일시에 물러나고 사신은 칼을 들고 달려들며 크게 꾸짖어 왈,

"반적(叛賊) 조웅아, 어찌 만남이 늦으뇨. 이는 반드시 하늘이 지시한 바라. 내 너를 잡아 공을 이루게 함이라 어찌 기쁘지 아니하리요. 오늘날 네 머리를 베어 우리 황상의 평생 원을 풀리라"
하거늘, 원수 더욱 노하여 크게 꾸짖어 왈,

"너 같은 간사한 놈을 두어 쓸데없는지라. 우선 너를 잡아 분함을 덜리라"
하고 달려들어 서로 싸워 불과 일합이 못 하여 원수의 칼이 번득하며 사신의 머리 마하에 내려지거늘, 머리를 창 끝에 꿰어 들고 본진으로 돌아오니, 제장 군졸이 하례하고 노소 충신이 칭찬하더라.

차시에 사신의 군사 도망하여 황성에 들어가 황상께 연유를 주달하기를, 조웅이 변양을 쳐 태수를 베고 황성을 향하다가 또 사신을 죽이고 짓쳐 들어오매, 소졸 등이 겨우 명을

보존하와 도망한 사연을 고하고 또 급히 쳐들어옴을 주달하니, 상이 듣고 대경하여 아무리 할 줄을 모르더라. 문득 서관장(西關將) 최담이 보하되,

"조웅이 군사 팔십만을 거느려 광음을 치고 서주를 범하오니, 복원 황상은 급히 군사를 거느려 도적을 막으소서"
하거늘, 황제 대경하여 제신을 돌아보며 체읍 왈,

"이를 어찌하리요?"

언미필(言未畢)에 좌장군 장덕이 출반 주 왈,

"소신이 비록 재주 없사오나 한 번 북쳐 조웅을 사로잡아 폐하께 바치리다"
하거늘, 상이 크게 기꺼 왈,

"바삐 나아가 짐의 분을 덜라"
하매, 장덕이 고두수명하고 군사를 조발하여 행군하니라.

이적에 원수 행군하여 서주 땅 계양산하에 이르니, 계양산 깊은 골에서 한 장수 엄심갑을 입고 장창을 들고 군사 삼백 기(騎)를 거느려 나와 원수 마하에 복지 주 왈,

"소장은 전조 충신 강걸의 아들 백이옵더니 이두병의 난을 만나 부친을 잃고 주야 망극하여 슬퍼하옵더니, 약간 용맹이 있삽기로 병서를 보아 군사 수백 기를 얻어 천시를 기다리옵더니 천행으로 원수 오신다 하매 고대하옵더니, 오늘날 상봉 하오니 어찌 반갑지 아니하리요. 바라옵건대 진중에 있삽다가 흉적 이두병의 머리를 베어 대송을 회복하옵고 부친의 원수를 갚을까 바라나이다."

원수 대희하여 강백의 손을 잡고 일러 왈,

"그대 부친이 계양도에서 태자를 모셔 있거늘, 이리이리

구하여 위국으로 모셔왔나니 기후는 안녕하신지라. 그대는 조금도 근심치 말라"
한대, 백이 이 말을 듣고 일희일비하여 슬퍼함을 마지아니하더라. 원수께 무수히 치사하니라.

이러구러 불기회자(不期會者) 십만에 가까운지라. 서주를 쳐들어가니 서주자사 위길대 삼천 기를 거느려 진을 치고 길을 막거늘, 원수 대로하여 선봉장 강백을 불러 왈,

"그대 나아가 대전하며 오늘 재주를 시험하리라."

강백이 응성 출마하여 장창을 높이 들고 적진에 나아가 크게 외쳐 왈,

"나는 선봉장 강백이라. 적장은 빨리 나와 목을 늘이어 나의 날랜 칼을 받으라"

하니, 위길대 분기등천하여 진문 밖에 내달아 대질 왈,

"오늘날 조웅을 잡아 우리 황상의 분함을 씻으리라"

하고 달려들거늘, 강백이 장창을 날려 서로 싸우는 양은 양호공투지상(兩虎共鬪之像)이라. 십여 합에 이르러 승부를 못 결단하는지라. 양장의 검술을 보니 강백의 칼이 날래어 길대에서 배나 더하나 힘은 길대만 못하거늘, 원수 분기를 이기지 못하여 칼을 들고 진문 밖에 내달아 대질 왈,

"반적 위길대야, 너는 반국지적(反國之敵)이라. 승천입지(昇天入地)하여 마음이 두렵지 아니하냐?"

하고 호통을 지르며 달려드니, 길대 또한 격분하여 말을 대답지 아니하고 맞아 싸워 한 합이 못 하여 원수의 칼이 번득하매 길대의 머리 마하에 떨어지니 창으로 찔러 문기 위에 달고 좌충우돌하니 그 날램이 비호 같더라.

길대의 아들 위영이 또한 만부지용(萬夫之勇)이 있는지라. 부친 죽음을 보고 대경실색하여 통곡하여 왈,

"부친의 원수를 갚으리라"

하고 분을 이기지 못하여 칼을 들고 내달아 대질 왈,

"반적 조웅은 빨리 나와 대적하라. 오늘날 네 목을 베어 불공대천지원(不共戴天之怨)을 갚으리라"

하거늘, 원수 바라보니 신장이 팔 척이요 눈은 방울 같고 얼굴은 먹장 같은지라. 원수 노 왈,

"너는 황구유아(黃口幼兒)[1]라. 어찌 나를 당하리요. 연이나 일시지내(一時之內)에 부자동참(父子同斬)이 불쌍하거니와 이도 천수(天數)라"

하고 선봉장 강백을 불러,

"대적하라"

한대, 백이 대답하고 말에 올라 창을 둘러 달려들어 위영을 치니 영이 급히 맞아 이십여 합에 불결승부(不決勝負)하니, 위영의 칼이 번득하며 백의 말을 찔러 엎지르니 백이 대경하여 말을 버리고 보행으로 공중에 솟아 위영의 말 뒤에 올라서며 칼을 날려 위영의 머리를 베어 마하에 내려치고 그 말을 앗아 타고 나는 듯이 본진으로 돌아오거늘, 원수 그 용맹을 보고 대경대찬 왈,

"그대의 용맹은 실로 범상한 장수 아니로다"

하고 칭찬을 마지아니하더라.

적진 장졸이 자사 죽음을 보고 일시에 도망하거늘, 원수

---

1) 부리가 누런 새 새끼, 곧 어린아이를 일컬음.

승전고를 울리며 떠나 황성으로 향하여 관산(關山)에 다다르니 황성 대진이 관산 하에 유진하고 기다리거늘, 원수 나아가 적진을 대하여 산을 등지고 진을 치고 중군에 분부 왈,
 "아직 군사를 요동치 말라"
하고 적진 진세를 살펴보니, 문득 적진 중에서 한 장수 대호(大呼) 왈,
"반적 조웅은 빨리 나와 내 칼을 받으라"
하며 진전에 횡행하거늘, 원수 대로하여 진전에 나서며 크게 꾸짖어 왈,
 "너는 조그마한 반적이라. 어찌 너를 살려 두리요. 나의 장수 하나를 보내니 너희들은 혼백을 이 장수 칼 끝에 붙여 보내라"
하고 강백으로 하여금,
 "나아가 대적하라"
하니, 백이 번창 출마하여 대질 왈,
 "무지한 반적은 천시를 알지 못하고 당돌히 대적하니 어찌 가소롭지 아니하리요"
하고 양장이 어울어 접전하니, 양룡(兩龍)이 여의주를 다투는 듯 십여 합에 이르러 강백의 창이 번득하며 적장의 머리 마하에 떨어지는지라. 백이 창 끝에 꿰어 들고 춤추며 본진으로 돌아오니 원수 대희하니라.
  황성 대진이 강백의 용맹을 보고 근심하여 왈,
 "조웅이 또 한 명장을 얻었도다"
하고 크게 근심하더라.
  이튿날 적진 중에서 한 장수 나와 크게 외쳐 왈,

"반적 조웅은 바삐 나와 내 칼을 받으라. 어제는 우리 진 조그마한 장수 하나를 죽이고 승전을 자랑하였거니와, 오늘날은 맹세코 네 목을 베어 천하를 평정하고 또한 우리 황상의 근심을 덜리라"
하고 진전에 횡행하거늘, 강백이 응성 출마하여 대로 왈,
"너의 진중에 장수 얼마나 하뇨? 빨리 나와 승부를 결단하라"
하며 달려들거늘, 서로 맞아 싸우더니 진시 적수라. 강백의 창이 번득하며 적장 투구 마하에 떨어지니 적장이 황겁하여 달아나니, 적진 중에서 또 한 장수 고함하고 내달아 외쳐 왈,
"반적 조웅아, 너는 망명 죄인이라. 여태 살려 두기로 이렇듯 대죄를 생각지 아니하고 이렇듯 거죄(巨罪)하니 네 어이 살기를 바라리요. 바삐 나와 목을 늘이라. 또한 네 어미를 어디 두며 데려왔거든 함께 와 잔명을 바치라"
하며 강백에게 달려드니, 이는 적진 대원수 장덕이라.
강백이 대로 왈,
"반적 장덕은 어찌 낯을 들고 입을 열어 이런 말을 감히 하느냐? 하늘이 둘 없지 아니하여 너 같은 반적을 일시나 살려 두리요"
하고 싸워 삼십여 합에 불분승부(不分勝負)러니, 원수 바라보니 강백의 형세 가장 급한지라. 원수 노기등천하여 내달아 강백을 물리치고 장창을 높이 들고 달려들어 장덕을 치니 덕이 당치 못할 줄 알고 말 머리를 돌려 본진으로 달아나거늘, 원수 장덕을 따라 적진 중에 달려들어 서로 가는 듯 동을 치고 북으로 가는 듯 남장(南將)을 베고 들어가니, 대소 장졸

이 눈을 뜨지 못하고 서로 밟혀 죽는 자 부지기수라.

장덕이 대겁하여 말을 급히 놓아 달아나거늘, 원수 쫓아가며 대질 왈,

"역적 무모지장(無謀之將)은 닫지 말라"

하고 호통을 벽력같이 지르며 쫓아가니, 장덕이 힘을 다하여 달아나더니 문득 산두(山頭)에서 출처 없는 백호(白虎) 내달아 길을 막고 물려 하거늘, 장덕이 대경하여 앙천 탄 왈,

"앞에는 백호 임하였고 따르는 추병(追兵)은 급하니 가운데 든 자 어찌 살기를 바라리요. 사세 급박하니 어디로 향하리요."

자탄 왈,

"이를 어찌하리요"

할 즈음에 말 소리 벽력같이 나거늘, 돌아보니 조 원수 장창을 번듯 두르며 나는 듯이 달려오니 사세 급한지라. 말에서 내려 원수 앞에 나아가 복지 애걸 왈,

"소장은 족히 아올지라. 일시 황명으로 원수와 더불어 전장(戰將)이 되었사오니 하올 말씀은 없삽거니와 병가의 분은 일시뿐이라 하오니, 복원 원수는 인후(仁厚)하옵신 미음을 생각하옵셔서 죄를 용서하옵고 진중에 두시면, 원수 뒤를 좇아 공을 함께 이루어 빛난 이름을 천추에 유전할까 바라나이다"

하며 지극히 애걸하거늘, 원수 더욱 대로하여 크게 꾸짖어 왈,

"네 형상을 보니 가긍하나 흉적 두병의 무거불측지죄(無據不測之罪)를 생각하니 너를 어찌 살려 두리요."

언파에 칼을 빛내니 장덕의 머리 떨어지니 칼 끝에 꿰어 들고 본진으로 돌아오니, 모두 원수의 용맹을 치하하더라.

차설, 황제 장덕을 보내고 날로 소식을 기다리더니 문득 최담이 보하되,

> 조웅이 서주 칠십 주를 쳐 함몰하고 관산에 이르러 대진(對陣)과 합전(合戰)하여 일일 지내되, 원수 장덕을 베고 물밀듯 쳐들어오나이다

하였거늘, 황제 견필에 대경황망하여 제신을 돌아보아 왈,

"이 일을 어찌하리요?"

언미필에 사마장군 주천이 출반 주 왈,

"장덕은 본디 우직하온지라. 제 어찌 당하오리까. 소장이 비록 재주 없사오나 인검(引劍)[1]을 주시면 전장에 나아가 반적 조웅을 잡아 폐하 휘하에 올리리다"

하거늘, 황제 크게 기꺼 왈,

"적진에 나아가 부디 조심하여 공을 이뤄 수이 돌아오라"

한대, 주천이 수명(受命)하고 물러 나오니 황제 또 좌승상 최식을 돌아보아 왈,

"경이 짐을 위하여 주천을 도와 적진에 나아가 조웅을 생금(生擒)하여 돌아오면 강산을 반분하리라"

하니, 최식이 주 왈,

"황상의 명령을 어찌 피하오리까. 싸움의 승패는 병가상

---

1) 왕이 병마(兵馬)를 통솔하는 장수에게 주던 검.

사(兵家常事)라. 패하여 돌아온들 어찌 하교를 거역하오리
까. 이제 군을 발하여 주시면 주천을 데리고 전장에 나아가
반적 조웅을 사로잡아 천하를 평정하올 것이니, 복원 폐하는
너무 용념치 말으소서"
한대, 황제 대희하사 최식으로 대원수를 봉하고 주천으로 선
봉장을 삼아 장수 천여 원과 군사 팔십만과 백모황월(白矛黃
鉞)[1]과 용정봉기(龍旌鳳旗)[2]며 전포인검(戰袍引劍)을 사급
(賜給)하니 원수 사은하고 물러 나와 군사 발행하는 법을 쓰
니 위엄이 엄숙하여 용병하는 법은 귀신도 측량치 못할러라.

황제 친히 나와 원수를 전송할새 기치창검은 일월을 희롱
하고 고각함성은 천지에 진동하니, 그 위엄이 추상 같더라.

화설, 조 원수 군마를 몰아 무인지경(無人之境)같이 들어
가니 소향(所向)에 무적(無敵)이라. 오산 동관에 다다르니
대원수 최식이 팔십만 대병을 거느려 산야를 덮어 진을 치
거늘, 원수 황진(皇陣) 형세를 살펴보고 선봉장 강백을 불
러 왈,

"초목을 의지하여 진을 치라"
하고 적세를 보더니 문득 적진에서 방포일성에 한 장수 문기
(門旗)[3] 아래 나서며 크게 외쳐 왈,

"반적 조웅은 빨리 나와 내 창을 받으라"
하는 소리 우레 같거늘, 원수 대로하여 선봉장 강백을 명하
여 치라 한대, 백이 번창 출마하여 진전에 나서며 대질 왈,

---

1) 흰 술을 단 창과 누런 술을 단 도끼.
2) 용·봉을 조각한 깃봉을 단 기.
3) 조선조 군용 대치기(大幟旗) 중의 하나.

"반적 두병의 장졸은 들으라. 네 천시를 모르고 감히 우리와 대적하니 우선 너를 베어 분함을 씻으리라"
하고 호통일성에 말을 채쳐 달려들어 합전할새, 기치검극은 일월을 가리었고 사석(沙石)이 일어나 안개 되어 양진을 분별치 못하고 날이 저물거늘, 원수 징을 쳐 군사를 물리치다. 백이 본진으로 돌아와 분을 이기지 못하여 날 새기를 고대하는지라.

이적에 황진 중에서 대호 왈,

"가련타, 조웅이 저렇듯 무지한 장수를 믿고 대국을 침하니 어찌 가소롭지 아니하리요"
하더라.

이때에 대원수 최식이 간계를 내어 군중에 지휘하되,

"조웅이 수풀을 의지하여 진을 쳤으니 제 어찌 병법을 안다 하리요. 너희는 오늘 밤 화약과 염초(焰硝)[1]를 준비하여 오늘 밤 삼경에 적진에 나아가 고요한 때를 타 불로 쳐 적진을 함몰하고 조웅을 사로잡아 천하를 평정하리라"
하니, 장졸이 다 즐겨하더라.

이 날 초경에 원수 선봉장 강백을 불러 왈,

"적진이 우리 수풀에 진침을 보고 밤에 응당 불로 칠 것이니 어찌 저의 꾀에 빠지리요. 이제 진을 급히 옮기되 훤화를 일제히 금하라"
하니, 강백이 청령하고 진을 옮기더라.

원수 군사 수십 명을 보내어 수풀에 유진하는 척하고 밤이

---

1) 화약의 일종.

깊도록 솔밭을 흔들고 군호하다가 본진으로 돌아오니라.

이 날 밤에 적진 장졸이 상림(桑林)에 와 복병하였다가, 삼경을 기다려 방포일성에 좌우 수풀에 일시에 불을 놓으니 화광이 충천하여 상림을 다 소화하는지라. 황진 장졸이 다 즐겨 왈,

"이제 적진 장졸이 혼백도 남지 못하리라"
하며 즐기더라.

이적에 조 원수 은신하였다가 필마로 내달아 크게 외쳐 왈,
"죽은 조웅이 살아 왔노라"
하며 장졸을 무수히 죽이고 본진으로 돌아오니라.

이 날 밤에 황진 중에서 상림에 장졸을 보내고 삼경에 이르러 바라보니 방포일성에 화광이 충천하거늘, 장졸이 즐겨 왈,

"이제는 조웅이 죽었도다"
하며 본진 장졸이 돌아오기를 기다리더니, 약간 살아 온 군사 울며 고 왈,

"무섭고 두렵더이다. 분명 죽은 조웅이 다시 살아와 장졸을 짓치고, 인하여 간데 없사오니 어찌 두렵지 아니하오리까."

최식과 주천이 듣고 대경실색 왈,
"조웅은 분명 명장이로다. 죽은 혼백도 장졸을 짓치니 만일 살려 두면 대환을 당하리라"
하며,

"황제 우리를 보내시고 날로 소식을 기다리는지라. 승전한 격서를 어찌 시각을 유하리요"

하고 즉시 주문(奏文)을 발송하고 승전고를 울리며 날 새기를 기다리더니, 계명성이 나며 동방이 장차 밝거늘, 군사 호군(縞軍)[1]하고 선봉을 재촉하여 군사를 풀어 가고자 하더니 문득 일성방포에 고각과 함성이 천지 진동하며 요란하거늘, 황진 다 놀래어 함성 소리 나는 곳을 살펴보니 상림 동편에서 한 장수 내달으며 크게 꾸짖어 왈,

"황진은 가지 말고 내 칼을 받으라, 오늘날 너희를 씨 없이 멸하리라"

하며 칼춤 추며 달려드니, 황진 장졸이 대경하여 진퇴를 능히 못 하고 진문을 굳이 닫고 나지 아니하며, 주천이 최식더러 왈,

"조웅을 잡았다 하고 주문을 올렸더니 이제 조웅이 살았으되, 그대로 두면 우리 능히 기군망상지죄(欺君罔上之罪)[2]를 면치 못하올지라. 다시 주문을 하사이다."

최식이 다시 주문을 하니라.

각설, 조웅이 진전에 나와 횡행하며 대호 왈,

"무지한 반적은 빨리 나와 항복하라"

하며 재주를 비양(備樣)하니 황진 장졸이 황겁하여 아무리 할 줄을 모르더라. 최식이 주천더러 왈,

"이제 조웅의 용맹을 당할 장수 없으니 항복하여 살기를 바람만 같지 못하도다"

한대, 주천이 대로하여 칼을 빼어 들고 최식을 겨누며 꾸짖

---

1) 음식물을 베풀어 군사들을 위로함.
2) 임금을 속인 죄.

어 왈,

"원수는 국지중신(國之重臣)이라. 저렇듯 추비(麤鄙)한 뜻을 가지고 국록지신(國祿之臣)에 거하며, 또한 군졸이 되리요?"

한대, 최식이 대 왈,

"나는 일신을 위함이 아니라. 낸들 어찌 근심치 아니하리요. 우리 등이 만일 패한즉 국가 흥망을 알지 못할지라. 그대는 어찌 생각지 못하느뇨?"

주천이 더욱 대로하여 크게 꾸짖어 왈,

"어찌 원수라 칭하리요?"

하고 창을 들고 문에 내달아 외쳐 왈,

"반적 조웅은 빨리 나와 내 칼을 받으라. 어젯날은 천행으로 살았거니와 네 명이 오늘뿐이로다"

하고 달려들거늘, 원수 또한 격분하여 내달아 접전하여 십여 합에 미결하니 주천이 제 당치 못할 줄을 알고 말 머리를 돌려 달아나거늘, 원수 칼을 돌려 주천을 치니 검광이 번득하며 주천의 머리 마하에 떨어지거늘, 창 끝에 꿰어 들고 황진을 횡행하여 크게 외쳐 왈,

"적진 장수 몇이나 있느뇨? 일시에 나와 목을 늘이어 내 칼을 받으라"

하는 소리 우레 같은지라.

황진 장졸이 대경하여 아무리 할 줄을 모르고 도망하거늘, 최식이 세궁역진(勢窮力盡)하여 항서를 써 가지고 통곡하며 진문 밖에 나와 원수 휘하에 꿇어 복지 애걸 왈,

"망발상(妄發上)에 하였사오니 죄사무석이라. 원수는 관

후한 마음을 돌리어 잔명을 구할까 바라나이다"
한대, 원수 최식의 간사함을 절통히 여겨 크게 꾸짖어 왈,

"네게 받은 항서를 무엇하리요? 너는 만고 간신이요, 이두 병은 중한 역적이라. 내 어찌 살려 두리요."

언파에 칼을 들어 최식의 머리를 베어 적진 중에 던지니 황진 장졸이 대경실색하여 왈,

"세장내하(勢將奈何)[1]라"
하고 도망하는지라.

차설, 이때 황제 대군을 전장에 보내고 소식을 날로 기다리더니 문득 승전한 격서 올리거늘 급히 떼어 보니 하였으되,

승상 겸 대원수 최식은 근백배돈수상언(謹百拜頓首上言)[2] 우(右) 폐하 전에 올리나이다. 신이 모월 모일에 오산 동관에 이르러 적진을 만나 대진하옵고, 이러이러하여 조웅을 죽이옵고 승전하여 평국(平國)한 사정을 올리오니, 복원 황상은 무려(無慮)하옵소서.

하였더라.

상이 견필에 대희하여 만조 백관을 돌아보아 왈,

"원수 한 번 가매 반적 조웅을 잡고 짐의 근심을 더니 어찌 기쁘지 아니하리요"

---

1) 세력을 장차 어찌할 수 없음.
2) 삼가 백 번 절하고 머리를 조아리며 말씀을 올린다는 뜻.

하고 즉일에 태평연을 배설하고 즐기더니, 또 한 주문을 올리거늘 개탁하니 하였으되,

　승상 겸 대원수 최식은 근백배 우 폐하 하나이다. 신은 기군망상지죄를 지었사오니 죽어 아깝지 아니하오되 천위함을 앙달(仰達)하옵나니, 일전 상림에서 조웅을 잡았다 하옵고 승전한 격서를 올렸거니와, 이튿날 회환(回還)하려 하올 제 다시 보오니 뜻밖에 한 장수 있기에 자세히 보니 조웅이 진을 옮겨 치고 화를 면하고 다시 대전한대, 황공 복지 감달(敢達)하옵나이다.

하였더라.
견필에 대경실색하여 아무리 할 줄을 모르더니, 또한 최담이 보하되,

　조웅이 대원수 최식과 부장 주천을 베고 팔십만 대병을 몰아 물밀듯 들어오니 그 세 곤한지라. 바삐 명장을 보내어 급함을 막으소서.

하였더라.
황제 견필에 대경실색하여 제신을 돌아보며 자탄을 마지아니하더라. 또한 궐문 밖에서 크게 요란하거늘, 상이 대경하여 연고를 물으니 수문장이 급고 왈,
"출처 없는 장수 삼 인이 와 이리이리 하나이다."
상이 인견하여 문 왈,
"경 등은 어디 있으며 무슨 소회 있느뇨?"

삼 인이 복지 주 왈,

"신 등은 동해 땅에 사옵더니, 신의 아재비[1] 태산부 자사를 가와 반적 조웅의 손에 죽었사오니 유부유자지간(有父有子之間)에 어찌 놀랍지 아니하오며, 또한 국가 위태하옴을 듣사오니 신자의 도리에 마음이 평안하오리까. 신 등은 삼형제니 이름은 일대·이대·삼대라. 비록 재주 없사오나 조웅은 두렵지 아니하오니, 복원 황상은 일지병(一枝兵)을 빌리시면 반적 조웅을 잡아 폐하전에 바치리다"

한대, 상이 대희하사 즉시 군사 오십만을 조발하여 일대로 대원수를 봉하고 이대로 부원수를 하이고[2] 삼대로 선봉장을 하이고 백모황월과 용정봉기며 전포인검을 주고 하교하되,

"경 등이 힘을 다하여 국가를 평정하라. 만일 국가 평정하고 조웅을 잡아 바치면 장차 강산을 반분하리라."

상이 친히 잔을 잡고 원수를 전송하니, 일대 삼형제 황공복지 사은하고 물러나와 전군을 호령하여 나아가니 군중이 씩씩하고 위엄이 엄숙하더라.

행군하여 여러 날 만에 곡강에 다다라 유사천 백사장에 유진하고 군사를 쉬이더니, 수문장이 급고 왈,

"어떠한 선비 자칭 도사라 하고 군중에 들어오려 하나이다"

하거늘, 원수 대경하여 진문에 내달아 도사를 붙들고 장대(將臺)에 들어가 복지 사죄 왈,

---

1) '아저씨'의 낮춤말.
2) 시키고.

"소자 등이 어찌 사제간의 분의(分義)를 안다 하오리까. 선생께 하직도 아니하옵고 임의로 출세(出世)하였사오니 죄사무석이로소이다."

도사 길이 탄식 왈,

"그대 등은 망발상에 하였도다. 하늘이 그대 삼형제를 내시매 반드시 대사(大事)를 당코자 함이요, 내 또한 그대를 만나 천시를 알아 지시함이어늘, 그대 어찌 내 말을 듣지 아니하고 자당출세(自當出世)하니 저 군병을 퇴송(退送)하고 산중으로 돌아가자"

하니 삼대 왈,

"너무 용념(用念)치 마옵소서. 소자 삼형제 재주를 가지고 조웅 하나 잡기를 어찌 염려하오리까. 또한 장략(將略)을 가지옵고 이렇듯 분분한 시절을 그저 보내오며, 여류(如流) 세월이 연광(年光)을 침노하는지라. 선생은 회의(懷疑) 말으시고 진중에 동행하여 지모를 가르치소서"

하고 행군하여 가거늘, 도사 결단(決斷)하고 삼대를 붙들고 만류 왈,

"나는 그대 등을 위하는 사람이라. 어찌 내 말을 듣지 아니하뇨? 이번 싸움은 이롭지 아니하거늘 부질없이 가지 말고 돌아가자"

하고 무수히 만류하되 종시 듣지 아니하고 행군하여 가는지라. 도사 진중에 가며 주야 달래어 왈,

"천시를 거역 말고 그저 돌아가자"

하니, 삼대 종시 듣지 아니하고 가는지라.

여러 달 만에 서창에 득달하니, 조 원수 벌써 동창에 이르

러 진을 쳤는지라. 일대는 서창에 진을 치고 이대는 회음에 진을 치고 삼대는 강진에 진을 쳤는지라. 도사 조 원수의 진세를 보고 대경 왈,

"그대 등은 조웅의 진세를 보라. 이러하였으니 분명 신통한 도사의 가르친 바요, 진전에 안개 자욱하니 반드시 용총과 천사검(天賜劍)을 가진가 싶으니 마음이 놀라운지라. 종시 내 말을 듣지 아니하니 가련코 분하도다. 헛되이 접전 말고 돌아가 시절을 기다려 보라"
하였으나, 일대가 답 왈,

"조웅의 거동을 보사이다"
하고 중군을 불러 왈,

"이제 장수 하나를 보내어 청전(請戰)하라"
하니, 총독장(總督將) 설인태가 응성 출마하여 대호 왈,

"반적 조웅아, 빨리 나와 목을 늘이어 내 창을 받으라"
하며 진전 횡행하거늘, 원수 대 왈,

"너는 울지 못하는 닭이요, 짖지 못하는 개라"
하며 언파에 창을 들고 말에 올라 진전에 내달아,

"반적 필부(匹夫)는 잔명을 재촉 말고 말에서 내려 항복하라"
하며 접전하니, 수십여 합이 못 되어 원수 창이 번득하며 인태 말을 맞히니 인태 놀래어 말 머리를 돌리어 달아나거늘, 원수 따르지 아니하고 본진으로 돌아오니 제장 군졸이 치하 분분하더라.

일대 조웅의 용맹을 보고 대소(大笑) 왈,

"저러한 것을 누가 자랑하더니 금일 용맹을 볼진대 어린

아이 같은지라. 어찌 녹록지 아니하리요."

도사 왈,

"그대 어찌 남을 수이 아는가. 잠간 조웅을 보니 앞에는 용흥지상(龍興之像)이요 뒤에는 자미성(紫微星)[1]이 응하였고, 손에는 천사검이요, 말은 용총이라. 어찌 범연한 장수라 하리요. 그대 헛되이 싸우지 말고 돌아가자"

한대, 일대 노기 등등하여 대답치 아니하니 도사 대로하여 왈,

"그대는 나를 다시 보지 못하리라"

하고, 또 이대 진에 들어가니 이대 나와 맞거늘 이대더러 왈,

"그대 형 일대는 고집이 과하여 내 말을 듣지 아니하니 하릴없거니와, 그대는 군을 파하고 돌아갈 마음이 없느냐?"

하니, 이대 대로하여 들은 체 아니하거늘 도사 대로 왈,

"그대 또한 나를 보지 못하리라"

하고 삼대 진에 들어가 삼대를 보고 왈,

"그대 형제 다 내 말을 듣지 아니하니 하릴없으나 그대 등은 천시를 알지 못하는지라. 내 말을 들으면 좋은 시절이 있을 것이니 파군하고 산중으로 돌아감이 어떠하뇨?"

삼대 또한 분연하여 이르되,

"선생은 어찌 그리 근심하나이까. 이때를 잃고 치지 아니하면 양호유환(養虎有患)[2]이라. 선생은 의심치 말으시고 이곳에 계셔 승부를 구경하소서"

하거늘, 도사 분을 이기지 못하여 삼대더러 일러 왈,

---

1) 자미원(紫微垣)에 있는 별의 이름. 북두칠성 동북쪽에 있음.
2) 화근을 길러 근심을 산다는 말.

"너희 삼형제는 다시 나를 보지 못할지라. 가히 아깝도다. 이는 다 천수(天數)라"

하고, 비창함을 마지못하다가 삼대를 이별하고 떠나니라.

도사 탄식하며 조 원수 진에 나아가 문 지킨 군사더러 일러 왈,

"지나가는 사람이러니 조 원수를 보려 하노라"

하니 군사 원수께 차의를 고한대, 원수 듣고 괴이히 여겨 청하여 당상에 앉히고 예필(禮畢) 후에 원수 문 왈,

"선생 보오니 족히 아올지라. 청컨대 지모를 가르치소서."

도사 왈,

"원수는 신통하도다, 남의 행색을 어찌 알아보느뇨? 연이나 잠간 천기(天機)를 누설하노라"

하고 소매에서 한 봉서를 내어 주며 왈,

"이대로 행하라"

하고 왈,

"나는 세상에 유(留)할 사람이 아니라"

하고 가거늘, 원수 망연하여 무수히 만류하되 무가내하라. 소매를 떨쳐 섬에 내리어 두어 걸음에 문득 간데 없거늘 원수 하릴없어 공중을 향하여 무수히 사례하고, 또한 그 봉서를 떼어 보니 그 서에 하였으되,

　　일대 진중에는 불입진중(不入陣中)하고 이대 진에는 용백마혈인검(用白馬血印劍)[1]하며 송축귀문(頌逐鬼文)[2]하고, 또 삼대

---

1) 백마의 피를 칼에 바름.

진에는 불근삼대지좌(不近三大之左)하라.

하였더라.

원수 그 글을 보니 일변 의심하고 일변 기꺼하더라. 이튿날 원수 갑주를 갖추고 말에 올라 진전에 횡행하며 크게 외쳐 왈,

"반적은 바삐 나와 내 창을 받으라"

하는 소리 벽력이 우는 듯하더라.

일대 진문을 굳이 닫고 나지 아니하거늘, 원수 진전에 독행하여 재주를 비양하되 종시 나지 아니하거늘 본진에 돌아와 강백더러 일러 왈,

"적장이 진문을 닫고 나지 아니하니 괴이하도다. 무슨 계교를 하는가 싶으니 각별 조심하라"

하고, 이튿날 원수 또 진전에 나서 횡행하며 승부를 돋우되 종시 진문을 굳이 닫고 나지 아니하는지라.

십 일 만에 일대 진문을 크게 열고 대장 기치를 진전에 돋워 세우고 크게 외쳐 왈,

"반적 조웅아, 너는 아직 어린아이라. 천시를 알지 못하고 태평성대를 요란케 하니 너의 죄 가장 큰지라. 오늘날 너를 잡아 큰 화를 덜리라"

하거늘 원수 또 진전에 나서 일대를 보니, 구척 장신에 쇄금 철갑을 입고 수염은 두 자가 넘고 눈은 샛별 같은지라. 원수 강백을 불러 왈,

---

2) 귀신을 쫓는 글을 읽음.

"그대 나아가 대적하라"
하며 왈,

"적장을 보니 분명 거짓 패하여 달아날 것이니 부디 따르지 말라."

백이 청령하고 내달아 접전하여 삼십여 합에 승부를 결단치 못하다가 문득 일대 거짓 패하여 달아나거늘, 강백이 크게 소리하고 창을 두르며 쫓아 적진 앞에 다다르니 일대 진문에 들며 좌우편 군사 인도하여 들어가거늘, 백이 오래 횡행하며 질욕(叱辱)하다가 본진에 돌아와 원수께 고 왈,

"소장이 쫓아 적진 앞에 이르니 적장이 진문에 들며 군사 인도하니 실로 괴이하더이다"
하며 의심하더니, 이튿날 원수 장창을 높이 들고 대호 왈,

"반적 일대야, 무슨 용맹으로 나를 당적하려 하느냐? 바삐 나와 나의 날랜 창을 받으라. 내 수명우천(受命于天)[1]하여 역적 이두병을 베고 송실 사직을 회복하려 하나니, 너는 어떠한 놈이관데 목숨을 아끼지 아니하느냐?"

일대 이 말을 듣고 나와 접전할새 이는 양호공투(兩虎共鬪)라. 사석이 일어나고 검극이 양진을 덮었는지라. 십여 합에 불분승부(不分勝負)러니, 일대 또한 거짓 패하여 달아나거늘 원수 대질 왈,

"반적은 닫지 말고 내 창을 받으라"
하며 진전에 횡행하니, 일대 거짓 진중에 가 숨는 체하고 또 내달아 접전할새, 검극은 일광을 가리었고 말굽은 분분하여

---

[1] 하늘로부터 명을 받음.

양진 장졸이 눈을 뜨지 못하는지라. 십여 합에 이르러 일대 또한 본진으로 도망하거늘 원수 종시 따르지 아니하니, 이 날 일대 거짓 수삼 차를 패하여도 원수 종시 따르지 아니함을 보고 본진에 돌아와 크게 의심하여 제장더러 왈,

"내 거짓 패하여 여러 번 도망하되 조 원수 종시 따르지 아니하니 실로 괴이하도다."

행여 누설할까 각별 신칙하더라.

이적에 원수 본진으로 돌아와 제장을 불러 왈,

"적장 일대는 범한 장수가 아니라 간대로 잡지 못할 것이니, 명일은 강백이 나아가 싸우되 적장과 접전하여 날이 저물거든 그대 먼저 거짓 패하여 적진에 들면 군사 분명 저의 장순가 하여 무슨 일을 행할 것이니, 내일은 저의 비계(秘計)를 명백히 알지라"

하고 은밀히 의논하니라.

이튿날 일대 진전에 횡행하여 무수히 도전하되 원수 진문을 굳이 닫고 나지 아니하다가, 석양에 이르러 원수 강백을 명하여 싸우라 하니 강백이 정창 출마하여 대질 왈,

"무지한 필부는 들으라. 오늘은 네 목을 베어 천지간 화를 덜리라"

하고 달려들어 싸워 삼십 합이 되도록 불결승부러니, 날이 저물거늘 백이 거짓 패하여 적진 중으로 달려드니 적진 군사 저의 장수만 여겨 내달아 말을 이끌고 왼편으로 인도하여 장대로 모시거늘, 일대 대경하여 강백을 좇아 본진으로 달려드니 일대 군사 적장인 줄 알고 일시에 내달아 말을 치니, 일대 말이 놀래어 함지(陷地)에 떨어지니 장졸이 즐기어 일시에

칼로 치니, 일대 할 수 없어 앙천 탄 왈,

"이 군사들아, 너희 장수를 알지 못하느냐?"

하니, 장졸이 대경하여 불을 밝히고 자세히 보니 과연 일대러라.

일진이 황겁하여 할 수 없어 일시에 흩어지니 원수와 강백이 기꺼 급히 가본즉, 일대 함지에 빠져 몸에 창검이 어리어 혼불부신(魂不附身) 하는지라. 원수 대희하여 왈,

"반적 일대야, 천시를 거역하고 망발상에 하였다가 네 꾀에 네 죽었도다. 족히 용맹이 있거든 살아 나오라"

하니, 일대 이 말을 듣고 분을 이기지 못하여 인하여 죽는지라.

원수와 강백이 본진에 돌아와 밤을 지낸 후에, 이튿날 적진 진문에 나아가 본즉, 문에 구덩이 수백 간을 파고 창검을 무수히 묻었는지라. 보매 마음이 놀라워 군기 군량을 거두어 가지고 백마를 잡아 피를 내어 칼에 바르고 이대 진에 다다르니, 이대 제 형 죽단 말을 듣고 대경통곡하여 이를 갈고 진전에 나서며 크게 외쳐 왈,

"반적 조그만 아이야, 너를 잡아 망형의 원수를 갚으리라"

하고 나는 듯이 달려들거늘, 원수 맞아 싸울새 백마혈인검으로 이대의 앞을 치니 이대의 칼이 공중에 날아오다가 원수의 칼을 범치 못하는지라. 이대 분기등천하여 칼을 공중에 던지고 나는 듯이 횡행하니 이는 힘으로 싸울진대 비호라도 당치 못할러라. 이대의 칼이 공중에 떠 오다가 종시 원수의 칼을 범치 못하는지라. 이대 본진에 돌아와 제장더러 왈,

"조웅의 칼이 수상하도다. 내 칼이 여러 번 가되 범치 못

하니 실로 괴이하도다"

하고 크게 근심하더니, 이튿날 이대 진문을 열고 원수 맞아 싸울새 칼을 공중에 던지고 달려들거늘, 원수 정신을 가다듬고 칼을 높이 들고 말을 몰아 달려들며 크게 꾸짖어 왈,

"반적 이대야, 네 형 일대도 내 칼에 죽었거든, 네 어찌 나를 당하리요. 부질없이 잔명을 재촉 말고 말에서 내려 항복하라"

하고 싸울새 이대의 용맹이 원수에서 십 배나 더하고, 또한 칼이 공중에 날아드니 극히 두려운지라. 팔십여 합에 승부를 결단치 못하니 원수 기력이 점차 쇠진하여 형세 가장 위태한지라. 말 머리를 돌려 본진으로 행코자 하더니, 이대 칼을 둘러 가는 길을 막고 크게 꾸짖어 왈,

"필부 조웅은 어디로 가느냐? 오늘날 네 머리를 베어 망형 혼백을 위로하리라"

하고 칼을 들어 치려 하거늘, 원수 평생 기력을 다하여 백마혈인검으로 이대의 칼을 치며 축귀문을 고성대독(高聲大讀)하니 이대 대경하여 칼을 마하에 던지거늘, 원수 그제야 쇠잔하던 기운을 새로이 가다듬어 다시 칼을 들어 이대의 목을 치니, 머리 마하에 내려지며 천지 아득하며 운무(雲霧) 회명(晦冥)[1]하고 지척을 분별치 못하는지라. 원수 축귀문을 구불절송(口不絶頌)[2]하여 고성대독하니 풍운 지식(止息)하며, 문득 보니 한 팔 척 신장(神將)[3]이 울며 공중으로 날아가거

---

1) 어두컴컴함.
2) 입으로 외기를 끊이지 않음.
3) 신병을 거느리는 장수.

늘, 원수 놀래어 생각하되,

'이대는 반드시 신장을 겸하였도다'
하더라.

이적에 이대의 장졸이 이대 죽음을 보고 일시에 동심(動心)하여 도망하거늘, 원수 이대의 머리를 창 끝에 꿰어 들고 본진으로 돌아오니 제장 군졸이 치하하더라.

승전고를 울리며 장차 삼대 전에 다다라 대진하고 이대의 머리를 삼대 진에 던져 왈,

"반적 삼대야, 들어라. 서창에서 네 장형 일대를 베고 회음에 와 네 중형 이대의 머리를 베어 왔는지라. 너는 부질없이 용력(勇力)을 허비치 말고 바삐 나와 목을 늘이어 내 칼을 받으라"
하며 진전에 횡행하니, 적진 장졸이 뉘 아니 겁하리요.

삼대 분기등등하여 좌수에 장창 들고 내달아 대질(大叱)하고 호통 일성에 달려들거늘, 원수 창으로 춤추며 삼대 우편으로 달려들며 접전하니 삼대는 항상 좌수로 칼을 날려 좌편으로 달려들거늘, 원수 일향(一向) 피하여 우편으로 범하니 차일 팔십여 합에 승부를 결치 못하고 각각 본진으로 돌아오니라.

삼대 크게 의심 왈,

"조웅이 필연 무슨 아는 일이 있는가 싶더니 괴이하도다."

행여 천기를 누설하까 저어하더니 원수 본진으로 돌아와 강백더러 왈,

"삼대의 용맹이 실로 범상한 장수 아니라. 간대로 잡지 못할 것이니, 명일은 강장(姜將)이 먼저 나아가 싸우라. 내 승

세하여 접응하리라"
하고 또 이르되,
 "삼대의 좌편을 범치 말고 부디 경적(輕敵)지 말라"
하더라.
 이튿날 삼대 정창 출마하여 대호 왈,
 "오늘날 맹세코 네 머리를 베어 분함을 씻으리라"
하고 진전에 횡행하거늘, 강백이 또 정창 출마하여 진전에 나서며 크게 외쳐 왈
 "무지한 삼대는 들으라. 네 양형의 혼백이 우리 진중에 갇히어 나지 못하고 주야 울며 애통하되, '소장의 동생 삼대의 머리를 마저 바치올 것이니 가긍한 혼백을 놓아 주옵소서' 하며 주야로 가긍한 소리 진중에 낭자하거늘, 네 아무리 살고자 한들 어찌 살으리요."
 달려들어 바로 삼대 우편을 쳐들어가니, 삼대 아무리 좌용검(左用劍)을 잘한들 우편으로 범하니 이윽하여 기운이 감축(減縮)하는지라. 십여 합에 승부를 결단치 못하나 강장의 형세 가장 급한지라. 원수 진전에서 양장의 자웅을 보니 강장의 세 급한지라. 칼을 들고 내달아 삼대의 우편을 쳐들어가니 삼대 아무리 재주 용한들 어찌 창을 임의로 쓰리요. 이십여 합에 불결승부(不決勝負)러니, 문득 강장의 창이 번듯 하며 삼대의 탄 말을 찔러 거꾸러지니 삼대 땅에 떨어지는지라. 원수 달려들어 치려 하니 삼대 공중으로 솟아나 달려들어 싸울새, 원수 강백으로 더불어 급히 치니 삼대 견디지 못하여 달아나거늘, 원수 말을 달려 급히 따르며 칼을 들어 삼대 창 든 손을 치니 삼대 놀래어 창을 버리고 공중으로 날아

닫거늘, 원수 솟아나 삼대의 목을 치니 일진 광풍이 일어나며 머리 떨어지는지라. 문득 진전에 푸른 안개 일어나며 두 줄기 무지개 공중에 뻗치거늘, 원수 괴이히 여겨 살펴보니 왼팔 밑에 날개 돋혔는지라.

삼대 죽음을 보고 적진이 대경황망하여 일시에 산망(散亡)하거늘, 원수와 강장이 본진에 돌아와 승전고를 울리니, 제장 군졸이 치하 분분하며 모두 즐기더라.

이적에 원수 삼대 등을 베고 의기양양하여 군사를 호궤하고 바로 황성을 짓쳐 들어가니, 이르는 곳마다 주검이 무수하더라.

이적에 동관장 최담이 급고 왈,

"조웅이 일·이·삼대를 다 베고 짓쳐 들어오니, 복원 황상은 급히 화를 막으소서"

하였거늘, 황제와 제신이 황황실색하여 황제 제신을 돌아보아 왈,

"경 등은 비계를 써 나의 근심을 덜라"

한대, 제신이 합주(合奏) 왈,

"일대 등 삼형제는 출천지장(出天之將)이라. 지혜 용맹이 범상한 장수 아니온데 조웅의 손에 죽었사오니, 이제는 무사 없삽고 장략지장(將略之將)이 없사오니, 이제 항복함만 같지 못하올까 하나이다"

하더라.

문득 서관장이 격서를 올리거늘, 황제 제신으로 더불어 탁견(坼見)하니 그 서에 하였으되,

중국 대사마 대원수 겸 의병장 조웅은 격서를 이두병에게 부치나니, 하늘이 나를 명하사 너를 죽여 만민을 안정하고 송실을 회복코자 하였으매, 마지못하여 의병 팔십만을 거느리고 반적에게 격서를 전하나니 족히 당적할까 싶으거든 빨리 나와 대적하라. 만일 두려웁거든 항복하여 잔명을 보전하라.

하였더라.

견필에 황제와 제신이 대경황망하여 아무리 할 줄을 모르고 서로 돌아보며,

"이 일을 어찌하리요"

하고 두서를 정치 못하거늘, 태자 이관 등 오형제 출반 주 왈,

"폐하는 근심치 말으시고 이제 장략자(將略者)를 택출하여 선봉을 하시옵고 폐하 자장격지(自將擊之)[1]하옵소서. 조신(朝臣)은 난신적자(亂臣賊子)[2]라, 보처자(保妻子)하기만 생각고 위국충정(爲國忠情)이 없사오니 어찌 절통치 아니하오리까. 국가를 평정 후에 역률(逆律)로 다스려 분함을 덜게 하옵소서"

한대, 제신이 묵묵부답하고 머리를 숙이더라. 황제 할 수 없어 군장(軍將)을 택취하며 친행하려 하니 감히 응하는 자 없더라.

이 날 밤에 승상 황덕이 만조백관으로 더불어 의논 왈,

"국가 존망이 비조즉석(非朝卽夕)[3]이라. 이제 아무리 하여

---

1) 스스로 군대를 이끌어 침.
2) 나라를 어지럽게 하는 신하와 반역하는 불충한 사람.
3) 아침이 아니면 저녁이라는 뜻으로, 시기가 임박했음을 이르는 말.

도 살 길이 없는지라. 그대 등은 어찌하려 하느뇨?"

백관이 대 왈,

"우리 생각은 도망하면 좋을까 하노라. 승상은 무슨 계교 있나이까?"

황덕이 칼을 빼어 놓고 왈,

"그대 등은 내 말을 좇으려 하느냐?"

모두 대 왈,

"이제 강도 말세라. 사생을 도모하려 하니 무슨 일을 못하오리까?"

황덕이 침음양구(沈吟良久)에 왈,

"이제 도망하여도 수다 가인(家人)을 어찌하며 도망한들 어찌 살기를 바라리요. 나의 아득한 소견은 처자를 안보하고 좋은 벼슬할 묘책이 있으니 그 일이 어떠한고?"

모두 크게 즐겨 왈,

"승상의 말씀이 당연하오니 어찌 좇지 아니하오리까."

황덕이 왈,

"우리 모두 중에 용맹 있는 무반(武班) 장수 육십 명을 택취하여 가만히 궐내에 들어가 황제와 황자 오형제를 다 결박하여 마주 나아가 조웅께 올리면 우리는 제일 공신이 될 것이니 이 꾀 어떠하뇨?"

모두 대 왈,

"차사(此事)는 실로 상책(上策)이로소이다"

하고, 이 날 밤에 용장 육십 명을 궐내에 숨겼다가 황제와 황자 오형제를 결박하니, 이미 동방이 새는지라.

이 날 만조 제신이 이두병과 이관 오형제를 수레에 싣고

조 원수 대진을 찾아가더라.

이적에 황성 백성들이 조 원수 온단 말을 듣고 즐겨하여 마주 나오니 그 수를 가히 세지 못할러라. 또 이두병을 잡아 온단 말을 듣고 장안 백성들이 노소 없이 다 즐겨 왈,

"극악한 이두병이 형세만 믿고 자칭천자(自稱天子)하여 천지 무궁 바라더니 일시를 보존치 못하고 어이 그리 단명(短命)한고, 황천이 명감하사 네 죄를 알으시사 무지한 백성들도 네 고기를 원하거니, 착하고 빛나도다 일월 같은 조 원수는. 도탄(塗炭) 중에 든 백성들이 빗발을 만났도다. 산지사방(散之四方) 흩어진 충신들도 소식을 알으신가. 백발 노소 장안 백성들아, 구경 가자스라"

하고, 무수한 백성들이 다투어 구경하더라.

원수 팔십만 대군을 몰아 황성을 짓쳐 몰아오더니, 황성 백성들이 남녀노소 없이 길을 막아 나와 원수께 치하 왈,

"장하고 장하도다. 어디를 가셨다가 이제야 오시니까. 천우신조하여 대송이 회복하도다."

무수히 하례하거늘, 원수 위로 왈,

"살아 너희를 다시 보니 반갑기 측량 없도다"

하며 행군을 재촉하여 수일 만에 황자강에 이르니, 강산 풍경이 옛과 같은지라. 문득 옛일을 생각하니 비회(悲懷)를 금치 못하고 사공을 재촉하여 강을 건너더니, 황성관 어귀에 만조백관이 이두병과 이관 등을 수레 위에 높이 싣고 원수의 군행을 기다리다가 원수 옴을 보고 나아와 복지하여 여쭈오되,

"소인 등은 기군망상이라 죽어 마땅하오되 그때를 당하와

도망치 못하옵고, 또 두병의 형세를 당하지 못하와 참여하였사오나, 매일 송 태자를 생각하오니 흉중이 막히어 일신들 완전하리요? 천행으로 원수 이리로 오신다 하오매 범죄 불고하고 두병의 부자를 결박하여 바치노니, 복원 원수는 애인관후(愛人寬厚)하소서. 소인 등 잔명을 보전하여 주옵심을 바라나이다"

하며 애걸하거늘, 원수 이두병을 보고 분기충천한지라. 유진하고 군사를 호령하여,

"두병을 나입하라"

하니, 군사 일시에 달려들어 두병을 추살(追殺)하여 진중에 꿇리고 원수 호령 왈,

"두병아, 네 낯을 들고 나를 보라. 네 죄를 생각하니 살지무석(殺之無惜)이라. 태자를 적소에 보내고 사약하니 그 죄 어떠하며, 또 나를 잡으려 하고 장졸을 보내어 시절을 요란케 하니 무슨 일이뇨. 종실직고(從實直告)하라"

하니 무사들이 좌우로 달려들어 창검으로 찌르며 "바삐 아뢰라" 하는 소리 천지 진동하는지라.

두병이 겨우 진정하여 아뢰되,

"나의 조신은 궁흉사악지신(窮凶邪惡之臣)[1]이라, 죄를 알고 나의 부자를 잡아 이 지경이 되었으니 이제 무슨 말을 하리요, 원수 처분대로 하라"

하니, 원수 더욱 대로하여 무사를 호령하여 취실(取實)[2]하라

---

1) 성정이 비길 바 없이 아주 음험하고 흉악함.
2) 심문함.

하니, 무사 일시에 소리하고 달려들어 창검으로 추살하니 두 병이 견디지 못하여 이르되,

"이미 일이 발각하였으니 무슨 말을 못 하리요. 당초에 소신이 만고의 소인으로 송실 옥새를 모함한 것과 태자를 극변(極邊)에 원찬(遠竄)[1]하고 사약한 것도 다 저희 소견으로 하온 바니, 발각하온즉 저희는 면죄하려 하고 간계(奸計)를 내어 이 지경이 되었으나 다 저희 죄요, 실로 나는 송실을 해코자 함이 아닐러니, 이제는 죄 범하고 저희는 면코자 함이라."

원수 들으매 분기충천하여 고성 대질 왈,

"이 간악한 놈아, 너를 잠신들 어찌 살려 두리요마는, 아직 살려 두는 뜻은 태자를 모셔 온 후에 죽이리라"
하고, 또 이관 등 오형제를 나입하여 약간 수죄(數罪)하고, 무사로 하여금 이두병과 기자(其子) 오형제를 다 수레 위에 올려 앉히고 춤추며 행군하여 황성으로 들어갈새 그 위의 추상 같으며, 장안에 들어가 백성을 안돈(安頓)[2]하고 택일하여 진을 떠날새 노소 충신이 도성(都城)을 지키우고, 바로 위국에 이르러 태자와 위왕께 뵈온대 못내 칭찬하시더라.

나와 모친께 뵈오니, 부인 또한 사랑하시더라. 원수 부인 장씨를 돌아보아 왈,

"그대는 두 모친을 모시고 안녕하시더니까?"
하며 희색이 만안하더라. 또한 금련이 나아와 배례 후에 여

---

1) 멀리 귀양 보냄.
2) 잘 정돈함.

쭈오되,

"장군은 만리 원정에 평안히 행차하시니까?"

원수 반기어 답 왈,

"나는 무사히 왔거니와 너의 모친도 평안히 있느냐?"
하며 못내 사랑하더라.

이 날 원수 태자전에 숙배(肅拜)하온 후에 여쭈오되,

"도성이 오래 비었사오니 급히 행군하사이다"
하니, 태자 소 왈,

"이제 발행하려 하니 황후 모실 기구(機具)를 차리라"
하고 위왕께 하직하니 위왕이 못내 애연하여 주 왈,

"소왕이 대왕을 모셔 행군 후에 돌아오고자 싶으오되, 위국은 가달국 접경이오매 일시도 나지 못하겠삽기로 모시지 못하오니 죄사무석이로소이다."

황제 떠나는 정을 못내 슬퍼하더라.

이 날 원수 태자와 황후와 모 부인, 빙모(聘母)와 장씨와 금련 모녀를 함께 모셔 대국으로 향할새, 위왕이 백 리 밖에 나와 이별하는 정을 못내 애연하더라.

위왕을 이별하고 황성으로 향할새 그 위의 거동은 다 형언치 못할러라.

황성에 다다르니, 노소 출신과 장안 백성이 남녀노소 없이 도성 백리 밖에 나와 못내 즐겨 격양가(擊壤歌)를 부르는 소리로다.

이 날 환국하여 즉위하신 후에 이두병과 이관 등 오형제를 나입하여 친문(親問)하신 후에 진 밖에 처참하여 사지를 잘라 저자에 효시(梟示)한 후에, 이 연고를 제국에 반포(頒布)

하니라. 또한 두병의 가솔(家率)을 적몰(籍沒)[1]하여 각 군에 정속(定屬)[2]한지라.

이 날 황제 황극전(皇極殿)에 전좌하시고 태평연을 배설하여 출전 제장을 차례로 공을 논할새, 조 원수로 번왕(番王)을 봉하시고, 그 부인 장씨로 정숙왕비(貞淑王妃)를 봉하시고, 원수의 외숙부 왕태수로 우승상을 하이시고 강백의 부로 좌승상을 하이시고, 강백으로 대사마 겸 대원수 태학사(太學士)를 하이시고 그 남은 제장은 차례로 공을 쓰실새, 하나도 부족타 할 이 없더라.

또한 무사를 명하여 전조 제신을 나입하여 계하(階下)에 꿇리고 꾸짖어 왈,

"너희는 간사한 당류(黨類)라. 너희 임금을 잡아 내게 들이니 너희들은 더한 역적이라. 어찌 살려 두리요"
하시고, 즉시 능지처참(陵遲處斬)하시니라.

이때에 황제 조웅을 번국으로 보낼새 황제 다시 원수의 손을 잡고 옥루(玉淚)를 흘려 왈,

"짐이 경의 충성을 헤아릴진대 다만 번국으로 보낼 바 아니라, 천하는 짐의 천하가 아니니 경을 맡기고 짐은 물러앉고자 하나, 경의 충성 절로 아나니 받지 아니하고 도리어 범연(泛然)할까 하는지라"
하시니, 번왕이 계하에 내려 복지 사례 왈,

"대왕이 옥체를 움직여 만 리 밖에 이렇듯 괴로이 지내시니 신민이 망극하온 마음은 천하가 다 일반이라. 대왕의 넓

---

1) 중죄인의 가산을 모두 몰수함.
2) 적몰된 집 사람을 종으로 삼음.

으신 덕으로 오늘날 환조(還朝)하옵시니, 소왕을 애휼(愛恤)하옵신 은덕은 금세에 머리를 베고 후세에 풀을 맺어 갚을 길이 없사오니, 또한 신자 되어 이렇듯 하온 일이 법도에 떳떳한 바이어늘, 오늘날 소왕을 대하여 이렇듯 하문(下問)하옵시니 도리어 후세에 역명(逆名)을 면치 못할까 하옵나이다."

황제 대경하시매 왕을 붙들어 앉히고 다시 말씀하여 왈,

"짐이 경을 만리 밖에 보내고 일신들 어찌 잊으리요. 일년 일 차씩 조회하라"

하시니, 번왕이 숙배 하직하고 가솔을 거느려 번국으로 가니라.

이때에 송 황제 즉위하신 후로 연년이 풍년하니, 도불습유(道不拾遺)[1]하고 산무도적(山無盜賊)하니 백성이 격양가를 부르며, 강구연월(康衢煙月)[2]에 요지일월(堯之日月)이요, 순지건곤(舜之乾坤)[3]이라 하더라. 천하 태평하며 변방이 고요하매 반심(反心)을 두지 아니하니, 송 황제 성덕이 제국에 가득하고 백성이 노래하되,

"우리 황상은 만만세지무궁(萬萬歲至無窮)하옵소서"

하고 다 성덕을 일컬으며,

"우리도 권학강문(勸學講文)하여 갈충보국(竭忠報國)하올

---

1) 나라가 태평하고 풍습이 아름다워 백성이 길에 떨어진 물건을 줍지 아니함. 노불습유(路不拾遺).
2) 강구에 흐르는 안온한 풍경, 태평스러운 기상. 즉 태평한 세월.
3) 중국 고대 성천자(聖天子)인 요·순 임금이 다스리던 시대처럼 태평 세월임.

세라. 요순 같은 우리 황상 천천만만세(千千萬萬歲)나 무궁하옵소서."

　혈혈단신 조 원수는 일월같이 빛난 충을 기린각 제일층에 게명(揭名)하고, 성은을 하직하고 번국으로 돌아가 왕화(王化)를 펴며 민정을 살피니, 만민이 태평가(太平歌)를 부르며 성덕을 다 일컬으며 "천세 만세하옵소서" 하더라. ＊

* 주해자 소개

전규태

시인 · 국문학자. 연세대학교 국문과 및 동 대학원 졸업(문학박사).
한양대 · 연세대 · 전주대 교수 역임.
하버드대 · 호주 국립대 등에서 한국어 문학 강의.
제5회 한국문학평론가협회상, 제9회 현대시인상 등 수상 및
국민훈장 모란장, 교육 공로 및 국가유공자 포상 서훈.
저서 《문학과 전통》 《한국 고전 문학사》 《한국 현대 문학사》 등.
주해서 《춘향전·심청전》 《흥부전·조웅전》 등이 있음.

흥부전 · 조웅전

발행일 | 2023년 6월 30일 초판 1쇄 발행
　　　　 2024년 10월 5일 초판 2쇄 발행

지은이 | 작자 미상　　**주해자** | 전규태
펴낸이 | 윤성혜　　　　**펴낸곳** | 종합출판 범우(주)
교 정 | 김형옥　　　　**인쇄처** | 태원인쇄

등록번호 | 제406-2004-000012호 (2004년 1월 6일)
　　　　　　(10881) 경기도 파주시 광인사길 9-13 (문발동)
대표전화 | 031-955-6900　　**팩 스** | 031-955-6905
홈페이지 | www.bumwoosa.co.kr　**이메일** | bumwoosa1966@naver.com

ISBN 978-89-6365-515-4 03810

* 책값은 뒤표지에 있습니다.
* 잘못된 책은 바꾸어드립니다.